A. M. OLLIKAINEN

TEAM HELSINKI – Grausames Spiel

Weitere Titel der Autorin und des Autors:

TEAM HELSINKI – Die Tote im Container

A. M. Ollikainen

TEAM HELSINKI

GRAUSAMES SPIEL

KRIMINALROMAN

Übersetzung aus dem Finnischen von
Gabriele Schrey-Vasara

LÜBBE

Die Bastei Lübbe AG verfolgt eine nachhaltige Buchproduktion. Wir verwenden Papiere aus nachhaltiger Forstwirtschaft und verzichten darauf, Bücher einzeln in Folie zu verpacken. Wir stellen unsere Bücher in Deutschland und Europa (EU) her und arbeiten mit den Druckereien kontinuierlich an einer positiven Ökobilanz.

Dieser Titel ist auch als E-Book erschienen

FSC www.fsc.org
MIX
Papier | Fördert gute Waldnutzung
FSC® C014496

Titel der finnischen Originalausgabe:
»Kiikku«

Textredaktion: Frauke Meier, Hannover
Umschlaggestaltung: Massimo Peter-Bille unter Verwendung von Illustrationen von © shutterstock: Yanchous und Arcangel: Carmen Spitznagel
Satz: hanseatenSatz-bremen, Bremen
Gesetzt aus der Adobe Garamond Pro
Druck und Verarbeitung: GGP Media GmbH, Pößneck

Printed in Germany
ISBN 978-3-7857-2835-2

1 2 3 4 5

Sie finden uns im Internet unter luebbe.de
Bitte beachten Sie auch: lesejury.de

Nur wer riskiert, zu weit zu gehen,
kann herausfinden, wie weit er gehen kann.

T. S. Eliot

PROLOG

Falls sie den Gipfel erreichten, würde ihre Chance, lebend vom Berg herunterzukommen, noch kleiner werden. Das wussten sie, als sie mit dem Aufstieg begannen.

Jetzt denken sie kaum noch daran. Das Wissen schlummert irgendwo tief im Hinterkopf, als die fünfköpfige Gruppe auf einem schmalen Grat im Karakorum-Gebirge zum mehr als acht Kilometer hohen Gipfel des Broad Peak aufsteigt.

Sie sehen einen massiven Gletscher, und dahinter schimmert der noch höher aufragende K2 mit seinen steilen Wänden. Diesen Berg hat der Mann an der Spitze der Gruppe einmal bestiegen, ebenso der Amerikaner, der die Nachhut bildet.

Dem gefährlichsten Berg, der Annapurna, fällt jeder Dritte zum Opfer, der seinen Gipfel erreichen will. Aber der K2 im Karakorum ist auf heimtückische Weise noch grausamer. Er lässt sich oft zuerst erobern und fordert seinen Tribut dann beim Abstieg. Die beiden Unerschrockenen haben es lebend nach unten geschafft.

Der Himmel ist tiefblau, wolkenlos. Im Spiel von Licht und Schatten treten die Kanten der Felswände hervor. Dann erscheint ein kleiner roter Punkt in der Landschaft, ein Blutstropfen auf Schneewittchens milchweißer Haut.

Wie auf einem Wachstuch gleitet er langsam nach unten, ohne eine Spur zu hinterlassen.

Einer von ihnen bemerkt ihn, klopft dem vor ihm Gehenden auf die Schulter und zeigt auf den Punkt. Genau in dem Moment kommt der Blutstropfen zum Stillstand.

Einige Stunden vor ihnen hat eine kanadische Gruppe mit dem Aufstieg begonnen. Die Gestalt in der roten Jacke gehört wohl zu dieser Gruppe. Sie hat aus irgendeinem Grund umkehren müssen, während die anderen ihren Versuch fortsetzen. Die restlichen Kanadier sind sicher schon weit in der Todeszone, fast am Gipfel.

Der Tropfen bleibt die ganze Zeit in ihrem Blickfeld, und nach einer halben Stunde nimmt er deutlicher die Gestalt eines Menschen an. Die absteigende Person ist auf die Knie gesunken, als wollte sie meditieren, während sie den Dachfirst der Welt betrachtet. Ihre erhobene rechte Hand umklammert einen Eispickel.

Vielleicht will der Mensch in der roten Jacke in den Himmel klettern.

Der Mann, der die Stelle als Erster erreicht, geht vor der meditierenden Gestalt in die Hocke. Es ist eine relativ junge Frau. Der Mann erkennt die Anzeichen der Hypothermie, die Frau hat nach ihrem Halt begonnen, sich auszuziehen, sie hat ihre Jacke geöffnet und die Mütze abgenommen. Die polarisierende Brille ist heruntergefallen, als die Frau ihren Schlauchschal ausgezogen hat. An den Mundwinkeln haftet blutiger Schaum. Höhenkrankheit, deshalb musste die Kanadierin umkehren, bevor sie den Gipfel erreicht hat.

Der Mann nimmt seine Sonnenbrille ab. Vorsichtig berührt er den Hals der Frau, der sich kalt anfühlt. Da schwingt die Frau ihre Hand. Vielleicht ist es eine durch die Verwirrung ausgelöste Abwehrreaktion oder nur eine unwillkürliche Bewegung. Der Schlag ist nicht heftig, wenn es überhaupt ein Schlag ist. Die Hand sinkt einfach nach unten, aber die Spitze des Eispickels reißt eine lange Wunde in das Gesicht des Mannes.

Der Mann flucht in seiner Muttersprache: »Perkele!«

Instinktiv greift er nach dem Hals der Frau.

Plötzlich überwältigt ihn pure Wut, und er drückt fest zu, mit beiden Händen.

Drei seiner Kameraden, zwei Männer und eine Frau, versuchen ihn zurückzuhalten. Zwei packen ihn an den Armen, der dritte an den Schultern, doch sie schaffen es nicht, ihn wegzureißen. Alle vier sehen ihren Widerschein im Auge der sterbenden Frau, deren braune Iris ein roter Ring aus Blutungen umgibt. Er gleicht der Korona bei einer totalen Sonnenfinsternis.

Schließlich erwacht der verletzte Mann aus seiner tranceartigen Wut und lässt los. Die Stirn der rotjackigen Kanadierin sackt in den Schnee, sie verharrt in Gebetsstellung vor dem grausamen Gott des Karakorum.

Das fünfte Mitglied der Gruppe, der Amerikaner, hat die Ereignisse weiter abseits verfolgt und die Erste-Hilfe-Ausrüstung hervorgeholt.

Zusammen mit der Frau in der Gruppe untersucht er die Verletzung des Mannes.

»It's not that bad«, sagt der Amerikaner, nachdem er die Wunde mit einem Pflaster versorgt hat.

Er erinnert die anderen daran, dass sie nichts für die Kanadierin hätten tun können. Sie hätten sie ohnehin dem Tod überlassen müssen.

»Ich weiß«, antwortet der Verwundete auf Englisch.

»Vielleicht ist es besser so«, meint der Amerikaner.

»Vergessen wir es«, sagt die Frau der Gruppe zu dem Verletzten. »Reden wir nicht mehr darüber.«

»Nie«, flüstert der Verwundete auf Finnisch.

Die Frau reicht ihm seine Sonnenbrille, er setzt sie auf.

Der letzte Mann in der Gruppe kniet immer noch bei der betenden Toten. Er hebt ihren Oberkörper an und zieht den Reißverschluss ihrer Jacke hoch, sodass die Spuren am Hals verdeckt sind.

Die Öde der Berggipfel verschmilzt mit den offenen Augen der Toten.

Der Mann bringt die Leiche wieder in ihre Gebetsstellung. Er zieht ihr die pelzbesetzte Kapuze über den Kopf. Den Eispickel legt er wie eine Opfergabe vor die Betende.

In dieser Stellung bleibt die Frau zurück, vielleicht für alle Zeiten. Die Kanadier können die Leiche beim Abstieg nicht mitnehmen, sie müssen froh sein, wenn sie es selbst lebend nach unten schaffen.

Die fünfköpfige Gruppe setzt ihren Weg fort. Nach einer Stunde erreichen sie die Todeszone, die an diesem Tag in hellem Sonnenschein badet.

Schließlich sind sie auf dem Gipfel. Der Verwundete holt die Kamera hervor, der Amerikaner lässt sich mit dem Sternenbanner fotografieren. Dann übernimmt er die Kamera und die anderen posieren, zuerst paarweise. Zwischen sich halten sie eine Fahne in den Farben der Landschaft, die sich vor ihren Augen erstreckt. Ein tief himmelblaues Kreuz auf schneeweißem Grund. Dies sind die Farben auf dem Dach der Welt; die Farben ihres Heimatlandes. Aber dort sind die Berge nur mickrige Hügel, die man eigentlich gar nicht als Berge bezeichnen kann.

Dann beginnt der schwierigste und gefährlichste Teil, der Weg nach unten. Noch einmal lassen sie ihren Blick über die Gipfel des Karakorum wandern.

Aber einer von ihnen denkt an den glasigen Blick der Frau, an die allmächtige Leere, die sich in ihm spiegelte.

An den flüchtigen Schatten in den Augen, der die Sonne verdunkelt hat.

Doch jetzt wird es Zeit, nach unten zu wandern, in die dunklen Schatten der Berge.

APRIL

1

Paula lag bäuchlings auf dem Küchenboden, mit der Nase auf dem Flickenteppich. Er roch nach Staub und Schmutz.

Ihre Oma hatte ihr den blau-schwarz gestreiften Teppich geschenkt, als sie nach dem Abitur zu Hause ausgezogen war. Zwei Jahrzehnte lang hatte er sie von einer Mietwohnung in die nächste begleitet. Er hatte in Studentenzimmern gelegen, in Einzimmerwohnungen in der Innenstadt, in einem Zweizimmer-Reihenhaus in Osthelsinki und in einer neuen Dreizimmerwohnung in einem netten, ruhigen Wohngebiet zu der Zeit, als Paula sich einbildete, zu einer langfristigen Zweierbeziehung und zum Familienleben fähig zu sein.

Als sie diese Wohnung verließ, hatten ihre Sachen in einen Anhänger gepasst.

Jetzt war der Teppich schon einmal umgedreht worden. Paula erinnerte sich nicht, wann sie ihn zuletzt gewaschen hatte. Sie schwor sich, ihn eigenhändig zu waschen, sobald es wärmer war und die Teppichwaschplätze geöffnet wurden. Oder nein, sie würde den Teppich in die Reinigung bringen. Gleich morgen.

Renkos Stimme drang gedämpft aus dem Handy, das Paula aus der Hand gerutscht und unter den Esstisch geflogen war. Offenbar wiederholte er irgendetwas. »Huhu, hörst du mich? Huhu, hörst du mich?«, so klang es jedenfalls, und Paula malte sich aus, wie blöd Renko beim Rufen aussah. Sie schwieg und bewegte die Zehen am rechten Fuß. Dann drehte sie vorsichtig den Kopf. Unter dem Tisch schien der Anruf immer noch weiterzugehen.

Verflixter Renko, gib endlich auf, dachte Paula. Sie blinzelte, um das Wasser, das ihr in die Augen gestiegen war, zum Verschwinden zu bringen, bevor sich daraus Tränen bildeten. Weinen wollte sie jetzt nicht.

Sie stemmte sich auf alle viere. Die Beine fühlten sich wieder ganz normal an, wie die vertrauten eigenen Beine, auf die sie sich verlassen konnte. Sie streckte den Arm aus und bekam das Handy zu fassen, Renkos Stimme war immer noch zu hören, aber leiser als vorher, er schien jetzt schnell mit jemand anderem zu sprechen, das Handy aber weiterhin ans Ohr zu halten für den Fall, dass Paula doch etwas sagte. Sie unterbrach die Verbindung und schaltete ihr Handy aus, bevor sie es wagte, tief und vernehmlich einzuatmen.

Sie musste bald zurückrufen. Wegen einer Bagatelle würde Renko sie an ihrem freien Tag nicht stören.

Seit dem letzten Herbst arbeitete Renko als ihr Untergebener, und zwar auf Paulas Wunsch. Ebenfalls auf ihren Wunsch hatte der Chef für sich behalten, dass Paula selbst ihn gebeten hatte, Renko in ihr Team zu versetzen. Es war besser, Renko keinen Grund zu liefern, sich stolz zu fühlen – er brauchte gewiss nicht noch mehr Selbstvertrauen. Ein Typ wie er machte Fehler, wenn er sich zu viel zutraute. Das hatte man im letzten Sommer gesehen, als er in letzter Minute vor dem Ertrinken gerettet wurde, nachdem er aus reiner Dummheit als Gefangener in einem Seecontainer gelandet war.

Paula stand auf und ließ sich ein Glas kaltes Wasser einlaufen. So reagierte sie seit ihrer Kindheit auf alles Unangenehme. Das lag an ihrem Vater, der Wasser als Mittel gegen alle möglichen Probleme angeboten hatte. Tut dir der Bauch weh, trink ein Glas Wasser, hast du Kopfschmerzen, trink ein Glas Wasser, ärgerst du dich, trink ein Glas Wasser. Wahrscheinlich hatte ihr Vater aus purer Ratlosigkeit so gehandelt. Nach dem Tod von Paulas Mutter war ihr Vater mit den beiden kleinen Kindern allein zurückgeblieben, und er war auf die Erziehungsaufgabe völlig unvorbereitet gewesen. Genau diese Worte hatte er selbst später in entschuldigendem Ton verwendet, nachdem er ein paar Gläser Whisky getrunken hatte: *auf die Erziehungsaufgabe völlig unvorbereitet.*

Macht nichts, hatte Paula geantwortet. Aber das war nicht das, was sie tatsächlich gedacht hatte. Denn es machte etwas, sogar eine ganze Menge.

Paula trank ihr Glas halb leer, dann dehnte sie ihre Muskeln, stellte sich auf die Zehen und streckte die Arme hoch. Zwischen ihren Fingerspitzen und der Decke blieben zehn Zentimeter. Sie ließ die Arme langsam sinken und legte die Hände um die Fußknöchel. Ihre Muskulatur fühlte sich steif an, vor allem der rechte Wadenmuskel verspannte sich, und einen Augenblick lang fürchtete Paula, erneut zu stürzen.

Doch der Anfall – oder was es auch war – war vorbei. Für diesmal.

Paula schaltete ihr Handy ein und wählte die Nummer des letzten Anrufers.

»Hallo«, meldete sich Renko. »Funktioniert dein Telefon nicht richtig?«

»Funktioniert deins?«, fragte Paula rasch zurück. »Ich habe dich gehört, aber du mich offenbar nicht.«

»Da war nur ein seltsames Poltern zu hören und dann gar nichts mehr«, erwiderte Renko. »Ich habe gerade noch einmal angerufen, aber nur den Anrufbeantworter erreicht.«

Paula war vom Tisch aufgestanden, als sie den Anruf angenommen hatte, und plötzlich zu Boden gegangen. Das Poltern war von dem Stuhl gekommen, gegen den sie bei ihrem Sturz versehentlich getreten hatte.

»Vielleicht gab es irgendeine Störung in der Leitung«, sagte Paula und erinnerte sich gleich darauf, dass es keine Telefonleitungen mehr gab, sondern durch die Lüfte ziehende Signale.

Renko biss sich zum Glück jedoch nicht daran fest, sondern kam zur Sache.

»Wir haben hier eine obskure Leiche beziehungsweise einen Todesfall. Ich dachte, du möchtest sie selbst sehen. Obwohl schon einige Zeit seit ihrem Ableben vergangen ist, sie war mindestens die Nacht über im Wald, würde ich sagen, auch wenn ich natürlich kein Rechtsmediziner bin. Der ist übrigens immer noch nicht gekommen. Karhu und ich warten schon seit fast einer Stunde. Sie ist auch noch nicht abgenommen worden.«

»Was?«

»Ja, wir stehen tatsächlich seit mindestens einer halben Stunde hier, und es ist ziemlich kalt, bei dem Wind vom Meer. Das Wetter ist noch nicht gerade frühlingshaft. Ein paar blaue Leberblümchen habe ich am Weg allerdings gesehen, und damit meine ich nicht die Streifenpolizisten, die als Erste vor Ort …«

»Was ist nicht abgenommen worden?«, fiel Paula ihm ins Wort.

»Was? Na, die Leiche natürlich. Sie war nicht mehr zu retten. Die Sanitäter waren hier und haben festgestellt, dass man nichts mehr tun kann. Ich dachte, du möchtest sie da sehen, wo sie hängt.«

»Jemand hat sich im Wald erhängt. Es ist also ein Selbstmord«, sagte Paula leicht verärgert. Hatte Renko sie tatsächlich wegen eines Selbstmords angerufen?

»So scheint es auf den ersten Blick. Aber irgendwas an der Sache ist merkwürdig«, erwiderte Renko.

»Sagt dir das dein Instinkt?«, fragte Paula.

Renko lachte. Inzwischen kannte er Paula gut genug, um den spöttischen Unterton in ihrer Stimme zu erkennen. Er räusperte sich und machte eine kleine Pause. Während Paula auf die Fortsetzung wartete, stellte sie sich vor den Spiegel in der Diele, um zu prüfen, ob ihr Sturz irgendwelche Spuren hinterlassen hatte.

»Es ist eine alte Frau«, verkündete Renko schließlich.

Paula sah ihre spontane Verwunderung im Spiegel.

»Wie alt?«, fragte sie interessiert.

»Auf jeden Fall über siebzig. Ich würde sie als Oma bezeichnen, wenn sie mir auf der Straße entgegenkäme.«

Alte Frauen erhängen sich nicht im Wald, dachte Paula. Sie hob die Schulter, damit das Handy an seinem Platz blieb, und begann, ihre Kurzschaftgummistiefel anzuziehen. Das Handy fiel durch das Gitter des Schuhständers auf den Boden. Paula fluchte und hörte erneut Renkos gedämpften Ruf: »Huhu, hörst du mich?«

»Ja!«, rief sie, während sie das Handy hervorangelte. »Wo seid ihr?«

»In Meri-Rastila!«, schrie Renko gerade in dem Moment, als Paula sich das Handy wieder ans Ohr hielt.

»Du brauchst nicht zu brüllen, jetzt höre ich dich wieder. Ich fahre sofort los.«

»Ruf an, wenn du in der Nähe bist. Und zieh dir eine warme Jacke an.«

Paula warf unwillkürlich einen Blick auf die abgetragenen Jacken an ihrer Garderobe.

Sie war sich nicht sicher, ob Renkos Aufforderung spöttisch gemeint war.

2

Was die Ankunft des Frühlings betraf, hatte Renko recht gehabt. In der Luft war sie nicht zu spüren, aber neben dem Wanderweg sah man hier und da blaue und weiße Tupfer, die ersten Leberblümchen und Buschwindröschen des Frühlings.

Der Naturpfad befand sich auf einer ins Meer ragenden Landzunge mit einem schönen, alten Wald. Auf Renkos Rat hatte Paula ihren Wagen auf der mit einem Schlagbaum versperrten Seitenstraße abgestellt.

Auf dem Pfad kam ihr ein älteres Paar entgegen. Der ernst dreinblickende Mann blieb stehen, als er Paula sah, die Frau spähte furchtsam hinter seinem Rücken hervor.

»Es lohnt sich nicht weiterzugehen, der Weg ist gesperrt«, sagte der Mann.

»Alles in Ordnung, ich bin von der Polizei«, erwiderte Paula und bereute ihre Worte sofort.

»Was ist passiert?«, fragte die Frau neugierig. Da die beiden keine Anstalten machten, auszuweichen, trat Paula vom Pfad auf den Waldboden.

»Die Situation ist unter Kontrolle«, sagte sie beruhigend und zwang ein Lächeln auf ihr Gesicht, bevor sie sich durch das Gestrüpp an dem Paar vorbeidrängte.

Der hügelige Pfad führte auf eine kleine Anhöhe und von dort zum Meer, das hinter den Baumstämmen schimmerte. Das Absperrband der Polizei war zwischen zwei jungen Ebereschen über den Weg gespannt worden. Als Paula sich unter ihm hindurchduckte, hörte sie Renko nach ihr rufen. Im Wald, etwa fünfzig Meter vom Wanderweg, waren zwei weiße Schutzhauben zu sehen.

Paula holte den Overall und die sonstige Schutzkleidung aus ihrem Rucksack und zog sie an, bevor sie den Pfad verließ und zu Renko und Karhu ging. Ihre Stiefel versanken in den nassen Mooshügeln. Im Winter war ungewöhnlich viel Schnee gefallen. Außerdem hatte es in der letzten Nacht so heftig geregnet, dass Paula davon kurz wach geworden war. Wenn das hier ein Tatort war, würde es schwierig werden, Beweismaterial zu finden. Offenbar wurde bereits danach gesucht, denn zwei forensische Ermittler in weißer Schutzkleidung hockten unter einer großen alten Birke. Im selben Moment entdeckte Paula auch die Leiche und blieb stehen.

Der Anblick ging ihr trotz aller Routine unter die Haut. Allerdings lag das letzte Mal Jahre zurück, denn eine Kriminalkommissarin wurde in der Regel nicht gerufen, wenn es sich um Selbstmord handelte. Aber ein Mensch, der sich erhängt hatte, verströmte immer die gleiche Trostlosigkeit: Er war wie ein loser Faden, den die Angehörigen in der Regel nie irgendwo festknüpfen konnten.

Die Leiche hing an einem dünnen orangefarbenen Nylonseil, das mehrfach um einen Birkenast gewickelt war. Das andere Ende des Seils verschwand irgendwo hinter dem Baum.

Die Frau war klein und trug einen roten Windanzug. Dennoch war die Leiche vom Pfad aus nicht zu sehen, denn die Bäume und das hügelige Gelände verbargen sie. An den Füßen trug sie schwarze Sneaker von Nike, die vor ein paar Jahren bei Teenagern in Mode waren.

»Was sagst du«, begann Renko, aber Paula brachte ihn mit einer Handbewegung zum Schweigen. Langsam näherte sie sich der Leiche und blieb nach jedem Schritt stehen, um die Umgebung in Augenschein zu nehmen. Als sie nahe genug herangekommen war, verstand sie, warum Renko sie hergerufen hatte.

Die Mooshügel unterhalb der Leiche wirkten unberührt, und in der Nähe war nichts zu sehen, worauf die Frau hätte steigen können, um das Seil am Ast zu befestigen. Außerdem hing die Leiche viel zu hoch. Die Frau hätte mindestens einen Küchenhocker oder eine Leiter in den Wald schleppen müssen, um sich zu erhängen, denn zwischen ihren Fußsohlen und dem Boden lag ungefähr ein Meter. Offenbar hatten diejenigen, die als Erste eingetroffen waren, die Tote deshalb nicht heruntergeholt.

Es war nicht respektvoll gegenüber der Toten, sie länger am Seil hängen zu lassen als nötig. Aber da das Opfer nun einmal nicht heruntergeholt worden war, beschloss Paula, dass es dort oben auf das Eintreffen des Rechtsmediziners warten sollte.

»Na, meinst du, die Oma wäre selbst auf den Baum geklettert?«, fragte Renko.

Karhu presste die Lippen zu einem dünnen Strich zusammen und funkelte Renko wütend an. Paula warf ihm einen beschwichtigenden Blick zu.

»Warum wurde die Leiche nicht abgenommen?«, fragte sie.

»Sie war steinhart, als die Sanitäter kamen. Der Notarzt meinte, sie wollten möglichst wenig Spuren verwischen. Er hielt das Ganze auch für verdächtig.«

»Aha, es war also nicht nur deine scharfsinnige Schlussfolgerung«, stichelte Paula. »Wer war noch hier, außer den Sanitätern und euch?«

Renko zufolge war die Leiche gegen sieben Uhr früh von einem Spaziergänger entdeckt worden, dessen Hund vom Pfad in den Wald gelaufen war und gebellt hatte. Beim Anblick der Leiche war der Mann sofort auf den Pfad zurückgekehrt. Die Streifenbeamten hatten das Gebiet abgesperrt und bewacht, bis die Forensiker eingetroffen waren.

»Und wir sind auch so schnell wie möglich hergekommen. Ich hab nicht mal meinen Kaffee ausgetrunken«, fügte Renko hinzu.

»Ach Gottchen«, murmelte Karhu.

»Was denkst du?«, wandte sich Paula an ihn.

»Vorläufig gar nichts«, antwortete er. »Es kann auch ein Selbstmord sein, man hat schon Verrückteres gesehen.«

»Was zum Beispiel?«, fragte Renko.

»Der Kleidung nach kann das Opfer einen ganz normalen Spaziergang gemacht haben«, fuhr Karhu fort, ohne Renko zu beachten. »Falls also …«

»Falls die Frau angegriffen wurde«, ergänzte Paula nickend. »Wurden in der Umgebung irgendwelche Spuren gefunden?«

»Wir haben uns bemüht, möglichst wenig herumzulaufen, um kein Beweismaterial ins Moos zu stampfen«, sagte Renko. »Aber es gibt eine seltsame Einzelheit. Besser gesagt, noch eine, neben dem Fakt, dass das Opfer nicht aus eigener Kraft auf den Baum gelangen konnte. Oder was weiß ich, vielleicht unterschätze ich ja die physischen Fähigkeiten alter Frauen. Meine Oma …«

Paula hörte ihm nicht mehr zu, sondern blickte in die Richtung, in die Karhu zeigte. Etwa fünf Meter von dem Baum entfernt lag ein kleiner heller Haufen, der wie Sand aussah.

»… und in beiden Händen einen Eimer voll Preiselbeeren«, sagte Renko.

»Wer?«, fragte Paula.

»Meine Oma.«

Paula machte sich nicht einmal die Mühe zu schnauben. Stattdessen passte sie genau auf, wohin sie ihre Füße setzte, als sie zu dem Sandhaufen ging.

Er war nicht hoch, eher ein flacher Sandkuchen als ein Haufen. Vielleicht hatte der Regen ihn ein wenig zusammengedrückt, aber es sah auch so aus, als wäre der Sand ausgebreitet worden. An der Oberfläche war er bereits getrocknet. Paula bückte sich und nahm eine kleine Menge in die Hand. Der Sand war fein, hell und glatt. Das war kein irgendwo ausgegrabener Kies, es machte eher den Eindruck, als wäre er an einem Badestrand gesammelt worden.

»Fugensand«, erklärte Renko. »Sieht jedenfalls so aus.«

»Woher weißt du das?«, fragte Paula verwundert.

»Meine Frau wollte im letzten Sommer neue Fliesen. War eine fürchterliche Plackerei. Wir haben zu Hause immer noch einen halben Sack Sand, der genauso aussieht.«

Renko mochte recht haben. Mitten in dem vom Winter gebeutelten, nassen und laublosen Wald wirkte der feine Sand jedenfalls fehl am Platz. Allerdings gab es keinen Grund zu der Annahme, dass zwischen dem Haufen und der an der Birke hängenden Toten eine Verbindung bestand.

Abgesehen davon, dass beide nicht hierhergehörten.

3

Paula sah sich neugierig in der schmucklosen Zweizimmerwohnung um. Sie befand sich in einem Hochhaus, nur einen halben Kilometer von der Landzunge entfernt, auf der man die Leiche gefunden hatte.

Die Einrichtung des Wohnzimmers war typisch für einen alten Menschen: ein verschlissenes, aber sauberes Sofa mit Samtbezug, davor ein fast leerer Tisch, auf dem nur eine Fernbedienung lag. Auf dem Fußboden kein Teppich, vermutlich, um das Putzen zu erleichtern. Im Schlafzimmer war Paula schon gewesen, und dort sah es ähnlich aus, es gab nur Bett, Nachttisch und einen Stuhl, keinen Teppich.

Die Identität der Frau hatte sich schnell geklärt, nachdem der Rechtsmediziner eingetroffen und die Leiche auf die Erde gelegt worden war. In der Tasche der roten Windjacke hatte man außer dem Hausschlüssel der Frau auch eine Monatskarte der Helsinkier Verkehrsbetriebe gefunden. Renko hatte eruiert, wo sich die nächsten Fahrkartenkontrolleure aufhielten, und war mit der Karte im Eiltempo zu ihnen gefahren. Über die Karte konnte die Personenkennziffer der Besitzerin festgestellt werden, die dem geschätzten Alter und dem Geschlecht der Erhängten entsprach.

Dem Melderegister zufolge hatte die 80-jährige Kaarina Alanne seit über zwanzig Jahren hier gewohnt, und sie hatte keinen einzigen nahen Angehörigen.

Niemanden, der über ihren Tod unterrichtet werden musste.

Das war ja keineswegs ungewöhnlich. Unser Land ist voll von

einsamen alten Menschen, dachte Paula. Das machte die Sache allerdings nicht weniger traurig.

Renko polterte in der Küche, er schien Geschirrschränke zu öffnen und zu schließen. Paula konzentrierte sich auf das Bücherregal. Es war ein Modell, das man eigentlich nicht für Bücher kaufte, sondern mit den Hochzeitsfotos der Kinder, den Schulfotos der Enkelkinder und billigen Souvenirs von gelegentlichen Auslandsreisen füllte. Letztere fanden sich tatsächlich in dem Regal: ein griechisch aussehender Teller, eine rote Maske und ein Fächer mit dem Bild einer Flamencotänzerin. Fotos fehlten dagegen völlig. In der Glasvitrine standen ein paar Vasen und ein kleines Kaffeeservice. Die wenigen für Bücher reservierten Bretter füllte eine gemischte Sammlung von Werken, größtenteils ohne Schutzumschlag und aus der Massenproduktion irgendwelcher Buchclubs. Sie hätten aus der Ausschusskiste eines Flohmarkts stammen können, aus der man sie kostenlos mitnehmen durfte.

Kaarina Alanne schien zumindest in ihren letzten Jahren ein anspruchsloses und ruhiges Leben geführt zu haben. Es wäre nicht ungewöhnlich gewesen, hätte sie beschlossen, ihrem Leben selbst ein Ende zu setzen, um sich mögliches Leid zu ersparen – das qualvolle, einsame Dahinsiechen in einer Abteilung für chronisch Kranke oder in einem Pflegeheim für Demente.

»Spülst du deine Joghurtbecher?«, fragte Renko, der aus der Küchenecke spähte.

»Ich esse keinen Joghurt«, sagte Paula.

»Kaarina Alanne hat ihn gegessen. Und gespült. Hier sind bestimmt hundert Becher.«

Paula rührte die Vorstellung, dass die alte Frau jeden geleerten Joghurtbecher gespült und in den Schrank gestellt hatte, wo er auf die Wiederbenutzung wartete, die nie kommen würde, was die Frau wahrscheinlich auch selbst gewusst hatte. Vermutlich hatte sie immer schon so gehandelt und die Angewohnheit, die ursprünglich vielleicht einen ganz vernünftigen Grund hatte, nicht mehr aufgeben können.

»Was hast du sonst noch gefunden?«, fragte Paula und ging ebenfalls in die Küche.

Auf dem Tisch lag ein bräunliches Wachstuch und darauf ein aufgeschlagenes Kreuzworträtselheft. Bei der unvollendeten Aufgabe handelte es sich um ein einfaches Rätsel, das man zum Zeitvertreib ausfüllen konnte, ohne sich allzu sehr anzustrengen. Kaarina Alanne hatte am linken unteren Rand zwei klassische Fragen gelöst: CHAPLIN waagerecht, LADD senkrecht. OONA und ALAN kreuzten sich beim N. Die Buchstaben, die sie mit dem Füller geschrieben hatte, waren rund und gleichmäßig.

»Hier ist nichts, was erklären würde, wie Kaarina am Baum gelandet ist«, sagte Renko. »Nur Geschirr, Quittungen vom Lebensmittelladen, Medikamente.«

»Was für Medikamente?«

»Ich habe sie noch nicht durchgesehen.« Renko zeigte auf die Dosen und Schachteln, die er neben der Kaffeemaschine auf die Arbeitsfläche gelegt hatte. Paula nahm eine Packung in die Hand.

»Buprenorphin«, las sie vom Etikett ab. »Ein starkes Schmerzmittel.«

»Kann man sich damit nicht leichter umbringen als mit einem Seil im Wald?«, wunderte sich Renko.

Paula kannte das Medikament nicht genau, dachte aber das Gleiche. Sie warf einen Blick auf die nächste Dose: Exemestan. Sie zog die Gummihandschuhe aus und gab den Namen in die Suchmaschine ihres Smartphones ein.

»Exemestan wird zur Behandlung fortgeschrittenen, hormonabhängigen Brustkrebses nach den Wechseljahren verwendet«, las sie vom Display ab.

»Kaarina war also schwerkrank«, stellte Renko fest.

»Das wäre ein Motiv, Selbstmord zu begehen«, sagte Paula.

Aber nicht auf diese Weise, fügte sie in Gedanken hinzu.

4

Hallo Paula,

ich habe gerade gemerkt, dass dein letzter Konditionstest schon etwas über drei Jahre zurückliegt. Bring das in Ordnung, sobald du Zeit hast.

Pena

Paula starrte eine Weile auf die Mail, bevor sie sie in den Papierkorb schob. Dann holte sie sie zurück und antwortete ihrem Chef, sie würde so bald wie möglich einen Termin für den Test reservieren.

Sie verschwieg allerdings, dass kurz vor dem Termin ein unerwartetes Hindernis eintreten würde, weshalb sie den Test verschieben musste. Ihre Testergebnisse waren immer hervorragend gewesen, der Chef würde ihr also nicht sofort im Nacken sitzen.

Aber wie oft würde sie den Test verschieben können, ohne in Schwierigkeiten zu geraten?

Paula betastete unwillkürlich ihre rechte Wade. Sie fühlte sich normal an. Dagegen spürte sie ein merkwürdiges Prickeln in den Fingern. Oder bildete sie sich das nur ein? Sie betrachtete ihre Hand wie eine potenzielle Feindin.

»So«, sagte Hartikainen hinter ihr. »Hier wären jetzt die Daten, falls sie dich interessieren.«

Er hatte alle kurzfristig erhältlichen Informationen über Kaarina Alanne gesammelt. Es waren nicht viele.

Alanne war in Helsinki geboren und nur eine Woche vor ihrem Tod 80 Jahre alt geworden. In der Wohnung hatte Paula jedoch keine Glückwunschkarten oder Blumen gefunden. Alanne hatte ja keine nahen Angehörigen, aber hatte sie nicht einmal Bekannte, die ihr gratuliert hätten? Vielleicht hatte sie wegen ihrer Krankheit keine Kraft gehabt, ihren runden Geburtstag zu feiern, und mit niemandem darüber gesprochen.

Alanne war nie verheiratet gewesen und hatte keine Kinder. Ihr einziges Geschwisterteil, ein fünf Jahre älterer Bruder, war vor mehr als zehn Jahren gestorben. Ihre nächsten lebenden Verwandten waren zwei Vettern. Alanne hatte im Sozialbereich gearbeitet, zuletzt bis zu ihrer Pensionierung in der Altenpflege. Sie hatte im Lauf ihres Lebens unter fünf Adressen in Helsinki gewohnt, zuerst in ihrem Elternhaus, danach allein in vier verschiedenen Wohnungen.

»So hat ihr Leben also ausgesehen. Viel mehr gibt es nicht zu erzählen«, meinte Hartikainen.

»Setz dich mit den Vettern in Verbindung«, bat Paula.

»Schon geschehen«, erwiderte Hartikainen selbstgefällig. »Sie hatten seit mindestens zehn Jahren nichts von ihr gehört.«

»Was haben sie dir über sie erzählt?«

»Eigentlich nicht mehr als das, was wir schon wussten. Sehr zurückgezogen, hielt keinen Kontakt, hat immer allein gelebt. Soweit es ihnen bekannt ist.«

»Irgendwer muss sie doch gekannt haben«, sagte Paula. »Vielleicht findet Renko jemanden.«

Renko war im Haus geblieben, um bei den Nachbarn zu klingeln, als Paula ins Polizeigebäude zurückgefahren war. Bei den Einwohnern des Hauses schien es sich um ältere Herrschaften zu handeln. Vermutlich würde Renko reichlich Kaffee mit den Omas trinken müssen. Paula wusste, dass der höfliche und redselige junge Mann mit den betagten Damen erheblich leichter ins Gespräch kommen würde als sie selbst.

»Wie läuft es in Tallinn?«, erkundigte sich Hartikainen.

Die direkte Frage überraschte Paula. Soweit sie sich erinnerte, hatte sie keinem von ihrer letzten Reise über den Finnischen Meerbusen erzählt. Tratschte jemand über sie?

»Eine schöne Stadt«, antwortete sie so locker wie sie konnte.

»Du hast sicher einen guten Grund, dauernd hinzufahren«, meinte Hartikainen.

»Wie kommst du darauf, dass ich dauernd nach Tallinn fahre?«, fragte Paula schroff.

»Vergiss nicht, dass ich Polizist bin«, antwortete Hartikainen belustigt. »Man sollte keine estnische Schokolade in den Pausenraum bringen oder seine Sportsachen in einer Einkaufstüte von Kaubamaja transportieren, wenn man seine Reisen verheimlichen will.«

Paula hätte sich am liebsten auf die Zunge gebissen. Sie war vielleicht gut darin, Verbrechen aufzuklären, aber es wäre ihr nie in den Sinn gekommen, dass jemand auf ihre Plastiktüten achtete – sie interessierte sich ja auch nicht für das Privatleben ihrer Kollegen, solange jeder seine Arbeit tat.

»Nun sei nicht so geknickt«, sagte Hartikainen. »Ich kann dein Geheimnis für mich behalten. Unter der Bedingung, dass ich der Erste bin, dem du den mysteriösen Herrn Tallinn vorstellst.«

Paula brauchte einen Moment, um zu begreifen, was Hartikainen meinte. Dann lachte sie erleichtert auf und versuchte, eine leicht verlegene, aber zugleich schelmische Miene aufzusetzen.

»Autsch, du hast mich erwischt«, sagte sie.

»Mir entgeht nichts«, erklärte Hartikainen onkelhaft. »Keine Sorge, ich trage es nicht weiter. Ich weiß ja, wie die sein können.«

Mit »die« meinte er offenbar seine Kollegen, die über den estnischen Freund ihrer Vorgesetzten frotzeln könnten. Allerdings war Hartikainen selbst nach Paulas Erfahrung der Erste, der über die Liebesbeziehungen seiner Mitmenschen herzog.

»Aber erzähl mir wenigstens ein bisschen«, fuhr Hartikainen fort. »Ein geschiedener alter Mann dürstet nach Erotik.«

Paula kicherte und blickte sich um. Das Großraumbüro war leer. Karhu war offenbar noch am Tatort, wo die technische Untersuchung ebenso weiterging wie in Kaarina Alannes Wohnung.

»Was willst du wissen?«, fragte Paula in einem neckischen Ton, der ganz und gar nicht typisch für sie war.

Es erstaunte sie, dass Hartikainen sich nicht im Geringsten über dieses Gespräch wunderte, das nie geführt würde, wenn es tatsächlich um ihren Freund ginge. Er schien jedoch so zufrieden mit seiner Detektivarbeit und dem angeblich enthüllten Geheimnis, dass ihm Paulas völlig ungewöhnliches Verhalten gar nicht auffiel.

»Lass mich mal überlegen«, sagte er. »Dunkel oder blond?«

»Dunkel und feurig«, antwortete Paula und dachte an den Arzt der Privatklinik in Tallinn, einen blonden, schmächtigen Mann, der sie jedes Mal aus seinen wässrigen, traurigen Augen ernst ansah.

»Oho«, rief Hartikainen. »Und du bist blond und kühl. Das nenne ich ein Match *made in heaven*.«

»Okay, jetzt reicht es«, sagte Paula scheinbar verlegen. Ihre Finger prickelten wieder. Das Telefon klingelte, zum Glück, denn es vereitelte Hartikainens Versuch, mehr über Paulas Fantasiefreund zu erfahren. Der Anrufer war Renko, der Paula bat, nach Ost-Helsinki zurückzukommen.

Er hatte Sachen gefunden, die Kaarina Alanne gehörten.

5

Der Flohmarkt des Guten Gewissens befand sich im Untergeschoss eines mehrstöckigen alten Hauses, etwa einen Kilometer von Kaarina Alannes Zuhause entfernt. Im Schaufenster stand eine alte Schreibmaschine auf Bücherstapeln, um die unbeholfen angefertigte Stoffpuppen gruppiert waren.

Renko saß auf einem verschlissenen Sessel neben dem Tisch, der als Verkaufstheke diente, und trank Kaffee, die wer weiß wievielte Tasse. Er hatte die nächsten Nachbarn von Alanne befragt, die er zu Hause angetroffen hatte, drei alte Frauen und ein Ehepaar, doch sie kannten ihre Nachbarin nur vom Grüßen. Eine der Frauen hatte jedoch vor einigen Tagen gesehen, dass aus Alannes Wohnung Sachen getragen wurden. Sie hatte Alanne, die an der Tür stand, gefragt, ob sie umziehe, und erfahren, sie habe einen Teil ihres Eigentums für einen guten Zweck gespendet.

Hinter dem Verkaufstisch stand eine Frau, die nicht viel jünger aussah als Kaarina Alanne. Wahrscheinlich betreute sie als Rentnerin den Flohmarkt zum Zeitvertreib.

»Der Erlös geht ohne Abzug an Institutionen, die sich um die psychische Gesundheit von Kindern und Jugendlichen kümmern«, erzählte sie, sobald Paula sich vorgestellt hatte, und betonte, sie arbeite unentgeltlich.

»Vorbildliche Arbeit, vorbildliche Arbeit«, wiederholte Renko wie ein Papagei.

»Wirklich vorbildlich«, stimmte Paula höflich zu. »Wo sind sie?«

»Sie meinen Kaarinas Sachen«, sagte die Verkäuferin. »Die sind noch im Hinterzimmer und warten auf die Preisbestimmung.«

Paula sah sich in dem menschenleeren Laden um und überlegte, wieso die Verkäuferin es noch nicht geschafft hatte, Alannes Besitztümer verkaufsfertig zu machen. Die Frau bemerkte ihre Verwunderung und beeilte sich zu erklären, bei einem Teil der Sachen habe sie es nicht gewagt, den Preis selbst festzulegen, sondern einen Vertreter des Vereins, der den Flohmarkt betrieb, um Hilfe gebeten.

»Sie machen so einen wertvollen Eindruck«, fügte sie hinzu.

»Tatsächlich?«, sagte Paula interessiert und sah in Gedanken die karge Zweizimmerwohnung vor sich, in der es nicht einmal Teppiche gab. »Wie gut kannten Sie Kaarina Alanne?«

»Nicht besonders gut. Kaarina kam ab und zu hier vorbei, um zu plaudern. Sie hatte früher mit Kindern gearbeitet und interessierte sich deshalb für unsere Tätigkeit. Aber dass sie krank war, wusste ich.«

Paula sah Renko an und hob die Augenbrauen. Er schüttelte den Kopf zum Zeichen, dass er der Verkäuferin die Wahrheit über Alannes Tod verschwiegen hatte.

»Hat Kaarina Ihnen selbst davon erzählt?«, fragte Paula.

»Ja, als ich sie zuletzt gesehen hab.«

»Wann war das?«

»Letzte Woche. Kaarina hat angerufen und mich gebeten, zu ihr zu kommen und die Sachen auszusuchen, die für den Flohmarkt geeignet sind. Normalerweise mache ich so etwas nicht, aber Kaarina hat gesagt, ich wäre die Einzige, die ihr helfen kann. Das hat sie gesagt.«

Die Frau berichtete, sie hätten die ganze Wohnung durchgesehen und die zum Verkauf bestimmten Gegenstände mit gelben Stickern markiert. Das hatte mehrere Stunden gedauert, und Alanne hatte für sie beide Pizzas bestellt, ihre eigene aber kaum angerührt.

»Diese Medikamente verursachen Übelkeit. Das weiß ich, denn ich habe meinen verstorbenen Mann zu Hause gepflegt, bevor er auf die Palliativstation kam«, erklärte die Verkäuferin. »Kaarina konnte kaum noch etwas hochheben. Ich habe die Bücher und sonstigen Sachen in Kartons gepackt.«

Wenn Kaarina Alanne nicht einmal mehr die Kraft gehabt hatte, Bücher hochzuheben, wie hätte sie es dann schaffen sollen, auf einen Baum zu klettern?

Paula musterte Renko, der ungewohnt still im Sessel saß und geradezu erschöpft wirkte. Vielleicht waren die alten Nachbarinnen und die Flohmarktverkäuferin selbst für ihn zu viel gewesen.

»Dann sehen wir uns die Sachen mal an«, sagte Paula.

Die Frau führte sie durch den Türvorhang in das Hinterzimmer, das überraschenderweise größer war als der eigentliche Verkaufsraum. Es war vollgestopft: Müllbeutel mit Textilien, Schuhe in Plastiktüten, kistenweise Bücher und Geschirr. Jetzt verstand Paula besser, wieso für Alannes Sachen noch keine Preise festgelegt worden waren.

»Die Angehörigen bringen oft alle Sachen ihres Verstorbenen, und wir bringen es nicht über das Herz, sie zurückzuweisen. Das hier landet zum größten Teil auf dem Müll«, erklärte die Frau und schob einen Kleiderständer beiseite, damit sie weiter in das Zimmer gehen konnten. »Insofern hat Kaarina klug gehandelt.« Zwei Freiwillige des Vereins, der den Flohmarkt betrieb, hatten die Sachen abgeholt, die die Verkäuferin mit Alannes Zustimmung ausgewählt hatte. Alanne hatte nur die notwendigsten Möbel, genügend Kleider und Geschirr, einige Erinnerungsstücke und den Fernseher behalten wollen.

»Das sollte alles auf die Müllhalde, wenn sie nicht mehr da ist, hat sie gesagt. Es war ein Todesputz«, fügte die Verkäuferin leise hinzu.

»Hat sie dieses Wort verwendet?«, fragte Paula.

»Ja. Kennen Sie das Buch ›Todesputz‹ von Eeva Kilpi? Darin

hat sie das Thema verarbeitet. Es war auch dabei. Da drüben ist es«, sagte die Verkäuferin und zeigte auf ein halbhohes Regal in der hinteren Ecke des Raums, das mit Büchern gefüllt war.

Die Verkäuferin hatte Alanne gefragt, ob sie Kilpis Werk nicht behalten wolle, wenn ihr das so wichtig wäre. Aber Alanne hatte geantwortet, sie kenne das Buch auswendig und würde sich freuen, wenn es noch jemand anderem Trost brächte. Dann hatte sie lange Passagen aus dem Gedächtnis zitiert.

»Das Alter ist eine Allergie gegen das Leben«, sagte die Verkäuferin. »Das Zitat ist mir in Erinnerung geblieben.«

Alanne war also doch ein belesener Mensch gewesen, und in dem Regal in ihrer Wohnung waren nur die Bücher verblieben, die nicht einmal zum Spottpreis Abnehmer gefunden hätten.

»Diese Sachen dürfen vorläufig nicht berührt werden. Das meine ich wortwörtlich. Kommen normalerweise außer Ihnen noch andere in das Hinterzimmer?«, fragte Paula.

Die Verkäuferin schüttelte den Kopf und versprach dafür zu sorgen, dass Kaarina Alannes Besitztümer von den anderen Waren getrennt blieben.

Paula ging näher an das Regal heran und betrachtete die Buchrücken. Es handelte sich fast ausnahmslos um einheimische und ausländische Klassiker, größtenteils um alte Werke, aber es waren auch neue Bücher darunter.

»›Massenpsychologie des Faschismus‹«, sagte Renko hinter Paulas Rücken anerkennend. »Starker Stoff, starker Stoff. Das Buch war mal Thema in einem Kurs, den ich besucht habe. Der Verfasser behauptet, dass die Menschen Faschisten werden, wenn sie ihre wahre Sexualität nicht verwirklichen dürfen. Auch Hitler hat seine Homosexualität verborgen. Das ist ein faszinierendes Thema, auch heute interessieren sich ja alle möglichen Unterdrücker wahnsinnig dafür, was die Leute in ihren Schlafzimmern treiben, ob die falschen Organe sich vereinen oder …«

»Tatsächlich? Zu meiner Zeit war so was an der Polizeischule kein Prüfungsthema«, feixte Paula, die sehr wohl wusste, dass Renko sein abgebrochenes Universitätsstudium meinte.

»Vielleicht hätte es ein Thema sein sollen«, seufzte Renko, und obwohl er wusste, dass Paula gegen ihn stichelte, fuhr er fort: »Ich habe an der Universität ja im Nebenfach Psychologie studiert, fast bis zum Zwischenexamen. Mein Hauptfach war Philosophie, ich mochte Nietzsche, der spricht ja junge Leute an, mit seiner Lehre vom Übermenschen und so weiter. Aber mein Favorit wurde damals Schopenhauer, noch stärkerer Stoff als Nietzsche.«

Die Flohmarktverkäuferin bekam einen gekünstelt wirkenden Hustenanfall und verkündete dann, sie müsse in den Verkaufsraum zurück. Paula und Renko könnten sich Alannes Sachen in aller Ruhe ansehen.

»Ob das wohl so ganz stimmt?«, merkte Paula an, als die Verkäuferin hinter dem Vorhang verschwunden war.

»Was?«, fragte Renko.

»Diese Faschistensache.«

»Vielleicht habe ich es ein bisschen zurechtgebogen.«

Paula schmunzelte und musterte Kaarina Alannes Sachen. Jetzt wurde das Aussehen der Zweizimmerwohnung viel verständlicher. Im Hinterzimmer des Flohmarkts war alles aufbewahrt, was irgendetwas über Alannes Persönlichkeit verraten konnte: eine schöne alte Kommode mit dekorativen Griffen, Spitzendeckchen, Gemälde und Grafiken, eine altmodische, aufziehbare Wanduhr, zwei kleine Skulpturen, ein großer Spiegel mit geschnitztem Rahmen. An der Wand lehnte ein aufgerollter großer Teppich mit Orientmuster.

Kaarina Alanne hatte alles Schöne aus ihrer Wohnung entfernen wollen. Nur eine Woche vor ihrem Tod hatte sie die Spuren ihres Lebens abgeschält, bis kein Zuhause mehr zurückblieb, sondern nur eine unpersönliche Wohnstätte.

Krebsmedikamente, Todesputz.

Jetzt war Paula sich sicher, dass Alanne gewusst hatte, dass sie bald sterben würde, es war nicht nur die Vorahnung einer alten Frau. Aber handelte es sich nur darum, dass Alanne darüber im Bild war, wie weit ihre Krankheit fortgeschritten war, oder hatte sie noch von einer anderen Bedrohung gewusst?

»Such den Arzt, der Alanne behandelt hat«, sagte Paula zu Renko, der in seinem alten Lehrbuch blätterte.

»Jawohl, mein Führer«, antwortete er.

6

Der Platz vor dem Krankenhaus war am frühen Abend voller Autos. Durch die Glastüren, die zum Bereitschaftsdienst führten, war das überfüllte Wartezimmer zu sehen. Über den Parkplatz wehte ein leichter, aber kalter Wind.

Meri Kaikkonen wartete wie vereinbart an der Ecke des Gebäudes und rauchte. Trotz des kühlen Wetters trug sie keinen Mantel über ihrem weißen Arztkittel.

»Eine rauchende Krebsärztin«, sagte Renko, als er mit Paula über den Parkplatz ging. »So selten wie ein abstinenter Schriftsteller.«

»Oder ein intelligenter Kriminalhauptmeister«, gab Paula zurück.

»Haha, gut gesagt.« Renko lachte, doch seine Stimme klang leicht verärgert.

Kaikkonen hob grüßend die Hand und warf die brennende Kippe in den Gully.

»Schusters Kinder haben keine Schuhe«, sagte sie fröhlich, nachdem sie den letzten Rauch ausgeatmet hatte.

Paula amüsierte sich über Renko, der auf den Gullydeckel starrte und offenbar überlegte, was das Schustersprichwort mit dem Zigarettenkonsum der Ärztin zu tun hatte.

»Sie haben es sicher ebenso eilig wie wir. Kommen wir also direkt zur Sache«, schlug Paula vor.

»Kaarina Alanne«, begann Meri Kaikkonen, als würde sie einen Krankenbericht diktieren. »Weit fortgeschrittener Brustkrebs, wollte keine Operation. Der Krebs wurde Ende letzten Jahres festgestellt. Vor zwei Wochen habe ich ihre verbleibende Lebenszeit auf einige Wochen, höchstens Monate geschätzt. Das traf offenbar zu.«

Renko öffnete den Mund, doch Paula räusperte sich, um ihn daran zu hindern, den wahren Sachverhalt zu früh zu verraten. Sie suchte auf ihrem Handy das Foto von Alannes Medikamenten und fragte, ob alle ordnungsgemäß verschrieben waren. Kaikkonen nahm das Handy, vergrößerte die Aufnahme und sah sie sich sorgfältig an, bevor sie nickte.

»Wie hat sich Frau Alanne verhalten, als sie hörte, dass sie nicht mehr lange zu leben hatte?«, fragte Paula.

»Sehr ruhig. Auf mich wirkte sie wie ein Mensch, der mit sich selbst und seinem Leben restlos im Reinen ist. Das ist irgendwie schön«, antwortete Kaikkonen.

»Obwohl sie einsam war«, merkte Renko an.

»Nein«, widersprach Kaikkonen. »Sie war zwar allein, aber nicht einsam. Wir haben darüber gesprochen, als ich sah, dass in ihren Papieren keine nahen Angehörigen vermerkt waren. Kaarina hat mir erzählt, dass sie ihr ganzes Leben der Arbeit gewidmet und sich ansonsten für sich allein wohlgefühlt hat.«

»Sie kam also immer allein in die Praxis?«

»Ja. Und sie hat auch nie andere Personen erwähnt.«

»Hatte sie starke Schmerzen?«, fragte Paula.

»Sie hatte Schmerzen, ja, aber keine unerträglichen.«

»War sie Ihrer Ansicht nach selbstzerstörerisch?«

»Auf keinen Fall. Wieso?«, fragte Kaikkonen verwundert. »Hat sie … untersuchen Sie deshalb ihren Tod? Hat sie eine Überdosis genommen? Das sollte eigentlich nicht möglich sein, Schmerzmittel werden jeweils nur in kleinen Mengen verschrieben.«

»Die Ergebnisse der Obduktion liegen noch nicht vor«, antwortete Paula. »Aber sie wurde erhängt aufgefunden.«

Meri Kaikkonens Augen füllten sich zuerst mit Entsetzen, dann mit Tränen, die sie schnell wegblinzelte. Sie holte eine Schachtel Chesterfield aus der Kitteltasche und steckte sich eine weitere Zigarette an. Paula ließ der Krebsärztin Zeit für ein paar Züge.

»Das kann ich nicht glauben«, sagte Kaikkonen schließlich, als sie ihre Zigarette fast zur Hälfte aufgeraucht hatte.

»Warum nicht?«, fragte Paula. »Ist Selbstmord nicht in gewisser Weise eine natürliche Reaktion, wenn man erfährt, dass man bald sterben wird? Vielleicht hat sie doch befürchtet, dass das Ende qualvoll sein wird.«

»Nein, nein, nein.« Kaikkonen schüttelte den Kopf. »Wir hatten alles besprochen. Für Kaarina war ein Palliativplatz reserviert für den Moment, wenn sie zu Hause nicht mehr zurechtkäme oder nicht allein sein wollte. Aber es war ihr ausdrücklicher Wunsch, zu Hause zu bleiben.«

»Wie war ihre physische Kondition?«, erkundigte sich Paula. »Konnte sie zum Beispiel noch Spaziergänge machen?«

»Oder auf einen Baum klettern?«, murmelte Renko vor sich hin, aber nicht leise genug.

»Auf einen Baum klettern«, wiederholte Kaikkonen ungläubig, als wäre das der schlechteste Witz, den sie je gehört hatte. Sie schnippte die Kippe auf den Asphalt und verschränkte die Arme vor der Brust. »Für ihr Alter war sie noch fit, aber auf einen Baum hätte sie nicht mehr klettern können. Nicht einmal in gesundem Zustand«, fügte sie schroff hinzu.

Jetzt sah sie so aus, als wolle sie kein Wort mehr sagen. Paula verfluchte Renko insgeheim. Sie bat Kaikkonen zu überlegen, ob Kaarina Alanne irgendwelche Begegnungen erwähnt hatte, doch die Ärztin schüttelte den Kopf.

»Wenn Ihnen noch irgendetwas Besonderes einfällt, worüber Sie gesprochen haben, melden Sie sich bitte.« Kaikkonen nickte nervös und erklärte, sie müsse zurück auf die Station. Paula und

Renko blickten ihr nach, als sie mit gesenktem Kopf durch eine Seitentür in die Klinik ging.

»Okay, das war ein Fehler«, sagte Renko. »Ich dachte, es wäre gut, der Ärztin einen kleinen Schreck einzujagen, falls sie etwas weiß.«

»Aha. Das ist dir ja gelungen«, versetzte Paula und machte sich auf den Weg zum Auto.

»Ärzte geben ihre Fehler nie zu«, fuhr Renko hinter ihr fort. »Sie fürchten sich vor Fehlern, gestehen sie aber nur ein, wenn ihnen keine andere Wahl bleibt. Das liegt an ihrer beruflichen Allmacht. Aber kann irgendeines von Alannes Medikamenten eine selbstzerstörerische Neigung verursacht haben? Danach hätten wir uns erkundigen müssen.«

»Bist du jetzt also doch der Meinung, Alanne könnte Selbstmord begangen haben?«, fragte Paula über die Schulter.

»Nein. Aber vielleicht hat die Ärztin es befürchtet. Bringst du mich zum Präsidium zurück?«

»Wenn du willst, kann ich dich auch nach Hause bringen.«

»Prima, danke«, sagte Renko. »Dann schafft meine Frau es noch zur Gymnastik, die muss sie so oft ausfallen lassen.«

Paula setzte sich in den Wagen und dachte an Renkos Frau, der sie ein paarmal begegnet war. Sie hatte herzlich und fraulich gewirkt, auf diese mühelos-natürliche Art, die Paula immer ein Rätsel geblieben war. Wenn Paula zum Beispiel ihre Haare zurückbinden wollte, war ein straffer, glatter Pferdeschwanz das Einzige, was sie zustande brachte, während Renkos Frau bei ihrer letzten Begegnung die Haare zu einer Art Dutt hochgesteckt trug, der aussah, als sei er schnell, aber mit sicherer Hand gemacht, nachlässig und doch akkurat.

»Was ist deine Meinung zum Gnadenmord?«, fragte Renko, als sie vom Parkplatz der Klinik auf die Straße bogen.

»Das Wort mag ich nicht. Ich spreche lieber von Euthanasie«, erwiderte Paula.

»Aha, du ziehst einen verschleiernden Ausdruck vor«, sagte Renko herausfordernd.

»Nein«, schnaubte Paula. »Meiner Meinung nach geht es bei Euthanasie nicht um Mord, und Gnade sollte mit der ganzen Sache nichts zu tun haben. Als müsste ein todkranker, leidender Mensch von anderen Gnade bekommen, obwohl er nur Hilfe braucht, sonst nichts.«

Renko gab zu, dass Paula recht hatte, und schien überrascht von ihrer heftigen Reaktion.

»Mir kam nur gerade in den Sinn, dass assistierter Suizid eine Ermittlungslinie sein könnte, wenn Alanne auf irgendeine andere Art getötet worden wäre«, sagte er versöhnlich.

»Stimmt«, erwiderte Paula, der ihre hitzige Erwiderung ein wenig peinlich war.

»In gewisser Weise hatte Alanne selbst ja den größten Nutzen von der Tat, wenn man bedenkt, dass ihr dadurch härteres Leid erspart blieb.«

»Ich würde Tod durch Erhängen nicht so einstufen, dass dem Opfer härteres Leid erspart bleibt, aber ich verstehe, was du meinst.«

»Meiner Meinung nach müsste jeder Mensch das Recht haben, Sterbehilfe zu bekommen, wenn er sie braucht. Nur bei Minderjährigen und aus psychischen Gründen sollte sie ausgeschlossen sein«, sagte Renko.

Paula erstarrte und heftete den Blick fest auf das Nummernschild des Wagens vor ihnen. Weiter vorn sprang die Ampel auf Grün um, aber die Schlange kam so langsam voran, dass sie es vor dem nächsten Wechsel nicht über die Kreuzung schaffen würden.

»In einigen Ländern ist das möglich«, fuhr Renko fort. »Also zum Beispiel wegen Depression Sterbehilfe zu bekommen. Das finde ich auf keinen Fall akzeptabel. Depression ist keine tödliche Krankheit.«

Paula hätte ihm gern widersprochen, brummte aber nur zustimmend und hoffte, Renko würde das Thema wechseln. Doch ihre Hoffnung war vergebens. Im Gegenteil, Renko lehnte sich auf dem Sitz zurück, als genieße er es, lang und breit reden zu können, solange sie im Stau steckten.

»Ich will keineswegs bestreiten, dass eine Depression gewaltiges menschliches Leid verursachen kann«, erklärte Renko.

»Tatsächlich?« Paulas Stimme klang so farblos, dass Renko die Frage für aufrichtig hielt.

»Ja, wirklich. Ich habe einmal mit einem depressiven Patienten gesprochen. An den schlimmsten Tagen kam er überhaupt nicht aus dem Bett, und sonst hatte er das Gefühl, sich wie in Gelee zu bewegen. So was ist doch kein Leben. Das ist schwer zu begreifen.«

»Bestimmt«, sagte Paula und versuchte sich auf das Kennzeichen des vor ihr fahrenden Wagens zu konzentrieren, die Buchstaben und Ziffern wieder und wieder zu lesen.

»Man interessiert sich für nichts, man empfindet nichts. Stell dir mal vor, selbst wenn man Familie hat, empfindet man nichts. Der Typ hat erzählt, dass er immer versucht hat, seine Kinder anzulächeln, obwohl ihm nie zum Lächeln war. Er musste sich also für seine Kinder ein künstliches Lächeln aufs Gesicht zwingen, stell dir das bloß vor!«

Paula setzte den Blinker nach rechts, scherte aus der Schlange aus und fuhr auf den Hof einer Tankstelle.

»Musst du tanken?«, fragte Renko.

»Nein, aber ich hatte ganz vergessen, dass ich in einer halben Stunde zur Massage muss. Entschuldige, ich kann dich doch nicht nach Hause bringen.«

»Macht nichts. Hundert Meter weiter ist eine Bushaltestelle, von da komme ich bis fast vors Haus.«

»Okay. Aber im Ernst, es tut mir leid. Jetzt verpasst deine Frau doch ihre Gymnastikstunde.«

»Ach was, ich denke mir schon eine Gymnastik für sie aus.

Bis morgen«, sagte Renko und schlug die Tür zu, ohne auf eine Antwort zu warten.

Renko ging über den nassen Rasenstreifen auf den Bürgersteig und zog den Reißverschluss seiner Jacke hoch, bevor er die Hände in die Taschen steckte. Paula blickte ihm nach, bis seine in der Kälte leicht gekrümmte Gestalt hinter dem Gebäude verschwand. Dann merkte sie, dass sie das Lenkrad immer noch mit beiden Händen umklammerte.

In Gedanken sah sie wieder das Sonnenblumenfeld, an dem ihre Mutter schnell vorbeifuhr. Zu schnell.

Sie sah die weiße Backsteinwand der Leichenhalle, an die sie gestarrt hatte, während sie auf ihren Vater wartete.

Auf ihren Vater, der ihr gleich sagen würde, dass ihre Mutter tot war.

Es spielte keine Rolle, wie Renko darüber dachte. Renko wusste nicht, wovon er sprach.

Depression konnte eine tödliche Krankheit sein.

7

Der junge Mann lehnte den Hinterkopf an die Betonwand der Zelle. Sie drückte sich kalt gegen die Haut, die von den gerade auf drei Millimeter gestutzten Haaren nicht gewärmt wurde.

Das Licht, das durch das Fenster fiel, war nicht so, wie das Licht im April sein sollte. Es war von dunklen Wolken gefiltert, ihm fehlte die Frühlingswonne. Die Sonnenstrahlen glänzten nur durch Abwesenheit.

Er betrachtete die nikotingelben Nägel an Zeige- und Mittelfinger seiner rechten Hand. Als er sie sich unter die Nase hielt, nahm er den muffigen Geruch der gerade gerauchten Zigarette wahr. Unwillkürlich wischte er sich die Finger an der graublauen Collegehose ab, bevor er den Karton unter dem Bett hervorholte und auf die Matratze stellte.

Der Karton war ein Postpaket, auf dem sein Name und die Adresse des Gefängnisses standen. Das Paket war voller Briefumschläge, auf die jeweils nur ein Datum geschrieben war. Der junge Mann war sich immer noch nicht ganz sicher, ob die Briefe wirklich an ihn gerichtet waren. Das Paket hatte er vor mehr als einem Jahr bekommen.

Die Daten auf den Umschlägen verrieten, dass die Briefe in einem Zeitraum von über fünfzehn Jahren geschrieben worden waren. Jeder begann mit derselben Anrede: »Mein lieber Sohn Pauli«. Das war nicht sein Vorname. Deshalb wusste er nicht, ob sie ursprünglich für ihn bestimmt waren. Überhaupt wirkten sie eher wie das persönliche Tagebuch ihrer Verfasserin.

Anfangs hatte er die Briefe in willkürlicher Reihenfolge gelesen, dann in chronologischer. Diejenigen, die ihm am wichtigsten erschienen, hatte er schließlich auf einen eigenen Stapel gelegt, von dem er nun den obersten nahm, dem Datum nach den ersten. Er zog den Brief aus dem Umschlag.

Die Briefe waren von Hand geschrieben, und die Handschrift war schön: säuberlich, aber nicht zu verschnörkelt oder dekorativ. Die Buchstaben neigten sich im selben präzisen Winkel schräg nach rechts. Sie verbanden sich so miteinander, dass jedes einzelne Wort entstand, ohne dass der Stift vom Papier gehoben wurde, bevor die Punkte auf das ä gesetzt oder der Strich durch das t gezogen werden musste. Die alte Schönschrift, die in der Schule nicht mehr gelehrt wurde. Deshalb war die Jugend von heute verdorben, sie war innerlich ungebildet und hatte den Sinn für Ästhetik verloren, wie Koikkalainen ihm einmal in der Werkstatt erklärt hatte.

Koikkalainen saß lebenslänglich ein, weil er seiner Frau mit einer eisernen Schaufel den Schädel eingeschlagen hatte.

Der junge Mann lächelte traurig und verscheuchte Koikkalainen, der seine Stimmung verdüsterte, aus seinem Kopf. Dann schaltete er die Nachttischlampe ein, obwohl es mitten am Tag war. Lieber hätte er bei Tageslicht gelesen, aber durch die starke Bewölkung war es nicht hell genug. Das fahle Licht der Deckenlampe war ihm zuwider.

Er las die erste Zeile, die Anrede, mit der der Brief begann. Dann schloss er die Augen, kniff die Lider fest zusammen, riss sie wieder auf und las die Zeile laut. Das war ihm schon zur Gewohnheit geworden.

Mein lieber Sohn Pauli,

Dann las er lautlos weiter, bewegte dabei aber die Lippen, ohne es zu bemerken.

Ich habe beschlossen, dir einen Brief zu schreiben, obwohl du ihn vielleicht nie lesen wirst. Mir ist gerade klar geworden, dass du heute auf den Tag genauso alt bist, wie ich es war, als meine Mutter starb.
Ich schreibe diesen Brief in meiner neuen Wohnung. Die Möbel sind schon an ihrem Platz, aber in der Diele stehen noch Umzugskisten, die ich auspacken müsste. Ich habe in einer der Kisten Fotos gefunden und alles andere vergessen. Es waren viele Bilder dabei, die mich zusammen mit meinem Vater und meiner Mutter zeigen. Mit deinen Großeltern. Als ich sie ansah, habe ich überlegt, ob wir uns ähnlich sehen, du und ich. Auf den letzten gemeinsamen Aufnahmen bin ich so alt wie du jetzt. Von dir habe ich keine Fotos, nicht einmal aus dem Kreißsaal. Mein Vater fand, das wäre besser so.
Die Fotos haben meine Gedanken auf meine Mutter gelenkt. Oder eigentlich nicht auf meine Mutter, sondern auf die Vorstellungen eines neunjährigen Mädchens von seiner Mutter, die es vom Wolkenrand aus betrachtet.
So denkt wohl jedes Kind in dieser Situation: Die Mutter ist ein Engel, der aus der Ferne sein Kind ansieht, es lenkt und beschützt, aber nicht mehr sichtbar ist.
Deine Oma ist überraschend gestorben, bei einem Verkehrsunfall. Sie war immer da gewesen, aber dann war sie eines Tages nicht mehr da. Sie wurde mir einfach weggenommen. So wie man mir auch dich weggenommen hat. Damals hätte ich meine Mutter gebraucht, ich war selbst noch so jung, fast noch ein Kind.
Du hast natürlich deine eigenen Eltern. Und du weißt nicht, dass es noch eine zweite Mutter gibt, die dich geboren und deinen ersten Schrei gehört hat. Ich musste einen Namen für dich finden, und ich hatte ihn mir schon lange vorher ausgedacht. Dein erster Name war Pauli. Jetzt hast du einen anderen Namen, ein anderes Leben.

Ich finde es so traurig, dass ich kein einziges Foto von dir habe. Aber ich erinnere mich an dich, an das kleine Neugeborene. Ich erinnere mich an deinen Geruch, sogar daran, wie sich die Haut deines winzigen, runden Händchens anfühlte, als ich es zärtlich streichelte.
Du hast natürlich kein Foto von mir. Aber hast du manchmal das seltsame Gefühl, dass jemand an dich denkt? Jemand, den du nicht kennst, der dir aber trotzdem vertraut vorkommt. So ähnlich wie ein Schutzengel. Der würde ich gern für dich sein, auch wenn ich nicht am Wolkenrand sitze und nicht weiß, ob ich dir mit meinen Gedanken helfen kann.
Du würdest dich sicher freuen, wenn du wüsstest, dass deine Mutter jetzt Polizeiobermeisterin ist. Ich kann es selbst kaum glauben, ich bin ja erst 25 und jünger als fast alle meine Kollegen. Aber wärst du stolz auf mich? Das stelle ich mir jedenfalls gern vor. Sicher wünschen sich viele kleine Jungs, Polizist zu werden, wenn sie groß sind. Oder vielleicht möchtest du lieber Feuerwehrmann werden? Es wäre so schön zu wissen, was du denkst und wovon du träumst. Kann sein, dass du Eishockeyspieler werden möchtest. Oder Basketballspieler, wenn du nach deiner Mutter geraten bist. Es gibt so vieles, was ich dich wissen lassen möchte, was du aber bestimmt nie erfahren wirst. Und das ist nicht deine Schuld!
An einsamen Abenden habe ich mit dir geplaudert. Ich habe auf dem Bett gelegen, du hast an meinem Schreibtisch gesessen, ziemlich oft hast du da gemalt. Ich frage dich, wie dein Tag gelaufen ist, und du antwortest mir. Und du sagst, was du morgen essen möchtest, wenn du aus der Schule kommst. Dann drehst du dich um und zeigst mir das Bild, das du gemalt hast. Darauf sind wir zu sehen, du und ich. Und ein Baum, bei dem das Grün über die Umrisse

reicht, am Himmel stehen eine fröhliche Sonne und eine Schönwetterwolke.
Wo richte ich dir deinen Platz hier in der neuen Wohnung ein, wo der Schreibtisch nicht im Schlafzimmer steht?

Nach dem Fragezeichen am Ende des letzten Satzes, vor der Unterschrift, gab es eine leere Zeile, die der Mann beim Lesen berücksichtigte. An dieser Stelle machte er eine lange Pause. Als er die Unterschrift las, bewegten sich seine Lippen nicht mehr, sie waren fest zusammengepresst.

Mutter

8

Auf dem Basketballfeld fühlte Paula sich wie zu Hause, vielleicht sogar heimischer als zu Hause. Dort lebte sie ganz im Augenblick, und alle Sorgen verflogen. Das Spiel riss sie mit sich, obwohl es nur Freizeitsport unter Kollegen war.

Paula bekam den Ball von Karhu, wich Hartikainen aus und spielte zu Renko ab, der in einer guten Wurfposition stand. Renkos voriger Versuch war am Korbring abgeprallt, jetzt ging sein Wurf einen Meter am Korb vorbei. Man brauchte kein erfahrener Lippenleser zu sein, um zu erkennen, welches Wort ihm entschlüpfte.

Renkos vorgetäuschte Munterkeit unterstrich seine Niedergeschlagenheit nur noch mehr, als er sich im Umkleideraum die Sportschuhe auszog. Sein Hemd war schweißnass, er hatte sich ernsthaft angestrengt und war gerannt wie ein Verrückter.

Karhu tat sein Mitspieler leid.

»Du hast dich gut in Wurfstellung gebracht«, lobte er.

Renko versuchte zu lächeln und brummte eine Art Dank, aber in seinem Kopf drehte sich alles nur um eine Frage: Warum war er hier, warum drängte er sich immer in die Mannschaft, obwohl er so schlecht war? Auf dem Spielfeld war er nutzlos, und die ständigen Misserfolge nagten an seinem Selbstbewusstsein.

Bis zum nächsten Training hatte er die Fehlschläge jedoch regelmäßig vergessen und kam voller Eifer in die Halle: Vielleicht war heute sein Tag. Dann kam der erste Patzer, und in der restlichen Spielzeit versuchte er lediglich, irgendwie durchzuhalten.

»Puh. Ich hatte gehofft, dass ich mich wenigstens ein bisschen weiterentwickeln würde. Aber ich bin noch genauso schlecht wie vor zwei Jahren. Meine Würfe kommen dem Korb nicht mal nahe.«

»Übertreib nicht. Der eine Wurf war doch perfekt«, tröstete Karhu.

»Reiner Zufall. Ich müsste öfter üben, aber dazu fehlt mir die Zeit«, sagte Renko.

»Ja, ja, die hektischen Jahre«, kommentierte Hartikainen lachend. Er wollte noch etwas hinzufügen, entschied sich aber im letzten Moment dagegen.

Er erinnerte sich, wie Renko auf der Polizeistation einen zehnseitigen Tätigkeitsplan zerknüllt und versucht hatte, die Papierknäuel über den Schreibtisch hinweg in den Papierkorb zu werfen. Zum Schluss hatte er jedes einzelne Blatt vom Fußboden auflesen müssen.

Kein einziger Wurf hatte ins Ziel getroffen.

Die Fenster der Kneipe waren seit einer Ewigkeit nicht geputzt worden. Renko spähte durch die schmutzige Scheibe auf die Straße. Der Wagen, der vor der Pizzeria gegenüber parkte, stand zur Hälfte auf dem Fußweg. Die Werbeaufkleber der Pizzeria an der Seite des Autos waren schlammbespritzt.

»Ich finde, wir sollten die Ermittlungen noch nicht einstellen«, sagte Renko, nachdem er einen Schluck Bier getrunken hatte.

Paula war derselben Meinung, schwieg aber.

»Der Fall ist doch einigermaßen klar«, schnaubte Hartikainen.

»Warum hatte sie die Monatskarte in der Tasche?«, fragte Renko.

»Das hat doch nichts zu sagen. Ich habe ja auch den Bibliotheksausweis von Savonlinna in der Brieftasche. Den habe ich zuletzt im Sommer benutzt, als ich im Ferienhaus war«, entgegnete Hartikainen.

»Aber sie hatte nur die Monatskarte bei sich«, beharrte Renko.

»Meiner Meinung nach deutet das darauf hin, dass sie mit öffentlichen Verkehrsmitteln irgendwohin wollte und deshalb die Fahrkarte eingesteckt hat. Und wie hat sie es geschafft, das Seil am Baum zu befestigen? Eine kranke alte Frau. Und vor allem, wie hat sie sich selbst ans andere Ende des Seils gebracht?«

Paula quittierte Renkos Überlegungen mit einem zustimmenden Brummen. Dieselben Fragen, abgesehen von der nach der Fahrkarte, waren auch ihr durch den Kopf gegangen.

»Na ja, wir haben allerdings nichts, womit wir weitermachen könnten«, stellte Karhu fest. »Wer ist an der Reihe, die nächste Runde auszugeben?«

»Ich.« Renko stand mit düsterer Miene auf, um an die Theke zu gehen.

»Nein, ich bin dran«, sagte Hartikainen. »Setz dich.«

Paula fiel auf, dass Renko überraschend schnell gehorchte, obwohl tatsächlich er an der Reihe gewesen wäre. Hartikainen hatte nämlich die erste Runde ausgegeben, Karhu die zweite. Paula hatte bisher nichts Alkoholisches getrunken – den anderen gegenüber hatte sie behauptet, schon eine kleine Menge würde ihren Schlaf durcheinanderbringen.

In Wahrheit verzichtete sie vorläufig ganz auf Alkohol, weil er in ihrer Situation eine viel zu verlockende Alternative war.

Er würde ihr helfen zu vergessen. Für kurze Zeit.

Paula betrachtete ihre leere Teetasse und seufzte. Auf mehr Tee hatte sie keine Lust, andererseits war es noch unangenehmer, mit trockenem Mund in der Runde zu sitzen. Sie rief Hartikainen nach, er solle ihr ein Glas Wasser bringen.

Renko beobachtete mit finsterer Miene, wie der Nissan Micra des Pizzaboten sich geschickt in den nachmittäglichen Stoßverkehr einfädelte. Bald darauf versuchte ein kleiner Fiat, an der frei gewordenen Stelle zu parken. Der Fahrer schaffte es beim ersten Versuch nicht, in die enge Lücke zurückzusetzen, sondern musste kurbeln und versperrte dabei vorübergehend die Fahrbahn.

Hinter dem Fiat bildete sich eine Schlange. Jemand hupte heftig. Es war der Fahrer des dritten Wagens in der Schlange.

»Ich habe eine Theorie«, verkündete Renko und zeigte an die Decke der Kneipe.

»In deinem Alter hatte ich auch viele gute Theorien«, sagte Hartikainen, während er ein Tablett mit drei Biergläsern und einem Glas Wasser auf den Tisch stellte.

»Sprich«, versetzte Karhu, obwohl er wusste, dass er Renkos Theorie ohnehin zu hören bekommen würde.

»Jeder Mensch sollte etwas tun, worin er nicht besonders gut ist. Das ist eine gute Übung in Demut«, erklärte Renko.

»Was hat das mit der Ermittlung über den Tod von Kaarina Alanne zu tun?«, fragte Hartikainen verwundert.

»Gar nichts. Es hat damit zu tun, wie die Gesellschaft funktioniert. Ich zum Beispiel lerne bei unseren Basketballspielen, was es bedeutet, das schwächste Glied in der Kette zu sein. Trotzdem muss man versuchen, mitzuhalten, auf irgendeine Weise nützlich für das Team zu sein. Wir begegnen bei unserer Arbeit ziemlich vielen Typen, die als Loser abgestempelt sind. Auch für deren Welt öffnet sich ein breiterer Blickwinkel, wenn man selbst die Erfahrung gemacht hat, bei irgendetwas schlechter zu sein als andere«, philosophierte Renko.

»Eine gute Theorie«, gab Karhu zu.

»Sehr gut«, pflichtete Paula ihm bei.

Eigentlich hatte sie das nur gesagt, um freundlich zu dem niedergeschlagenen Renko zu sein. Aber als sie genauer darüber nachdachte, merkte sie, dass Renko recht hatte.

Es täte jedem gut, sich selbst gelegentlich als schwach zu empfinden und auf die Unterstützung anderer angewiesen zu sein.

Und die Theorie funktionierte auch in der umgekehrten Richtung. Als Paula in jüngeren Jahren mit großem Ernst und hohen Zielen Basketball gespielt hatte, bestand ihre Mannschaft immer aus Personen, die ihre Position kannten und ihre Aufgabe beherrschten. Aber durch das Spiel mit einem Anfänger wie Renko lernte man etwas Wesentliches über Gruppendynamik. Man musste überlegen, wie man auch den Schwächeren einbezog und die Fähigkeiten nutzte, die er besaß.

Renko verschränkte die Hände im Nacken und blickte an die Decke. Er wirkte zufrieden und nachdenklich. Paula musste lächeln.

Sie wusste, dass Renko über die Enttäuschungen auf dem Spielfeld hinweggekommen war und in Gedanken seine Theorie weiterentwickelte.

»Gerade deshalb schätze ich Individualsportarten höher als Mannschaftssport«, meinte Hartikainen. »Ein Boxer oder Langstreckenläufer ist selbst das stärkste und das schwächste Glied. Wenn er scheitert, kann er sich hinter keinem verstecken, und wenn er siegt, kann kein anderer die Ehre für sich beanspruchen.«

»Aber denk mal an Diego Maradona«, sagte Renko. »Er hat den mittelprächtigen SSC Neapel zur Meisterschaft in der Serie A geführt. Maradona hat aus seinen Mannschaftskollegen bessere Spieler gemacht. Das nenne ich Größe.«

»Der Größte und Schönste ist trotzdem Muhammad Ali«, verkündete Hartikainen unbeirrt. »Von den anderen kann man nicht am selben Tag sprechen. Wenn du am Sonntag von Ali sprichst, kannst du am Montag Paavo Nurmi erwähnen. Und erst am Dienstag kann man darüber streiten, ob Pele besser war als Maradona oder vielleicht doch eher Messi.«

Renko und Hartikainen setzten ihre Debatte fort, doch Paula hörte nicht mehr zu.

Sie dachte an Kaarina Alanne, an ihr bescheidenes Zuhause und an ihr langes normales Leben, das so überaus seltsam geendet hatte.

MAI

MONTAG

Schwipp schwapp. Schwipp schwapp.
Auf und ab.
So wippt man.

1

Der Nebel um ihn herum verflüchtigt sich, doch die Dunkelheit bleibt. Er hat das Gefühl, auf einem schwankenden Gipfel zu stehen. Er taumelt, aber in der Dunkelheit haben sich schützende Hände um seine Beine gelegt und halten ihn aufrecht. Sie lassen ihn nicht vom Gipfel stürzen.

Die Dunkelheit lockert ihren Griff. Er schwankt, bleibt aber auf den Füßen. Obwohl er nichts sieht, spürt er, dass die Hände immer noch in der Nähe sind, bereit, ihn zu halten, wenn er abrutscht.

Er beginnt sich vage zu erinnern. Er hat das angebotene Bier angenommen. Dann ist er urplötzlich im Nebel versunken. In diesem Nebel ist er hierhergegangen. Jetzt ist er aus dem Nebel aufgetaucht, aber die Dunkelheit ist immer noch da. Seine Augen gewöhnen sich allmählich daran, er erkennt Formen, die Schatten von Bäumen.

Und dann spürt er, wie sich ein Seil um seinen Hals strafft.

Er versucht es zu packen, aber seine Hände sind im Rücken gefesselt. Mit einem Kabelbinder, das ist ihm schnell klar. Und im selben Moment schlägt ihm Helligkeit ins Gesicht, das Licht dringt gewaltsam durch die Pupillen auf die Netzhaut.

Einen Augenblick lang ist er blind.

Als sich die Augen an die neue Situation gewöhnen, begreift er, dass das Licht von einer Taschenlampe stammt. Sie ist auf sein Gesicht gerichtet, aber der schmale Lichtkegel enthüllt, dass er oben am Ende eines Bretts steht.

Das Licht zeigt immer noch auf sein Gesicht. Nur mühsam kann er am anderen Ende des Bretts eine Gestalt ausmachen, deren Haltung der eines meditierenden Menschen gleicht. Dann erhebt sich die Gestalt und verschwindet in der Dunkelheit hinter seinem Rücken, der Lichtkegel streift über den Sand vor ihm. Er spürt, wie der Kabelbinder aufgeschnitten wird und seine Hände freigibt.

Erleichterung durchzieht seinen Körper. Er greift sofort nach dem Seil um seinen Hals, es lockert sich ein wenig. Doch gleichzeitig hört er ein seltsames Geräusch, als würde etwas reißen. Er versucht in die Richtung zu blicken, aber der Lichtkegel trifft wieder seine Augen.

Nun hält er sich nur noch mit Mühe auf dem Brett. Das Seil um seinen Hals strafft sich erneut. Das Reißgeräusch wiederholt sich, und das Brett unter seinen Füßen bewegt sich nach unten. Verzweifelt versucht er, es mit den Schuhspitzen zu erreichen, und findet einen Moment lang Halt.

Er klammert sich an diesen letzten Strohhalm, obwohl er weiß, dass sich die Qual dadurch nur verlängert.

Als das Licht sich erneut auf seine Augen richtet, ist er schon unterwegs.

2

Normalerweise ging die Tagesmutter nicht so früh mit den Kindern nach draußen, aber sie hatte gleich nach dem Aufstehen einen Blick auf die Wettervorhersage geworfen. Schon vor der Mittagszeit sollte Schneeregen einsetzen, der bis weit in den Nachmittag anhalten würde.

Die Frau war eine erfahrene, im positiven Sinn altmodische Kinderpflegerin, die sich nicht in Kleinigkeiten verbiss, dafür aber an einigen grundlegenden Dingen entschlossen festhielt. Auch wenn sich die Zeiten änderten, brauchten Kleinkinder nach wie vor gesundes Essen, Mittagsschlaf, Zuwendung und frische Luft. Die Frau hatte gelernt, sich den ständig wachsenden Erwartungen der Eltern anzupassen, welche Anregungen den Kindern geboten werden sollten, obwohl Zweijährige ihrer Meinung nach noch keine speziellen Anregungen brauchten. Das behielt sie jedoch für sich, hörte sich die Vorschläge der Eltern freundlich an und versprach, sie nach besten Kräften zu berücksichtigen. Nur ein einziges Mal, als ein Elternpaar verlangt hatte, sein Kind dürfe keinen Mittagsschlaf halten, damit es abends schneller einschlief, hatte sie den Eltern geraten, eine andere Pflegestelle für das Kind zu suchen. Die Eltern waren bestürzt gewesen, hatten ihr Kind aber bei der Tagesmutter gelassen und nicht mehr über die Sache gesprochen.

Wenn die Kinder auch heute an die frische Luft sollten, war jetzt, um acht Uhr morgens, der einzige mögliche Zeitpunkt. Die Frau ließ das schmutzige Frühstücksgeschirr auf dem Tisch stehen. Sie zog das kleinste Kind, das noch im Babyalter war, warm an und setzte es auf den Fußboden der Diele, während sie den beiden größeren Kindern mit den Thermo-Overalls, Wollsocken, Rundschals und Winteranzügen half. Normalerweise brauchte man um diese Jahreszeit nicht so viel Kleidung. Gestern war Muttertag gewesen, aber die Mütter hatten diesmal keine Buschwindröschen bekommen, denn der Nachtfrost hatte sie dahingerafft.

Vor dem Haus legte die Frau das Baby in den Wagen und ließ die beiden größeren Kinder, ein Mädchen und ein Junge, wie immer vorausgehen, denn hier gab es kaum Verkehr und die Kinder kannten den Weg. Die Straße führte durch ein ruhiges Eigenheimgebiet, wurde zum Sandweg und senkte sich dem Meeresufer entgegen, vorbei an einem nicht mehr ganz neuen Tennisplatz und einem Teppichwaschplatz. Die Kinder zeigten abwechselnd auf irgendetwas in der graubraunen Landschaft, und die Tagesmutter bewunderte jedes einzelne Stöckchen, jeden Vogel und jeden Abfall. Dabei ärgerte sie sich in Gedanken über den bevorstehenden Schneeregen. Wahrscheinlich würde er auch die wenigen grünen Triebe erstarren lassen, die vorsichtig den Frühling ankündeten.

Die Straße endete an einem Parkplatz, von dessen einer Ecke ein Fußweg zum Badestrand führte. Auf der anderen Seite befand sich der eingezäunte Spielplatz. Er war kürzlich neu ausgestattet worden, das Klettergerüst glänzte geradezu, und am Schaukelgestell hingen statt der üblichen Autoreifen zwei große, tellerförmige Netzschaukeln. Im Sommer war der Spielplatz dank des Badestrandes gut besucht, aber sonst waren die Tagesmutter und ihre Pfleglinge dort meistens unter sich.

»Geht ruhig, aber nicht klettern«, sagte die Frau am Tor des Spielplatzes zu den Dreijährigen, die sogleich ungestüm zu den auf Metallspiralen schaukelnden Holzpferden liefen.

Die Frau beugte sich zu dem Baby hinunter, das auf dem Weg

über den knirschenden Sand eingeschlafen war. Sie nahm ein dünnes Mulltuch aus der Tasche unter dem Wagen und befestigte es zum Schutz am Verdeck.

Eines der Kinder rief etwas. Die Tagesmutter blickte auf, das Mädchen schaukelte immer noch auf dem Holzpferd, aber der Junge war nirgends zu sehen. Die Frau war ein wenig besorgt: War der Junge etwa doch zum Klettergerüst gelaufen, obwohl sie den Kindern oft genug eingeschärft hatte, dass sie auf keinen Fall klettern durften, wenn sie nicht danebenstand und aufpasste? Sie schob den Wagen an die Seite, suchte mit den Augen nach dem Jungen und seufzte erleichtert auf, als er hinter dem Klettergerüst auftauchte und zu ihr lief.

Der Junge sagte wieder etwas, woraus sie nicht schlau wurde. Sie holte ein Taschentuch hervor und putzte dem Jungen die Nase, bevor sie fragte, was los war.

»Am Baum ist ein Onkel«, sagte der Junge.

3

Am Ast der Eiche hing ein orangefarbenes Nylonseil. Sein abgeschnittenes Ende schaukelte im Wind.

Die Schutzpolizisten hatten die Straße unmittelbar hinter den letzten Einfamilienhäusern abgesperrt, lange bevor sie zum Ufer abfiel. Auch der Zugang zu den Wanderwegen war versperrt.

Die Sanitäter, die gleich nach der ersten Polizeistreife eingetroffen waren, hatten die Leiche heruntergeholt und festgestellt, dass sie bereits steif zu werden begann. Einer der Sanitäter war auf die Fahrtrage geklettert, um das Seil durchzuschneiden, während der andere das Opfer festhielt in der Absicht, es vorsichtig auf die Erde zu legen. Das Opfer war jedoch ein großer Mann, und sein Gewicht hatte den Sanitäter überrascht, weshalb er unter die Leiche gefallen war.

»Er hat sich den Kopf angeschlagen und selbst erste Hilfe gebraucht«, erklärte Paula ein erfahrener Polizist am Tor zum Spielplatz. »Das Blut auf der Erde stammt offenbar von ihm, nicht vom Opfer.«

»Was für ein Durcheinander«, murmelte Paula.

Die Sanitäter hatten das Opfer auf die Wippe neben der Eiche gelegt, wo es auf den Rechtsmediziner wartete. Aus der Entfernung schien der Mann zu schlafen, als hätte er sich nur zu einem kleinen Nickerchen hingelegt, während er auf die Kinder aufpasste. Er trug einen hochwertigen bräunlichen Freizeitdress, eine schwarze Mütze und schwarze Springerstiefel. Seine Fersen standen auf der Erde, links und rechts vom Ende der Wippe, die einen Plastiksitz und davor einen Metallgriff zum Festhalten hatte. Das andere Ende der Wippe ragte nach oben, und der Mann war so groß, dass sein Kopf fast in der Mitte des Balkens lag. Ungefähr meine Größe, schätzte Paula. Dann maß sie mit dem Blick ab, wie hoch über dem Erdboden das Seil befestigt war: mindestens drei, vielleicht sogar vier Meter.

»Hier ist also nichts weggeräumt worden«, vergewisserte Paula sich bei dem Polizisten. »Nichts, was das Opfer benutzt haben könnte, um nach da oben zu kommen?«

Der Polizist schüttelte den Kopf. Nach der Abfahrt der Sanitäter hatte man sich bemüht, jede überflüssige Bewegung auf dem Spielplatz zu vermeiden. Die Forensiker hatten bereits mit ihrer Arbeit begonnen, aber sie waren nur wenige. Paula beschloss, ebenfalls auf den Rechtsmediziner zu warten, bevor sie weiter auf den Spielplatz ging. Eventuelle Beweisstücke würden umso leichter im Sand versinken, je mehr Leute um die Leiche herumliefen.

»Wer hat das Opfer gefunden?«, fragte Paula.

»Ein kleiner Junge, und offenbar hat auch ein zweites Kind den Toten gesehen. Die beiden sind aber noch so klein, dass sie nicht begriffen haben, was los war. Der Junge hat nur immer wiederholt: ›Am Baum ist ein Onkel, warum ist der Onkel am Baum?‹ Dagegen war die Kinderpflegerin so erschüttert, dass ich schon überlegt habe, auch für sie einen Krankenwagen zu bestellen.«

Die alte Tagesmutter und die drei Kinder hatten auf dem zum Strand führenden Weg auf die Polizei gewartet, und bei deren Ankunft hatte die Frau immer wieder zu den Kindern gesagt, sie dürften nicht nach hinten schauen. Sie hatte bedauert, dass sie die Leiche nicht schon auf dem Weg zum Spielplatz bemerkt hatte. Die Eltern hatten ihre Kinder schleunigst nach Hause geholt, obwohl der Arbeitstag gerade erst begonnen hatte.

»Die Kinderpflegerin hat noch gesagt, sie hätte den ganzen

Morgen über nichts Besonderes bemerkt, bis das Kind von dem Mann am Baum gesprochen hat«, sagte der Polizist. »Aber ihr werdet ja noch mit ihr sprechen.«

Paula bejahte und verabschiedete sich von dem Polizisten, der in seinen Wagen stieg und in Richtung der Wohnsiedlung davonfuhr. An der Straßensperre kam ihm zuerst ein silberner Kombi entgegen, dann der schwarze Mercedes des Rechtsmediziners. Beide setzten nach kurzem Anhalten ihre Fahrt fort.

Renko hatte einen neuen Wagen. Am hinteren rechten Seitenfenster hing ein Blendschutz mit einem Bild von Pu dem Bär. Vermutlich saß Heikki auf dieser Seite in seinem Kindersitz. Im Moment allerdings nicht, wie man schon aus Renkos rasanter Fahrweise schließen konnte. Das Auto war kaum am Rand des Parkplatzes zum Stillstand gekommen, als Renko die Tür aufstieß. Er sah aus wie ein wandelndes Fragezeichen, das zugleich ein Ausrufzeichen war.

»Ich konnte nicht schneller kommen, Heikki hat eine Ohrenentzündung. Meine Frau musste zur Apotheke, und da war eine Riesenschlange. Meiner Meinung nach gibt man Kindern zu viel Antibiotika. Es ist dasselbe Seil, oder?«

»Was?«, fragte Paula verwundert.

»Oder natürlich nicht dasselbe, sondern das gleiche wie bei Kaarina Alanne. Ein orangefarbenes Nylonseil. Stimmt's? Ich habe es schon von Weitem gesehen, oben vom Hügel aus.«

Paula hatte selbst schon bemerkt, dass das Seilstück, das von der Eiche hing, ähnlich aussah wie die Schlinge um Kaarina Alannes Hals.

Alannes Tod machte dem ganzen Team immer noch zu schaffen. Bei dem Fall passte einfach nicht alles zusammen.

»Es sieht jedenfalls gleich aus«, stimmte Paula zu. Sie verkniff sich die Bemerkung, dass Renko den Dingen wieder einmal vorauseilte. Das hatte andererseits auch Vorteile. Während Paula einen kühlen Kopf behielt, konnte sie Renko erlauben, seinen

Gedanken freien Lauf zu lassen – meist liefen seine Gedanken schwer in die Irre, aber es bestand immer die Möglichkeit, dass er etwas entdeckte, was Paula entgangen war.

Der alte Rechtsmediziner stieg aus und nickte kurz zum Gruß. Seine Wangen schienen bei jeder Begegnung noch schlaffer herunterzuhängen. Er öffnete den Kofferraum und zog sich langsam den Schutzanzug an. Paula wusste, dass es nicht ratsam war, ihn zur Eile zu drängen. Er mochte auch kein überflüssiges Gerede, weshalb sie Renko nie in die Leichenhalle schickte. Renko selbst wusste allerdings nicht, warum dafür immer jemand anderes eingeteilt wurde.

»Wurde er schon identifiziert?«, fragte Renko.

»Die Taschen des Toten waren leer. Kommt er dir bekannt vor?« Paula zeigte Renko auf ihrem Handy ein Foto, das die forensischen Ermittler vom Gesicht des Opfers gemacht hatten.

»Kann ich nicht sagen. Das Gesicht erinnert mich an irgendwen, aber ich komme nicht darauf, an wen. Jedenfalls ein junger Mann«, meinte Renko. »Ungefähr in meinem Alter, vielleicht ein bisschen älter.«

»Oder jünger. Ich finde, Tote sehen immer älter aus als sie sind«, merkte Paula an.

»Groß«, sagte Renko und reckte den Hals, um den hinteren Teil des Spielplatzes besser zu sehen. »Aber nicht dick. Warum hat man ihn auf die Wippe gelegt?«

»Die Sanitäter wollten ihn wohl nicht auf die Erde legen.«

»Na, worauf warten wir noch?«, fragte Renko ungeduldig.

»Lassen wir ihm ein bisschen Zeit«, sagte Paula, als der Rechtsmediziner mit seinem Köfferchen durch das Tor auf den Spielplatz schlurfte. Der schmächtige Mann in dem zu großen Schutzanzug sah aus wie ein altersschwacher Clown, dessen Clownsgewand die Farbe verloren hatte.

Paula berichtete Renko alles, was sie wusste. Die Tagesmutter hatte ungefähr um fünf vor acht bei der Notrufzentrale angerufen. Die Sanitäter und die erste Polizeistreife waren innerhalb von zehn Minuten eingetroffen, und das Gebiet war sofort abgesperrt worden.

»Um acht Uhr war es schon seit mehreren Stunden hell. Wieso wurde die Leiche nicht früher entdeckt? Das Seil ist aus hundert Metern Entfernung zu sehen«, sagte Renko.

»Ja, wenn man danach Ausschau hält. Aber auch die Tagesmutter hat die Leiche von der Straße aus nicht bemerkt. Und der Wanderweg verläuft da unten, näher am Ufer, von da hat man keine Sicht auf den Spielplatz.«

»Trotzdem kann er nicht lange da gebaumelt haben.«

»Hat er wahrscheinlich auch nicht. Die Sanitäter meinten, die Leichenstarre hätte gerade eingesetzt. Wenn das stimmt, ist das Opfer in den frühen Morgenstunden gestorben.«

»Tod im Morgengrauen«, sagte Renko theatralisch.

Schweigend beobachteten sie, wie sich der Rechtsmediziner vor dem Opfer hinkniete. Es sah aus wie eine heilige Handlung. Gleichzeitig löste einer der Forensiker das Nylonseil von dem Zaunpfahl des Spielplatzes. Das Seil führte von dem Pfahl zum Ast einer Eiche, um den es einige Male gewickelt war. Der Ermittler wickelte es vorsichtig ab, zog es vom Baum und verstaute es in einem Plastikbeutel.

»Wie …«, begann Renko, sprach aber nicht weiter, gerade so, als wüsste er nicht, welche der Fragen, die ihm durch den Kopf gingen, er zuerst stellen sollte. Er brauchte keine zweite Aufforderung, als Paula ihm vorschlug, den Schutzoverall anzuziehen.

Der Sand knirschte unter dem Plastikschutz der Schuhe, als sie am Zaun entlang zum hinteren Teil des Spielplatzes gingen, um den direkten Weg zu vermeiden, den das Opfer wahrscheinlich genommen hatte.

Das Opfer – und vielleicht noch jemand anderes.

Paula und Renko blieben an dem nach oben ragenden Ende der Wippe stehen. Auf dem Boden darunter war eine kleine

Senke, die entstanden war, als spielende Kinder sich ein ums andere Mal abgestoßen hatten.

»Der Ast ist genau über der Wippe«, sagte Renko. Den bösen Blick, den der Rechtsmediziner ihm zuwarf, bemerkte er nicht. »So, wie das Seil da hing, hat das Opfer vielleicht auf dem Ende des Balkens gestanden, als es sich erhängte. Natürlich nur, wenn jemand als Gegengewicht auf dem anderen Ende stand. Vielleicht war es ein assistierter Selbstmord? Vielleicht war der Mann krank, so wie Kaarina Alanne. Wir sollten nachprüfen, ob er …«

»Ich würde sagen, das Opfer ist erstickt«, fiel der Rechtsmediziner Renko schroff ins Wort. Der Hinweis auf Alannes Tod, den er als Selbstmord eingestuft hatte, war ihm unangenehm. »Vermutlich ist der Erstickungstod ziemlich langsam eingetreten. Das Genick ist nicht gebrochen, das heißt, das Opfer hat sich wahrscheinlich nicht von dem Ast fallen lassen. Der Tod ist vor mindestens vier und höchstens zwölf Stunden eingetreten.«

»Danke«, sagte Paula. »Hartikainen oder Karhu kommt zur Obduktion.«

»Ich versuche sie noch heute zu erledigen.«

»Danke. Gibt es im Moment noch mehr?«

»Nein. Abgesehen davon, dass ich ihn erkannt habe.«

Der Rechtsmediziner weidete sich an Paulas und Renkos Verblüffung. Auf seinem Gesicht lag eine ungewohnte Zufriedenheit, selbst die hängenden Wangen strafften sich kurz.

»Na, wer ist es?«, fragte Renko so beherrscht wie er konnte.

Der alte Mann setzte wieder seine übliche Miene auf, zog langsam die Handschuhe aus und holte sein Handy aus der Tasche. Paula spürte, dass Renko sich mühsam zügelte, als der Rechtsmediziner auf dem Display herumtippte, wie alte Menschen es häufig zu tun pflegen, und nach jedem Buchstaben innehielt, um sich zu vergewissern, dass der Finger die richtige Stelle getroffen hatte. Schließlich starrte er einen Moment auf das Handy, musterte dann die Leiche und noch einmal das Display.

»Mmh. Ja, er ist es. Ziemlich sicher. An der Narbe ist er leicht zu erkennen.«

Renko hielt es nicht mehr aus, sondern riss das Handy förmlich an sich. Seltsamerweise schien der Mediziner es ihm nicht einmal übel zu nehmen.

»Otto Paljakka erzählt in seinem neuen Buch, wie er zum erfolgreichsten finnischen Bergsteiger aller Zeiten wurde«, las Renko vor. »Otto Paljakka, zum Teufel!«

Renko ging auf die andere Seite der Wippe. Er verglich das Foto mit dem Gesicht der Leiche, kam zurück und zeigte Paula das Bild, wobei er unentwegt vor sich hin murmelte: »Ja ja, er ist es, ich habe ja gleich gesagt, dass er mich an irgendwen erinnert, genau, er ist es.« Dann fing er an zu erklären, wieso er die Person nicht erkannt hatte: »... obwohl auch in der Illustrierten meiner Frau ein Bericht stand ...« Andererseits hatte auch er selbst Paljakkas Karriere verfolgt: »K2 und so weiter ...«

Paula ließ ihn reden und betrachtete unterdessen das Gesicht der auf der Wippe liegenden Leiche genauer. Der Tote sah tatsächlich so aus wie der Mann, den Renko ihr auf dem Handy des Rechtsmediziners gezeigt hatte. Das eindeutigste Merkmal war die schmale Narbe, die von der Nasenwurzel aus unter dem linken Auge entlanglief, ein immer noch dunkelroter Streifen.

Der Name des Bergsteigers war auch Paula bekannt, obwohl sie die Boulevardblätter kaum verfolgte und Frauenzeitschriften nur beim Friseur las, also vielleicht einmal im Jahr oder noch seltener. Mit anderen Worten: Otto Paljakka gehörte zur obersten Kaste der Prominenten, zu denjenigen, deren Name jedem geläufig war.

Für die Ermittlungen würde das enorme Schwierigkeiten mit sich bringen. Die Todesursache musste möglichst bald offiziell festgestellt werden, damit man der Öffentlichkeit eine halbwegs befriedigende Erklärung liefern konnte.

»Erledige das sofort«, sagte Paula zu dem Rechtsmediziner.

»Falls du es irgendwie einrichten kannst«, fügte sie hinzu, um den Befehlston ein wenig abzuschwächen.

Der Rechtsmediziner nickte würdevoll und hielt Renko die Hand hin, um sein Telefon zurückzufordern. Dann nahm er eine kleine Sprühflasche aus der Tasche und sprühte eine Flüssigkeit auf das Display, die er mit einem Papiertaschentuch abwischte.

»Hast du das gesehen?«, fragte Renko, sobald der Rechtsmediziner außer Hörweite war. »Unglaublich. Als wäre ich irgendwie dreckig. Außerdem habe ich Handschuhe an.«

»Es ist nie verkehrt, Speicheltropfen zu entfernen«, gab Paula mit unbewegter Miene zurück.

»Speicheltropfen«, wiederholte Renko. »Speicheltropfen. Spucke ich etwa beim Sprechen?«

Paula drehte Renko den Rücken zu, um ihr Grinsen zu verbergen, und betrachtete die Grube, in die das Gewicht von Otto Paljakkas Leiche das Ende des Wippenbalkens gedrückt hatte. Die Grube war mehrere Dezimeter tief, und auf ihrem Grund war der Sand dunkelbraun.

»Hat es letzte Nacht geregnet?«, fragte sie.

»Ich glaube nicht«, antwortete Renko, immer noch aufgebracht. »Aber bald gibt es Schneeregen.«

Paula ging ans andere Ende der Wippe. Dort war die Grube viel flacher, nicht mehr als eine leichte Mulde.

Der Sand rundherum war festgetreten und grob, vermischt mit größeren Steinen und kleinen Abfällen, Zweigstückchen, Eicheln, dem Stiel eines Lutschers.

Bei der Wippe war der Sand dagegen glatt, hell und gleichmäßig. Paula ließ eine Handvoll durch die Finger rieseln. Solchen Sand hatte sie schon einmal gesehen.

Fugensand.

4

Mit seiner Stimme und seinen weit ausgreifenden Gesten füllte Hartikainen das ganze kleine Gemeinschaftsbüro aus. Er hatte versucht, Angehörige von Otto Paljakka zu erreichen, seit Paula ihn vom Spielplatz aus angerufen hatte. Das heißt, zuerst hatte er versucht, Otto Paljakka zu erreichen. Auch wenn der Rechtsmediziner den Toten erkannt hatte, war das nur eine inoffizielle Identifizierung aufgrund von Fotos in den Medien. Paljakkas Handy war jedoch ausgeschaltet, und er hatte keine Familie.

»Der Manager meldet sich nicht. Er ist Paljakkas nächster Angehöriger«, röhrte Hartikainen und gab durch seine Miene zu verstehen, was er davon hielt, dass ein Manager zugleich der nächste Angehörige war. »Dann habe ich versucht, Paljakkas Medienbeauftragte oder wie das nun heißt zu erreichen, aber die meldet sich auch nicht.«

Karhu saß schweigend in der Ecke und starrte auf seinen Computer. Er hatte Hintergrundinformationen über Otto Paljakka zusammengetragen.

Paljakka war ein Einzelkind gewesen. Ende der 1980er-Jahre hatte er seine Eltern verloren, danach hatte er zuerst bei verschiedenen Pflegeeltern und dann in einem Jugendheim gewohnt. Hartikainen ließ Karhu jedoch keine Gelegenheit zu berichten, was er herausgefunden hatte.

»Ein Problemjugendlicher«, fuhr er in wissendem Ton fort. »Später hat er sich offenbar zusammengerissen.«

Karhu würde nie das Wort Problemjugendlicher verwenden und niemanden auffordern, sich zusammenzureißen, daher nahm Paula an, dass Hartikainen die Fakten, die er von Karhu erhalten hatte, mit seinen eigenen Vorurteilen würzte. Karhu wirkte deutlich verärgert.

»Wie ging dieses Zusammenreißen genau vor sich?«, fragte Paula Karhu und lächelte ihn an wie einen Verbündeten. Karhu entspannte sich so weit, dass er beinahe zurückgelächelt hätte. Dann fiel sein Blick auf Hartikainen, der hinter Paula stand, und seine Miene verfinsterte sich wieder.

»Paljakka hat das Abendgymnasium besucht und Anfang der Nullerjahre im Ausland gearbeitet«, berichtete er.

Als Paljakka einige Jahre später nach Finnland zurückgekehrt war, hatte er begonnen, Geld und Förderer zu sammeln, um zum ersten Mal auf einen über acht Kilometer hohen Berg zu steigen.

Zu der Zeit behauptete er allerdings, er habe schon zwei solche Gipfel erklommen, doch das entpuppte sich später als Lüge, die er erzählt hatte, um die Sponsoren zu überzeugen. Als ein Reporter Jahre später die Wahrheit ausgrub, war Paljakka bereits ein gefeierter Held, dem die harmlose Lüge ohne Weiteres verziehen wurde. Immerhin hatte er sein Können seitdem ja mehrfach unter Beweis gestellt.

»Paljakka hat alle Achttausender der Welt bestiegen, einige sogar mehrmals«, sagte Karhu.

»Und zwar ohne zusätzlichen Sauerstoff«, merkte Hartikainen an. »Da haben viele schlappgemacht, man muss schon den Hut vor ihm ziehen.«

Karhu murmelte einen Einspruch gegen das Hutziehen, den Hartikainen nicht hörte. Paula war derselben Meinung wie Karhu, was sie aber lieber für sich behielt.

»Das ist alles sehr interessant, aber wir müssen jetzt Paljakkas Manager finden und die Leiche offiziell identifizieren lassen«, sagte sie. »Ich fahre zu Paljakkas Wohnung. Auf dem Weg hole ich Renko ab, er musste sein Auto nach Hause zurückbringen.«

»Befehl seiner Frau?«, fragte Hartikainen grinsend.

»Heikki hat eine Ohrenentzündung«, erklärte Paula.

»Ach so, na dann«, sagte Hartikainen und sah plötzlich besorgt aus. Wenn es um Kinder ging, hatte er einen watteweichen Kern.

»Du gehst zur Obduktion«, trug Paula ihm auf.

Hartikainen schien keine Verbindung zwischen den Fällen Alanne und Paljakka herzustellen, und das war Paula in diesem Stadium ganz recht. Er hatte in seiner Laufbahn so viele Selbstmorde gesehen, dass sie ihm vermutlich alle gleich vorkamen. Es war besser, wenn er vorläufig glaubte, es ginge lediglich um eine routinemäßige Untersuchung der Todesursache.

Außerdem fürchtete Paula, dass Hartikainen sie auslachen würde, wenn sie ihm ihre Vermutungen offenbarte.

»Diese Medienbeauftragte hätte ich schon gern getroffen«, sagte er, während er sich die Steppjacke anzog.

»Willst du ihr die Leviten lesen, weil sie nicht ans Telefon geht?«, fragte Paula.

»Ach was, aber sie sieht echt gut aus. Ich habe sie gegoogelt.«

Karhu schnaubte. Hartikainen zog eine Mütze mit dem Logo einer Telefongesellschaft über seine Halbglatze.

Je länger Hartikainens Scheidung zurücklag, desto schäbiger sah er aus. Vermutlich bemerkte er seinen äußerlichen Verfall gar nicht, weil zu Hause niemand war, von dem er ein konstruktives Feedback bekommen hätte.

Paula verspürte plötzlich eine gewisse Zuneigung zu Hartikainen, so wie man sie für sein Kind oder seinen Großvater empfinden mag.

»Fahr vorsichtig«, rief sie ihm nach, bekam aber keine Antwort. Hartikainen verschwand wortlos.

»Ich glaube, Hartikainen hört nicht mehr so gut«, sagte Karhu.

Paula sah ihn überrascht an, denn in seinen Worten schwang aufrichtige Sorge mit, sogar Wärme.

»Kann sein. Oder er hört nur das, was er hören will.«

»Es geht mich natürlich nichts an. Wenn ich recht habe, werden sie es beim ärztlichen Check-up schon merken.«

»Ja«, sagte Paula und erinnerte sich daran, dass sie nicht nur den lange aufgeschobenen Konditionstest nachholen, sondern auch bald zur ärztlichen Untersuchung gehen musste.

Im Prinzip jedenfalls. Aber daran wollte sie jetzt nicht denken.

»Erinnerst du dich an den Sandhaufen an der Stelle, wo Kaarina Alanne gestorben ist?«, fragte sie.

»Ja. Das war eine seltsame Sache. Wieso?«

»Bei der Wippe auf dem Spielplatz lag der gleiche glatte Fugensand, ganz anders als der restliche Sand auf dem Platz. Ich habe die Techniker gebeten, eine Probe davon zu nehmen. Könntest du nachprüfen, ob in Meri-Rastila Sand eingesammelt wurde?«

»Nicht nötig. Ich war dabei, als er in den Beutel gefüllt wurde.«

»Prima. Die Proben müssen verglichen werden. Kannst du dir alle Fotos von dort noch einmal ansehen? So schnell wie möglich. Und wenn du auf den Fotos nichts findest, was wir nicht schon bemerkt hatten, solltest du noch einmal hingehen.«

»Natürlich«, sagte Karhu.

Paula nickte zufrieden.

Karhu war der einzige ihrer Mitarbeiter, den sie um fast alles bitten konnte, ohne dass er langwierige Erklärungen oder Begründungen forderte. Sosehr Paula es auch schätzte, dass ihre Gedanken in Frage gestellt wurden, war es in manchen Situationen nicht hilfreich, sondern verlangsamte nur die Ermittlungen. Vor allem das Hin und Her mit Hartikainen war mitunter anstrengend.

»Denkst du an etwas Bestimmtes, das ich auf den Fotos oder im Gelände suchen soll?«, fragte Karhu.

Paula nickte und lächelte wieder verschwörerisch.

5

Otto Paljakka wohnte im Stadtteil Katajanokka in der obersten Etage eines ehrwürdigen alten Hauses. Die Wohnung war schätzungsweise hundert Quadratmeter groß und bestand nur aus einem einzigen Raum. Die blanken weißen Steinwände waren mehr als drei Meter hoch, und die Decke war aus dunklem Holz. Massive Deckenbalken zogen sich durch den ganzen Raum.

Eine der langen Seiten der rechteckigen Wohnung beherrschte ein raumhohes, halbkreisförmiges Fenster, das aus Dutzenden Scheiben verschiedener Form und Größe bestand. An der anderen langen Seite befanden sich eine kleine offene Küche, eine Art Arbeitsecke mit Schreibtisch und Stuhl und weiter hinten ein niedriges Ledersofa. Am Ende des Zimmers stand ein breites Bett, und sogar das Bad war im selben Raum untergebracht, allerdings mit Glaswänden und Vorhängen abgetrennt.

Der Mann vom Immobilienservice, der die Tür aufgeschlossen hatte, blieb im Treppenhaus stehen. Er wollte ganz offensichtlich Fragen stellen. Paula bedankte sich freundlich und zog die Wohnungstür zu. Sie hörte, dass der Mann noch eine Weile hinter der Tür stehen blieb, dann aber ging.

Renko pfiff affektiert, wie man es im Film tut, wenn man etwas Beeindruckendes entdeckt.

»Was für eine Bude! Der Traum jedes Junggesellen. Aber mit Familie könnte man hier nicht wohnen. Na ja, mit der Frau vielleicht, aber nicht mit Kindern.«

»Warum nicht?«, fragte Paula scheinbar verwundert, als

könnte sie sich nicht vorstellen, wie es war, Tag und Nacht mit kleinen Kindern im selben Raum zu sein. Sie dachte unwillkürlich an Kaarina Alannes schmucklose Wohnung mit dem Bodenbelag aus Kunststoff und den abgenutzten Küchenschränken.

»Das wäre dir klar, wenn du Kinder hättest«, sagte Renko. »Ich würde durchdrehen, wenn ich im Schlafzimmer nicht hinter verschlossenen Türen schlafen oder mich zwischendurch mal dorthin zurückziehen könnte. Hier findet man nirgendwo Zuflucht.«

Paula schmunzelte und holte die Schutzhandschuhe aus der Tasche. Gleich neben der Wohnungstür stand eine schmale antike Spiegelkommode, auf der nebeneinander eine braune Lederbrieftasche und ein Handy lagen. Das Telefon war ein altmodisches Modell, kein Smartphone.

»Versteh mich nicht falsch, ich liebe Heikki, aber der Alltag mit einem Kind kann echt anstrengend sein«, fuhr Renko fort. »Ich würde es nie schaffen, mich jeden Tag zu Hause um das Kind zu kümmern, das habe ich auch meiner Frau oft gesagt. Aber bald ist der Erziehungsurlaub ja vorbei, Heikki wird drei und meine Frau muss wieder arbeiten …«

Paula hörte nicht mehr zu, sondern klappte vorsichtig die Brieftasche auf. Zuoberst in der durchsichtigen Plastikhülle steckte Otto Paljakkas Führerschein. Er war vor fünfzehn Jahren ausgestellt worden, das Foto war also mindestens so alt. Trotzdem sah der Mann auf dem Bild so aus wie die Leiche auf dem Spielplatz.

Nur die Narbe fehlte.

Als er seine Wohnung verließ, hatte Paljakka also Brieftasche und Handy zu Hause gelassen. Tatsächlich hatte man in seinen Taschen überhaupt nichts gefunden, nicht einmal seinen Wohnungsschlüssel. Wo war der?

»… und das stimmt ja einerseits, aber andererseits mag meine Frau ihren Job sehr«, schloss Renko oder machte zumindest eine Atempause.

»Das ist gut«, sagte Paula und überlegte, ob Renko gerade erzählt hatte, was seine Frau beruflich machte, oder ob er es vielleicht früher einmal erwähnt hatte. Es wäre ihr peinlich gewesen, nachzufragen. Außerdem würde sie den Beruf von Renkos Frau früher oder später ohnehin zu hören bekommen, ob sie wollte oder nicht.

»Da schau her, ein altes Nokia«, sagte Renko und beugte sich vor, um das Handy genauer zu betrachten, ohne es in die Hand zu nehmen. »Das scheint das berühmte Modell Dreiunddreißigzehn zu sein. Passt ins Bild.«

»In welches Bild?«

»In dieses Gesamtbild.« Renko schwenkte den Arm. »Asketische Einrichtung, nichts Überflüssiges, nicht mal ein Fernseher. Deutet auf eine Art Vergeistigung hin, vielleicht mit östlicher Würze, Paljakka hat ja viel Zeit im Fernen Osten verbracht. Ich habe neulich in einer Frauenzeitschrift gelesen, dass er sein Geld heutzutage als Inspirationsredner verdient.«

»Damit verdient man offenbar gut«, sagte Paula.

»Und wie! Aber warum nicht, wenn jemand bereit ist, mehrere Tausend Euro für einen einstündigen Vortrag zu zahlen. Ich würde meine Familie auch lieber durch Reden ernähren als dadurch, dass ich alte Omas vom Galgen nehme.«

»Zweifellos«, murmelte Paula und ging weiter in Otto Paljakkas Junggesellenbude hinein.

Mitten im Raum stand ein knapp kniehoher, quadratischer Tisch, über dem an einer langen Kette ein moderner schwarzer Kronleuchter hing. Als Paula den obersten Schalter neben der Miniküche anknipste, warfen Dutzende kleine Lämpchen helles Licht auf den Tisch und die um ihn herum drapierten Kissen.

»Wow«, entfuhr es Renko.

Es klang, als würde er vor Begeisterung sabbern.

Die gesamte Tischfläche bedeckte eine riesige Legokonstruktion. Sie maß in Länge und Breite mehr als einen Meter und war etwa einen halben Meter hoch.

Paula und Renko näherten sich dem Tisch in respektvollem

Schweigen, auch wenn Paula die Legoklötze eines erwachsenen Mannes nicht sonderlich begeisterten. Aber hier handelte es sich immerhin um das unvollendet gebliebene Projekt eines Toten – das ihm offenbar sehr am Herzen gelegen hatte, denn die Konstruktion war eindeutig der Mittelpunkt der Wohnung, dem die restliche Einrichtung angepasst worden war.

Am Rand ragte ein braunes Gebirge mit mehreren weißen Gipfeln auf. Die Berge umgaben ein grünes Tal, in dem Legotannen wuchsen und ein mit kleinen Steinchen in verschiedenen Blautönen lebendig gestalteter Fluss strömte.

In der Mitte des Tals befanden sich zwei Gebäude, ein fernöstlicher Tempel und eine kleine Hütte. Vor dem unvollendeten Tempel stand ein Legomönch in orangefarbener Kutte.

Die Hütte sah aus wie ein typisch finnisches Sommerhäuschen. Sie hatte rote Wände und weiße Fensterrahmen, ein steiles Satteldach und einen Schornstein. An der Wand lehnten winzige Skier, und auf der Vortreppe saß ein Legomännchen mit einem Loch oben auf dem Kopf – man hatte ihm weder Hut noch Haare aufgesetzt.

Renko nahm die Figur in die Hand und bog ihre Beine gerade.

»Glatzköpfig wie Paljakka. Und guck mal hier«, sagte er und drehte das Männchen zu Paula. In dem zylindrischen Gesicht war mit rotem Filzstift ein Strich auf die linke Wange gemalt worden, der Paljakkas Narbe nachahmte.

»Vielleicht hat Paljakka von etwas ganz anderem geträumt als von einem Loft im Zentrum von Helsinki«, meinte er.

»Von etwas, das man schon hat, braucht man nicht zu träumen«, merkte Paula an.

An der Tür war ein Geräusch zu hören. Jemand steckte einen Schlüssel ins Schloss. Renko zuckte zusammen und ließ den Lego-Paljakka fallen, der in den Tiefen des Tempels verschwand. Paula erstarrte, sie fühlte sich plötzlich wie eine Einbrecherin. Was, wenn sie sich alle geirrt hatten, bei dem alten und sonst so zurückhaltenden Rechtsmediziner angefangen? Was, wenn Otto Paljakka gleich hereinkam und sie ihm erklären mussten, weshalb die Kripo sein kindisches Hobby untersuchte?

Die Tür ging ein Stück auf, dann schob sich ein Mann mit einem roten Basecap mühsam rückwärts herein. Er trug einen großen offenen Karton auf den Armen.

Paula und Renko sahen sich an, dann blickte Renko verlegen auf den Legotempel, der gerade die Miniaturversion von Finnlands berühmtestem Bergsteiger verschlungen hatte.

»Guten Tag«, sagte Paula vernehmlich und zückte ihr Dienstabzeichen.

Der Unbekannte stieß einen überraschend hohen Schrei aus, und der Karton krachte auf den Boden. Der Mann sah Paula und Renko entsetzt an und nahm eine komisch wirkende Kampfstellung ein.

»Ich bin Kriminalkommissarin Paula Pihlaja, und das ist Kriminalhauptmeister Aki Renko. Wir suchen Otto Paljakka.«

»Ich auch«, schnaubte der Mann. »Schon seit gestern Abend.«

»Wer sind Sie, und wieso haben Sie einen Schlüssel zu Paljakkas Wohnung?«

Der Mann antwortete nicht gleich, sondern zog den Schlüssel aus dem Schloss, steckte ihn ein und stieß die Tür zu.

»Das ist mein Schlüssel«, sagte er dann. »Ich bin Otto Paljakkas Manager.«

Er war also Nico Saarela, bei dem Hartikainen den ganzen Vormittag über vergeblich angerufen hatte. »Nico mit ›c‹«, wie Hartikainen spöttisch angemerkt hatte. Irgendwann war es Mode geworden, den Buchstaben k in normalen finnischen Vornamen durch ein c zu ersetzen, was zum Glück nur eine vorübergehende Verrücktheit war. Infolgedessen gab es in Finnland eine Schar von Dreißig- bis Vierzigjährigen, die bei der Vorstellung immer die abweichende Schreibweise ihres Namens erwähnen mussten, damit er nicht falsch vermerkt wurde.

»Dass man seinem Kind so eine Bürde auferlegt«, hatte Hartikainen sich ereifert.

Diese Bemerkung bekam Paula jedes Mal zu hören, wenn im Vernehmungsraum ein Marco oder Nico oder Mica saß; als hätte die abweichende Schreibweise eine Lawine unglücklicher Ereignisse ausgelöst, in deren Folge Mamas kleiner Marco letztlich auf Abwege geraten war.

Nico Saarela war braun gebrannt, obwohl der lange graue Spätwinter in Helsinki gerade erst zu Ende ging. Er hatte sich offenbar irgendwo im Süden aufgehalten. Oder vielleicht im Gebirge, überlegte Paula, irgendwo, wo die Schneedecke die Sonnenstrahlung verstärkte.

Sie erwartete, dass der Manager fragen würde, warum die Polizei nach Otto Paljakka suchte. Das tat er jedoch nicht, sondern hob den Karton hoch und trug ihn zu Paljakkas Schreibtisch.

»Ich habe Otto Bücher gebracht«, sagte er.

»Wann haben Sie ihn zuletzt gesehen?«, fragte Paula.

»Gestern am Vormittag. Da haben wir abgemacht, dass er heute ins Büro kommt, um die Bücher zu signieren, aber er hat sich nicht blicken lassen. Ich habe versucht, ihn anzurufen, aber …«

Nico Saarela verstummte plötzlich. Er schien erst jetzt zu begreifen, dass hier irgendetwas ganz und gar nicht in Ordnung war.

»Warum suchen Sie Otto? Hat er etwas angestellt?«

»Wieso nehmen Sie das an?«, fragte Renko interessiert.

»Sucht die Polizei normalerweise nicht deshalb nach Leuten, weil sie etwas verbrochen haben? Zumindest die Kripo.«

»Wir untersuchen einen unklaren Todesfall«, sagte Paula. »Heute Morgen wurde in Osthelsinki eine Leiche gefunden, und wir haben Grund zu der Annahme, dass der Tote Otto Paljakka ist.«

Nico Saarela sah aus, als erwarte er, dass die Kriminalkommissarin gleich hinzufügen würde, das sei ein Witz. Er nahm die

Schirmmütze ab, setzte sie dann aber verlegen wieder auf. Auf dem roten Basecap stand in weißer Schönschrift »Team Otto«.

»Ist es wirklich Otto?«, fragte er.

»Das versuchen wir zu klären. Wir bekommen hoffentlich noch heute Gewissheit. Aber nach den öffentlich zugänglichen Fotos ist es sehr wahrscheinlich.«

»Darf ich ihn sehen?«

»So bald wie möglich. Renko«, sagte Paula. Renko nickte, ging ans Fenster und holte sein Handy hervor, um Hartikainen anzurufen, der zur Obduktion gefahren war.

Nico Saarela entblößte erneut seinen kurz geschorenen Kopf, diesmal wie bei einer Beerdigung, und legte sein Basecap neben den Karton auf den Schreibtisch. Er setzte sich verkehrt herum auf den Bürostuhl, verschränkte die Arme auf der Rückenlehne und starrte düster auf die Legokonstruktion, dann auf Renko, den Fußboden, die Wohnungstür und wieder auf die Legosteine, als repräsentierten sie die wechselnden Gedanken in seinem Kopf.

»Würden Sie uns bitte Genaueres über Ihre letzte Begegnung mit Paljakka erzählen?«, bat Paula.

Saarelas Augen kamen zur Ruhe. Er straffte sich, hüstelte und rieb mit den Händen seine Oberschenkel.

»Otto kam gestern früh um zehn ins Büro.«

»War das für ihn die übliche Zeit, zur Arbeit zu kommen?«

»Otto hat keinen Zeitplan.«

»Wie lange war er dort?«

»Ein paar Stunden. Er sollte seine Bücher für unsere Kooperationspartner signieren. Die erste Auflage war sofort ausverkauft, und er fand es peinlich, dass die Kooperationspartner ihre Exemplare nicht als Erste bekommen haben. Er selbst hat die Sache also vorangetrieben, nicht ich. Aber die Büchersendung kam doch nicht schon gestern, wie es vereinbart war, deshalb sollte Otto heute wiederkommen, um die Sache zu erledigen.«

»Wo befindet sich Ihr Büro?«

»Bei mir zu Hause in Lauttasaari. Eigentlich ist es gar kein Büro, wir nennen es nur so. Ich arbeite zu Hause, und Otto kommt normalerweise zu mir.«

»Warum das?«

»Otto will keinen Bürokram in seiner Wohnung haben. Seine Aufgabe ist es zu denken.«

»Und zu schreiben«, mutmaßte Renko.

»Na ja, gewissermaßen. Wir haben ja einen Ghostwriter beschäftigt«, sagte Nico Saarela und nahm zwei Bücher aus dem Karton. »Bitte sehr, die schenke ich Ihnen.«

Die Titelseite des Buches war weiß, fast leer. Am unteren Rand stand in kleiner Schrift »Otto Paljakka« und darüber ebenso klein der Titel des Buches: »Die Seele eines Bergsteigers«.

»Ist die Seele des Bergsteigers so leer? Oder ist sie so rein?«, fragte Renko.

Saarela wirkte beleidigt und gab keine Antwort. Vielleicht hatte er selbst den Einband entworfen.

»Wie wirkte Paljakka gestern Vormittag?«, erkundigte sich Paula.

»Ganz normal. Also, so wie immer. Otto ist ja nicht gerade ein gewöhnlicher Mensch.«

»Worüber haben Sie gesprochen?«

»Zuerst darüber, dass die Bücher nicht gekommen sind. Otto war deshalb sehr verärgert.«

»War er schnell verärgert?«

»Wenn er Grund dazu hatte, ja. Wenn die Dinge nicht so liefen, wie er es wollte.«

Jetzt sprach auch Saarela, ohne es zu merken, im Imperfekt von Paljakka, doch das lag vermutlich nur daran, dass Paula die Vergangenheitsform verwendete.

»Dann haben wir, glaube ich, die künftigen Auftritte und irgendwelche Honorarfragen besprochen, nichts Besonderes. Gegen Mittag ist er gegangen, er wollte zum Mittagessen und dann nach Hause.«

»Und danach haben Sie nichts mehr von ihm gehört?«

Saarela schüttelte den Kopf.

»Warum haben Sie sofort die Tür aufgeschlossen, ohne vorher zu klingeln?«, fragte Renko.

Saarela wirkte plötzlich verlegen. Paula gab Renko in Gedanken Pluspunkte.

»Habe ich das? Wahrscheinlich dachte ich, er wäre nicht zu Hause.«

»Warum sind Sie dann hergekommen, wenn Sie dachten, er wäre nicht zu Hause?«, fragte Paula.

»Ich hatte sowieso in der Gegend zu tun, da dachte ich, ich bringe die Bücher schnell vorbei.«

»Was hatten Sie zu tun?«

»Ein privates Treffen.«

»Mit wem?«

»Mit meiner Freundin. Ich war gerade bei ihr. Sie können sie kontaktieren, wenn Sie wollen.«

Paula fand, dass das Gespräch zu viel Ähnlichkeit mit einer Vernehmung bekam, wenn man bedachte, dass die Leiche noch gar nicht identifiziert war. Sie dankte Nico Saarela für das Buch und fragte Renko, ob die Obduktion abgeschlossen war.

»Fast. Sie haben gesagt, wir können hinkommen und dort warten, falls der nächste Angehörige den Toten sehen möchte.«

Paula interpretierte Renkos Worte dahingehend, dass Paljakka identifiziert worden war. In Saarelas Anwesenheit wollte sie jedoch nicht nachhaken.

»Fahren Sie bei uns mit?«, fragte sie.

»Ich folge Ihnen lieber im eigenen Wagen«, sagte Saarela. Dann betrachtete er unschlüssig die volle Bücherkiste, die er vergeblich in die oberste Etage geschleppt hatte. »Sollte ich die wieder mitnehmen?«

»Lassen Sie sie hier«, antwortete Paula. »Und könnte ich bitte den Wohnungsschlüssel haben? Sie bekommen ihn zurück, wenn alles geklärt ist. Aber vorläufig muss ich darum bitten, dass mit Ausnahme der Polizei niemand die Wohnung betritt, auch Sie nicht.«

Saarela sah sie verwundert an und machte keine Anstalten, den Schlüssel aus der Tasche zu holen.

»Warum?«

»Wir müssen die Wohnung bis zum Abschluss der Ermittlungen versiegeln«, erklärte Paula.

»Was gibt es denn bei einem Selbstmord zu ermitteln?«

»Bei einem Selbstmord«, wiederholte Paula. »Woraus schließen Sie, dass es ein Selbstmord war?«

Jetzt wirkte Saarela noch verblüffter.

»War es denn keiner?«

6

Karhu stieg vorsichtig den nassen Felsen zur Wasserlinie hinunter. Er hatte die ganze Landspitze zweimal systematisch umrundet, in einem Umkreis von maximal hundert Metern um die Stelle, an der Kaarina Alanne gestorben war. Von dort bis zum Ende der Landzunge waren es allerdings nicht einmal hundert Meter.

Der Himmel bestand aus nichts als grauem Dunst, der seine schweren, wässrigen Flocken ins schwarz wogende Meer fallen ließ. Der Schneeregen wollte nicht nachlassen, im Gegenteil. Das störte Karhu an sich nicht, aber es ärgerte ihn, dass er in diesem Wetter losgeschickt worden war, um nach der Nadel im Heuhaufen zu suchen, während die anderen in Innenräumen einen aktuelleren und interessanteren Fall bearbeiteten.

Interessanter ist nur der Fall, die Menschen sind gleichermaßen wertvoll, ermahnte Karhu sich selbst.

Tatsächlich empfand er kaum Hochachtung vor Bergsteigern oder anderen Extremsportlern. Es war ihm unverständlich, dass jemand alles, wirklich alle physischen und geistigen und finanziellen Ressourcen einsetzte, nur um irgendeinen Berggipfel zu erklimmen oder in eine unterseeische Höhle zu tauchen. Derartige Unternehmungen ließen ihn schaudern. Im Sonderkommando hatte er viele Male in einen Gewehrlauf geblickt und einmal in die Augen eines Kindes, dessen Vater sich bei einer Belagerung selbst getötet hatte.

Karhu hatte kein Bedürfnis nach weiteren extremen Erlebnissen. Er wollte nach der Arbeit nur nach Hause gehen, die Tür zumachen und die böse Welt hinter sich lassen.

Es war ihm unangenehm, Paula zu enttäuschen. Er wusste jedoch, dass er das Gelände gründlich genug abgesucht hatte, um mit Sicherheit sagen zu können, dass zumindest das, weshalb Paula ihn hergeschickt hatte, auf der Landzunge nicht zu finden war.

Noch einmal ließ er den Blick über das Schilf streifen, das sich in der kleinen Bucht neben der Landspitze verbarg. Dann ging er in Ufernähe an Kaarina Alannes Todesstätte vorbei in Richtung Naturpfad und Parkplatz. An einem Kiefernstamm war ein langer Streifen Absperrband hängen geblieben; Karhu riss ihn ab und steckte ihn in die Tasche.

Sein Handy vibrierte in der Brusttasche über seinem Herzen. Karhu blieb im Regen stehen, um die Nachricht zu lesen, obwohl er hätte warten können, bis er wieder im Auto saß. Er hatte auf diese Nachricht gewartet, seit er am Morgen aus dem Haus gegangen war.

Bevor er das Handy entsperren konnte, fiel eine große Schneeflocke darauf, die sofort schmolz und den Touchscreen außer Funktion setzte. Karhu rieb das Display am Hosenbein trocken und beugte sich schützend darüber.

Die Nachricht kam tatsächlich von Joonas.

Entschuldige wegen heute früh. Soll ich für fünf Uhr Essen machen? Den Zucchini-Auflauf, den du so magst? Ich liebe dich.

Auf den Text folgten mehrere verschiedene Herz-Emojis. Karhu lächelte und blickte sich dann verlegen um, obwohl ihn hier im Wald niemand sehen konnte.

Es tut mir auch leid, antwortete er. *Zucchini-Auflauf wäre herrlich.*

Dann löschte er den zweiten Satz.

Dein Zucchini-Auflauf schmeckt herrlich. Du bist wunderbar.

Er fügte zwei Smileys hinzu, die an der Stelle der Augen Herzen hatten. Aber nachdem er die Nachricht abgeschickt hatte, merkte er, dass beim zweiten Smiley sein Finger versehentlich eins getroffen hatte, dessen Kopf explodierte.

Oho, hab aus Versehen das falsche Smiley erwischt. Aber du bist so toll, dass mir der Kopf platzt.

Joonas antwortete mit einem großen Herz. Karhu steckte das Handy wieder in die Brusttasche und wandte das Gesicht dem Himmel zu. Er ließ seine glühenden Wangen vom Schneeregen befeuchten, bevor er weiterging. Als er den Naturpfad erreichte, beschloss er, nach links zu gehen statt nach rechts, was der kürzere Weg zum Parkplatz gewesen wäre. Das bedeutete mehr Schneeregen, aber ihm war gerade eine Idee gekommen, der er unbedingt nachgehen wollte.

Der Pfad verlief am Ufer entlang und führte dann tiefer in den Wald. Auf dieser Seite der Landzunge wehte der Wind heftiger, und die Kälte begann durch Karhus schon ziemlich nassen Mantel zu dringen. Karhu bedauerte seine Entscheidung bereits, der romantische Augenblick war verflogen, und es gab nur noch die kalte Brise vom Meer.

An der Uferseite des Pfades war ein Schuppen zu sehen, neben dem zwei Ruderboote für den Winter aufgebockt worden waren. Die Stelle war so weit von dem abgesperrten Gebiet entfernt, dass sie vermutlich noch nicht genauer untersucht worden war.

Karhu rüttelte an der Tür des Schuppens, sie war verriegelt. Durch das schmutzige Fenster konnte man nicht sehen, was sich drinnen befand. Unter den Ruderbooten war nur verwelktes Gras. Karhu beschloss, noch um den Schuppen herumzugehen, ehe er aufgab.

Hinter der Ecke kehrte das Lächeln auf sein Gesicht zurück.

Da war es, auf das vermoderte Gras geworfen. Auch das Maß war genau richtig.

Was hatte er auf Paulas Bitte gesucht?

Ein vier Meter langes Brett.

7

Nico Saarela saß im Wartezimmer der rechtsmedizinischen Abteilung und stützte die Ellbogen auf die Knie. Er drehte das Team-Otto-Basecap zwischen den Fingern wie eine Gebetskette.

Hartikainen hatte aus dem Obduktionssaal mitgeteilt, dass der Angehörige den Toten in einer halben Stunde sehen könne. Paula hatte beschlossen, ebenfalls bis dahin zu warten, obwohl sie den letzten Teil der Obduktion mit Hartikainen hätte verfolgen können. Sie hielt es jedoch für ergiebiger, Nico Saarela zu beobachten. Außerdem war Hartikainen mit der Rechtsmedizin viel gründlicher vertraut als sie.

Seit seiner Ankunft im rechtsmedizinischen Institut im Stadtteil Ruskeasuo hatte Saarela kaum ein Wort gesagt. Er war zwanzig Minuten später angekommen als Paula und Renko, obwohl das Ziel nur einige Kilometer von Katajanokka entfernt war. Angeblich hatte er keinen Parkplatz gefunden, was eindeutig gelogen war. Er musste unterwegs einen Abstecher gemacht haben.

Saarela hatte einige Exemplare von Otto Paljakkas neuem Buch mitgenommen, die er auf den kleinen Tisch neben sich gelegt hatte. Paula überlegte, ob er beabsichtigte, sie im Institut zu verteilen. Oder womöglich zu verkaufen?

Die Signatur des Bergsteigers war jedoch nicht mehr zu bekommen. Hartikainen hatte in seiner Nachricht erwähnt, dass die Leiche als Otto Paljakka identifiziert worden war.

Paula stupste den neben ihr sitzenden Renko an, den die Atmosphäre im Leichenschauhaus überraschend still gemacht hatte, und nickte zu Nico Saarela hin. Renko runzelte die Stirn, schien dann aber zu verstehen, was Paula meinte.

»Welche Eigenschaften braucht man eigentlich als Bergsteiger?«, fragte er. »Ich meine bloß, weil ich es nie probiert habe.«

Saarela setzte eine gelangweilte Miene auf, die zeigen sollte, wie dumm Renkos Frage war.

»Ziemlich viele haben es nie probiert«, sagte er und legte das Basecap auf den Bücherstapel, als wäre es zu heilig für ein so triviales Gespräch.

»Ein Freund wollte mich mal zu einer Kilimandscharo-Reise überreden, aber die war mir zu teuer«, fuhr Renko fort.

»Das sind Touristenreisen«, merkte Saarela an. »Eine ganz andere Sache.«

»Genau«, stimmte Renko mit einem bekräftigenden Nicken zu. »Da müsste man wahrscheinlich Schlange stehen, um auf den Gipfel zu kommen.«

»So ist es auch an vielen anderen Orten.«

»Das ist schon interessant«, ereiferte sich Renko. »Was bringt die Leute dazu, dort Schlange zu stehen? Wenn ein Mensch zum Beispiel den Mount Everest besteigt, dann will er doch eigentlich etwas Besonderes erreichen, aber es ist gar nichts Besonderes mehr, wenn da Hochbetrieb herrscht.«

Saarela antwortete nicht, sondern starrte Renko an wie einen begriffsstutzigen Tölpel. Paula dagegen war ausnahmsweise ganz derselben Meinung wie Renko. Allerdings war keineswegs sicher, dass Renko tatsächlich meinte, was er sagte. Er blieb jedoch hartnäckig bei seiner Linie.

»Oder wenn es doch nicht darum geht, etwas Besonderes zu erreichen, was könnte dann das Motiv für das Schlangestehen sein? Der Wunsch, seine Grenzen auszuloten? Dafür gäbe es viel praktischere und billigere Möglichkeiten, zum Beispiel Ultramarathon oder Freitauchen. Das wäre auch sicherer, und ökologischer. Man bräuchte nicht nach Nepal zu fliegen. Oder ist es in China?«

»An der Grenze«, antwortete Saarela gepresst. »Wie gesagt, Tourismus ist eine Sache für sich. Wir sprechen hier von Profis.«

»Ja, klar, natürlich. Aber steht dahinter nicht dasselbe Bedürfnis?«, insistierte Renko. »Etwas Besonderes zu sein?«

»Otto war etwas Besonderes«, entgegnete Saarela. »Das war er schon, bevor er einen einzigen Gipfel bestiegen hatte.«

»Schön gesagt«, meinte Renko anerkennend.

»Warum hat Paljakka das Bergsteigen aufgegeben?«, fragte Paula. »Er war doch erst knapp über vierzig.«

»Er hatte alles erreicht«, erwiderte Saarela. »Oder genug erreicht, dass er sich darauf konzentrieren konnte, Geld zu verdienen, anstatt dauernd darum betteln zu müssen.«

»Betteln musste er doch wohl nicht«, meinte Paula.

»In den letzten Jahren natürlich nicht mehr«, gab Saarela zu. »Und eigentlich hätte Otto noch nicht aufhören wollen. Ich habe ihn dazu überredet, oder genau genommen wir alle.«

»Wer sind wir?«

»Ich und Jonna und Samuli. Jonna Salomaa hat sich um Ottos Medienkontakte und die übrige Öffentlichkeitsarbeit gekümmert, und Samuli Suominen war Ottos Vertrauensmann im Gebirge oder eigentlich bei fast allem. Sie sind übrigens auf dem Weg hierher, ich habe sie unterwegs angerufen. Sie möchten Otto auch sehen. Das ist wohl in Ordnung?«

»Im Prinzip dürfen nur die Angehörigen den Toten sehen, in diesem Fall also Sie«, erklärte Paula.

»Wir sind alle Ottos Angehörige«, sagte Saarela. »Ich bin nur deshalb offiziell der nächste Angehörige, weil ich seinen ganzen Papierkram erledige. Aber Jonna und Samuli stehen Otto näher als ich. Wir sind Ottos einzige Familie.«

Den letzten Satz gab Nico Saarela fast feierlich von sich. Paula überlegte, ob er selbst Familie hatte oder ob Ottos engerer Umkreis auch für Saarela die einzige Familie war. Einen Ring trug er jedenfalls nicht, aber das hatte heutzutage nichts zu bedeuten.

Früher brauchte man nicht eigens nach dem Familienstand zu fragen, ein Blick auf den Ringfinger genügte.

»Wie ging es Otto, nachdem er aufgehört hatte?«, fragte Renko. »Wenn das Bergsteigen sein ganzer Lebensinhalt war?«

Saarela antwortete nicht sofort. Er nahm die Kappe von dem Bücherstapel und drehte sie in den Händen.

»Man sollte meinen, dass so etwas eine gewaltige Lücke ins Leben reißt«, fuhr Renko fort, dem ganz offensichtlich bewusst war, dass seine ins Blaue hinein gestellte Frage ins Ziel getroffen hatte. Saarelas Finger bewegten sich langsamer, bis die Kappe Halt machte.

»Otto war noch in der Gewöhnungsphase«, erklärte Saarela zögernd. »Er war nicht daran gewöhnt, länger an einem Ort zu sein.«

»Hat er über seine Schwierigkeiten gesprochen?«, erkundigte sich Renko.

»Mit mir nicht. Aber von Samuli habe ich so etwas gehört.«

»Was?«

»Das müssen Sie ihn selbst fragen«, fauchte Nico Saarela und fügte dann versöhnlich hinzu, Samuli komme ja bald.

»Wie hat Otto Ihrer Meinung nach gewirkt?«, fragte Renko hartnäckig weiter.

Saarela setzte das Basecap auf, als könnte ihm das helfen, von Otto Paljakkas Stimmungen zu erzählen. Er verschränkte die Arme vor der Brust, lehnte sich zurück und streckte die Beine aus.

»Na, vielleicht war er irgendwie deprimiert«, sagte er schließlich. »Oder vielleicht ist deprimiert ein zu starkes Wort. Niedergeschlagen, bedrückt. Stiller als gewöhnlich.«

»Deshalb haben Sie einen Selbstmord vermutet?«, fragte Paula.

Saarela schloss die Augen und nickte. Er hatte offenbar Schuldgefühle, weil er einer derjenigen war, die Paljakka dazu überredet hatten, die klaren Gebirgslandschaften gegen die Eintönigkeit der Hörsäle einzutauschen.

»Wie lange ist es her, seit Paljakka das Bergsteigen aufgegeben hat?«, fuhr Paula mit sanfter Stimme fort.

»Gut ein Jahr. Er hat sofort angefangen, sein Buch zu schreiben, wie ich ihm vorgeschlagen hatte, und die Wohnung in Katajanokka gekauft. Anfangs schien alles gut zu sein.«

»Und das Buch ist gerade erschienen?«

»Vor einem Monat. Es hat sich tatsächlich viel besser verkauft als erwartet, die erste Auflage war schon nach einer Woche vergriffen. Wir haben ja keinen großen Verlag im Rücken, sondern haben es selbst verlegt«, erklärte Saarela und nahm das oberste Buch vom Stapel. Er wurde sichtlich munterer, als er wieder über das Projekt sprechen konnte, auf das er unverkennbar stolz war. Nachdem er das Buch eine Weile betrachtet hatte, legte er es auf seine Knie. Auf dem Rücken standen Paljakkas Name und der Buchtitel in silbernen Buchstaben und der gleichen Schönschrift wie auf Saarelas Kappe.

Renko stieß plötzlich einen kurzen, erstickten Laut aus und stand auf.

»Ich gehe mal kurz nach draußen«, sagte er. »Hier ist irgendwie schlechte Luft.«

Nico Saarela sah ihn an, als hätte er einen geschmacklosen Witz erzählt. Da ertönte der Klingelton seines Handys; es war »Always Look on the Bright Side of Life« von Monty Python. Saarela wirkte verlegen, als hätte nun er selbst das Leichenschauhaus schändlich entweiht.

Renko wich Paulas fragendem Blick aus und murmelte, er sei gleich wieder da. Paula ließ ihn gehen, denn sie wollte Saarela nicht allein im Wartezimmer zurücklassen.

Das Telefonat des Managers war rasch beendet.

»Jonna und Samuli stehen draußen an der Tür.«

Bevor Paula ihnen entgegengehen konnte, war aus der Ferne zu hören, wie die Eingangstür zuschlug und Renko die Neuankömmlinge anwies, ans Ende des Flurs und dann nach rechts zu gehen.

Nico Saarela straffte sich, legte das Buch zurück auf den Tisch und sein Basecap obenauf. Er stand auf, strich sich das Hemd glatt und prüfte sein Äußeres. Nun erst bemerkte Paula den Kugelbauch, über den er mühsam den Gürtel seiner Jeans zog. Der Gürtel drückte den Bauch flach, war aber bestimmt unbequem. Saarela war offenkundig kein Sportler. Paula überlegte, warum jemand wie Otto Paljakka gerade Saarela als Manager gewählt hatte, einen Mann, der sich körperlich nicht besonders gut in Form zu halten schien.

Saarela verschränkte die Hände und blieb wartend mitten im Raum stehen. Sein Gesichtsausdruck hätte eher zu einem Pfarrer beim Bestattungsgottesdienst gepasst als zu einem trauernden Angehörigen. Im Flur waren nur leise Schritte zu hören, aber keine Gespräche. Gleich darauf betraten eine Frau und ein Mann Arm in Arm das Wartezimmer und blieben stehen, als sie Nico Saarela sahen.

Einen Augenblick lang sagte niemand etwas. Paula betrachtete die beiden interessiert. Die Frau sah aus, als wäre sie unter dreißig, war aber vermutlich älter. Ihr Äußeres entsprach dem Stereotyp einer Grafikerin: ein schnittiger schwarzer Hosenanzug, eine große Brille mit massivem Gestell, die aschblonden Haare über der Stirn zu einem schnurgeraden Pony geschnitten. Aber sie war auch sehr sportlich, muskulös, keine zarte Frau.

Paula fand es überraschend, dass Hartikainen die Frau attraktiv genannt hatte – das war sie sicher, wenn es um Äußerlichkeiten ging, aber sie entsprach nicht im Geringsten Paulas Vorstellung von Hartikainens Frauengeschmack. Vielleicht hatte er ihn nach seiner Scheidung aktualisiert.

Oder einem einsamen Mann erschienen alle Frauen irgendwann attraktiv genug.

Die Frau sah verweint aus. Dagegen hatte der Mann neben ihr eine steinerne Miene aufgesetzt, die nichts über seine Gefühle verriet.

Er trug einen dunkelgrünen Outdooranzug, nicht nagelneu, sondern eher abgetragen. Der Mann hätte direkt von einem Lagerfeuer kommen können. Im Gegensatz zu der Frau wirkte er älter, als er vermutlich war, was vielleicht zum Teil an seinem ungepflegten Äußeren lag und zum Teil daran, dass er ein sehniger Marathonläufertyp war, mager und trocken und vorzeitig verrunzelt. Seine Haut war noch stärker gebräunt als die von Nico Saarela.

Wenn die beiden Männer sich ihre Sonnenbräune am selben Ort geholt hatten, dachte Paula, hatte der Mann im Outdooranzug sie auf ausgedehnten Skiwanderungen erworben, Saarela auf der Terrasse einer Alpenhütte.

»Hallo«, brach Saarela das Schweigen. »Es tut mir leid.«

Die Frau schluchzte auf und fiel ihm um den Hals. Dann umarmten sich auch die Männer.

Die Frau stellte ein ganzes Bündel Fragen, auf die Saarela nur den Kopf schüttelte. Dann bemerkten die Ankömmlinge Paula, die aufstand und sich vorstellte. Beide streckten ihr gleichzeitig die Hand hin.

»Jonna Salomaa.«

»Samuli Suominen.«

Salomaas Händedruck war kräftig, Suominens grob.

»Sie haben bestimmt viele Fragen, aber bisher haben wir nur sehr wenig Antworten«, sagte Paula. »Sie können den Toten aber bald sehen. Er wurde identifiziert, es ist Otto Paljakka.«

Im selben Moment spähte Hartikainen auch schon durch die Tür, die in den Obduktionssaal führte.

»Jetzt wären wir fertig«, sagte er.

Dann stellte er sich den drei Besuchern vor, die Otto Paljakka sehen wollten, und brachte seine Anteilnahme so souverän zum Ausdruck, wie es nur ein Mensch fertigbringt, der vierzig Jahre im Polizeidienst gearbeitet hat.

»Hier entlang, bitte«, sagte er und zeigte auf die Tür.

Doch niemand bewegte sich. Hartikainen wartete geduldig, bis Nico Saarela schließlich beschloss, den Anfang zu machen und sich der Leiche des toten Freundes als Erster zu nähern.

Hartikainen bewahrte seine freundliche, beruhigende Miene, bis die drei durch die Tür gegangen waren. Dann wartete er noch einen Augenblick, bevor er Paula im leeren Wartezimmer zuflüsterte:

»Live sieht sie noch besser aus.«

8

Auf dem Parkplatz fluchte Renko, weil ihm gerade wieder einfiel, dass er kein Auto hatte. Er versuchte, die Tür von Paulas schlammbespritztem Saab zu öffnen, obwohl er wusste, dass der Versuch vergeblich war. Paula mochte in vielen praktischen Dingen nachlässig sein, aber sie würde ihren Wagen nie unverriegelt oder gar den Zündschlüssel stecken lassen.

Renko wollte nicht wieder nach drinnen gehen und um den Autoschlüssel bitten, denn dann würde Paula eine Erklärung fordern. Und wenn sie die hörte, würde sie ihm vermutlich auftragen, zu warten, denn die Sache war ja nicht direkt eilig und sie konnten sie später gemeinsam erledigen.

Aber Renko wollte die Sache nicht später gemeinsam erledigen. Er wollte sie selbst erledigen.

Er war seiner Rolle als Paulas Laufbursche – so empfand er sie inzwischen – allmählich überdrüssig geworden. Anfangs hatte es ihm geschmeichelt, Paulas Mitarbeiter zu sein, aber er hatte bald gemerkt, dass die anderen im Team weitaus selbstständiger arbeiten durften.

Renko überprüfte auf dem Handy die Fahrpläne des öffentlichen Nahverkehrs, stellte aber fest, dass die Fahrt mit Straßenbahn und U-Bahn zu lange dauern würde. Er musste ein Taxi nehmen, was er sich eigentlich nicht leisten konnte. Während er die Bestellung bei Uber eingab, rechnete er in Gedanken aus, was die Fahrt nach Ost-Helsinki und zurück kosten würde. Dann versuchte er, nicht daran zu denken.

Fakt war, dass der lange Erziehungsurlaub von Renkos Frau die Familie an den Rand des Bankrotts geführt hatte. Als Heikki sich ankündigte, hatten sie im Freudenrausch eine viel zu teure Wohnung gekauft, die sie sich eigentlich nur leisten konnten, wenn beide ein volles Monatsgehalt bekamen. Renko hatte das Problem bald erkannt, aber seine Frau hatte nach Heikkis Geburt immer wieder gesagt, dass es für ein kleines Kind viel besser war, bei der Mutter zu Hause zu sein statt in einer Kita, und er hatte es nicht über sich gebracht, die finanzielle Lage zu erwähnen. Stattdessen hatte er sich Geld geliehen, zuerst bei seinem Vater, dann bei seinem Bruder und schließlich bei Hartikainen, der nach langer Zeit wieder gut bei Kasse war.

Nach Hartikainens Scheidung war seine Familie in dem Haus wohnen geblieben, das er gebaut hatte, aber nachdem auch das jüngste Kind ausgezogen war, hatte er das Haus endlich verkaufen können. Trotzdem wohnte er weiterhin zur Miete in seinem schäbigen Drei-Zimmer-Reihenhaus und sparte für den Ruhestand.

Insgesamt hatte Renko über zwanzigtausend Euro Schulden. Er hatte Hartikainen versprochen, ihm das Geld zurückzuzahlen, sobald es irgendwie möglich war. Vermutlich würde auch sein Bruder, der selbst Familie hatte, die Rückerstattung bald brauchen.

Der Uber-Fahrer kam innerhalb von zwei Minuten. Dem Aussehen nach stammte er aus dem Nahen Osten oder hatte zumindest dort seine Wurzeln. Renko setzte sich auf den Beifahrersitz und nannte die Adresse. Der Fahrer tippte sie in das Suchfeld und machte dabei einen Schreibfehler, auf den Renko ihn hinwies.

»Macht nichts«, fügte er hinzu. »Finnisch ist eine schwierige Sprache.«

»Das war ein Tippfehler. Ich bin in Kannelmäki geboren«, gab der Fahrer zurück.

»Ach so, Entschuldigung.«

»Macht nichts«, sagte der Fahrer. »Daran bin ich gewöhnt.«

Für den Rest der Fahrt schwieg Renko verlegen.

Der Flohmarkt des Guten Gewissens war so leer wie beim letzten Mal. Auch die Verkäuferin war nirgends zu sehen. Nachdem Renko ein paarmal Hallo gerufen hatte, ging er am Verkaufstresen vorbei und spähte durch den Vorhang ins Hinterzimmer.

Die Verkäuferin beugte sich mit dem Rücken zur Tür über irgendetwas in der Ecke, wo Kaarina Alannes Sachen untergebracht waren.

»Guten Tag«, sagte Renko mit lauter Stimme.

Auf den Gruß folgte ein Klirren, dann drehte die Verkäuferin sich um und sah Renko an, zuerst erschrocken, dann geradezu entsetzt.

»Entschuldigung, ich wollte Sie nicht erschrecken«, sagte Renko ruhig und trat näher. »Renko von der Kriminalpolizei, erinnern Sie sich? Ich bin nur gekommen, um etwas nachzuprüfen.«

»Ich auch«, erwiderte die Frau hastig. »Ich habe nachgesehen, ob alle Tassen da sind. Und natürlich erinnere ich mich.«

Sie trat einen Schritt zur Seite, sodass der hohe Beistelltisch sichtbar wurde. Darauf stand ein altmodisches Kaffeeservice: die weißen Porzellantassen hatten ein Rosenmuster und zierliche, dekorative Henkel. Vor Schreck hatte die Verkäuferin offenbar das Geschirr, das sie in der Hand hielt, fallen gelassen. Nun lagen die Tassen kreuz und quer auf den Tellerstapeln.

Auf den ersten Blick schienen Kaarina Alannes Sachen noch vollständig vorhanden zu sein, obwohl die Ermittlungen zu ihrem Tod schon nach kurzer Zeit eingestellt worden waren. Als Renko danach fragte, erklärte die Verkäuferin, im Verkaufsraum sei es so eng, dort gebe es ohnehin zu viel Waren, daher lohne es sich nicht, noch mehr dort auszustellen. Renko hatte allerdings den Eindruck, dass Alannes Besitz nicht restlos zum Verkauf kommen würde.

»Meine Oma hatte auch so ein Service«, sagte er und nahm eine Kaffeetasse in die Hand. »Schön bemalt, aber es hat ja keinen Wert.«

»Nein, es hat tatsächlich keinen Wert«, erwiderte die Verkäuferin.

»Außer natürlich den ideellen Wert«, merkte Renko an und betrachtete den Boden der Tasse, um sich zu vergewissern, dass sich dort nicht doch irgendein Qualitätszeichen befand. »Aber der ist schwer zu messen. Eine widersprüchliche Sache, der ideelle Wert. Einerseits ist es gut, dass der Mensch an Gegenständen hängt und ihnen eine Bedeutung gibt, weil er sie dann möglichst lange verwendet. In globaler Hinsicht, meine ich, man müsste ja den Konsum einschränken. Aber besteht das fundamentale Problem nicht darin, dass man sein Herz an Dinge hängt? Also, dass man der Materie Bedeutungen zuschreibt, die sie in Wahrheit nicht hat?«

Die Frau machte ein seltsames, quakendes Geräusch. Sie stammelte, sie müsse in den Verkaufsraum und Kunden bedienen.

Nachdem sie gegangen war, trat Renko an das Bücherregal, in dem er vor einigen Wochen sein altes Lehrbuch entdeckt hatte. Er fand den Rücken von Wilhelm Reichs »Massenpsychologie des Faschismus« schnell wieder.

Daneben stand Otto Paljakkas »Die Seele eines Bergsteigers«.

Renko hatte sich anfangs nicht daran erinnert, denn als er nach Kaarina Alannes Tod hier gewesen war, hatte er dem Titel des Buches oder dem Verfasser keine Aufmerksamkeit geschenkt. Aber als er vorhin die silberne Schönschrift auf dem Rücken des Buches gesehen hatte, das Nico Saarela in der Hand hielt, war ihm aufgegangen, dass er diesen Text schon einmal gesehen hatte.

Renko malte sich zufrieden lächelnd aus, wie er Paula das entscheidende Beweisstück überreichen würde. Er sah sich um und nahm schwarze Lederhandschuhe von einem Kleiderhaufen. Sie waren gerade noch groß genug. Erst als er sie übergestreift hatte, kam ihm in den Sinn, dass die Tote sie wahrscheinlich getragen hatte, was ihm ein unangenehmes Gefühl bescherte. Es war jedoch zu spät, seine Finger steckten schon tief in den engen Futteralen.

Renko zog »Die Seele eines Bergsteigers« vorsichtig aus dem Regal, wobei er darauf achtete, das Buch nicht mehr zu berühren als unumgänglich. Er blätterte die leeren Seiten am Anfang um, bis er auf das eigentliche Titelblatt stieß.

Dort, direkt unter Otto Paljakkas Namen und dem Buchtitel, waren mit Kugelschreiber ein Datum und eine Widmung geschrieben worden:

Für Kaarina!
Danke, dass du mich gesehen hast, als kein anderer mich sah.

Otto

9

Warum begibt ein Mensch sich wieder und wieder in Gefahr? Gehen meine Erfolge auf den Todestrieb zurück?

Über diese Fragen habe ich während meiner ganzen Laufbahn nachgedacht. Eine eindeutige Antwort habe ich nicht. Ich bin mir aber sicher, dass mein Erfolg nicht nur meinem außergewöhnlichen Wesen, meinem Ehrgeiz und meiner Beharrlichkeit zu verdanken ist. Dahinter steht noch etwas anderes.

Etwas, das ich auf den Grund meiner Seele verbannt habe und an das ich lieber nicht denken würde. Aber jedes Mal, wenn ich die Reise zu einem neuen, noch nicht eroberten Gipfel antrete, spüre ich, wie es mich berührt, wie es kalt über meine Fersen streift.

Otto Paljakka: »Die Seele eines Bergsteigers«, Vorwort, S. 5.

10

Paula hatte die Fotos von den beiden Tatorten ausgedruckt und auf dem langen Tisch im Besprechungsraum ausgebreitet. In die Mitte hatte sie das Buch gelegt, das Renko vom Flohmarkt geholt hatte und das die vermutete Verbindung zwischen den beiden Fällen bestätigte.

Die Aufnahmen waren so angeordnet, dass sie die Übereinstimmungen der beiden Todesfälle zeigten: das gleichartige Seil, die Wippe auf dem Spielplatz und das Brett, das Karhu gefunden hatte, und den glatten Fugensand im Wald und auf dem Spielplatz.

Karhu hatte die Entfernung zwischen dem Sandhaufen und dem Galgenbaum abgemessen. Sie betrug viereinhalb Meter, was mit der Länge des Balkens hinter dem Schuppen übereinstimmte. Zweieinhalb Meter vom Baum entfernt befand sich ein Felsblock, der nach Karhus Ansicht ein Stück verschoben worden war, was man bei der Ermittlung vor Ort übersehen hatte. Wenn das Brett daraufgelegt worden war, könnte es als Wippbalken fungiert haben.

Karhu kam mit einer Tasse Kaffee herein und setzte sich auf seinen Stammplatz an der hintersten Tischecke. Sein Handy klingelte einmal.

»Was schätzt du, wann wir heute Schluss machen?«, fragte er, nachdem er die Nachricht gelesen hatte.

Diese Frage stellte Karhu normalerweise nicht, daher nahm Paula an, dass er etwas Wichtiges vorhatte.

»Wir versuchen, das Ganze schnell durchzugehen. Es war heute für alle ein langer Tag.«

Karhu wirkte zufrieden und tippte auf seinem Handy herum. Vom Flur her waren Hartikainens und Renkos Stimmen zu hören, vertieft in ein Gespräch oder eher eine Debatte, die sich wieder einmal um die Rangordnung der Vertreter verschiedener Sportarten drehte.

»Lasst uns anfangen, damit wir bald nach Hause kommen«, rief Paula.

»Das Tolle beim Fußball ist, dass es keine absolute Wahrheit gibt, wer der Beste ist. Wie vergleichst du die Spieler verschiedener Epochen? Oder verschiedene Spielpositionen. Pele war ein unübertrefflicher Torschütze. Aber wie vergleicht man einen Stürmer zum Beispiel mit Kaiser Beckenbauer, der als Libero das ganze Orchester dirigiert hat?«, fragte Renko in der Tür, worauf Hartikainen hinter ihm antwortete, Renko habe gerade bewiesen, dass es keinen Größeren gebe als Muhammad Ali.

Hartikainen tänzelte in das Zimmer.

»Float like a butterfly, sting like a bee!«, rief er und teilte Jabs und Haken an einen unsichtbaren Gegner aus.

»Beginnen wir mit den Fakten«, sagte Paula.

»Der größte Sportler und Mensch aller Zeiten war Muhammad Ali. Das ist ein Fakt«, schnaufte Hartikainen, außer Atem von seinem Schattenboxen.

»Oder doch nicht«, fuhr Paula fort, ohne sich um ihn zu kümmern. »Fangen wir damit an, dass das, worüber wir gleich sprechen, nicht aus diesem Raum dringen darf. Also nicht einmal aus diesen vier Wänden, geschweige denn aus dem Haus. Offiziell untersuchen wir weiterhin ganz normal die Todesursachen und betrachten die Todesfälle als Suizide. Dem Rechtsmediziner zufolge ist der Tod in beiden Fällen durch Erhängen eingetreten.«

Hartikainen wirkte entsetzt und verschüttete Kaffee auf das

Foto, auf dem Kaarina Alannes Leiche neben dem Felsblock lag, das Seil noch um den Hals. Er wischte den Kaffee mit dem Ärmel auf und betrachtete ihn dann angeekelt, als hätte sich Leichengeruch an ihm festgesetzt.

»Wir verheimlichen der Öffentlichkeit also zwei Morde und die Tatsache, dass es sich um denselben Tathergang und demnach wahrscheinlich auch um denselben Täter handelt. Wir können nicht sicher sein, dass es keine weiteren Morde gibt. Die Menschen müssen die Möglichkeit haben, sich zu schützen.«

Paula seufzte. Hartikainens anstrengendste Eigenschaft bestand darin, dass er anfangs in der Regel alles für unglaubhaft hielt, bis er irgendwann eine komplette Kehrtwendung machte und allzu einfache Schlüsse zog.

»Du meinst also, ich sollte eine Pressekonferenz einberufen und verkünden, dass jemand den erfolgreichsten Bergsteiger Finnlands mithilfe einer Wippe getötet hat? Und nebenbei noch eine Oma mit Krebs im Endstadium?«

»Wenn du es so formulierst, klingt es natürlich lachhaft«, brummte Hartikainen.

»Gerade deshalb möchte ich, dass wir uns an die Fakten halten. Wir haben zwei Opfer, die praktisch nichts gemeinsam haben. Geschlecht, Alter, Lebenssituation, Wohngegend, sozioökonomische Stellung, nichts stimmt überein«, erklärte Paula.

»Aber sie kannten sich«, merkte Renko selbstgefällig an.

Nach Paulas Ansicht war er ein bisschen zu sehr von sich selbst eingenommen, nachdem er den Beweis entdeckt hatte, dass es zwischen den Opfern doch eine Verbindung gab.

»Eine Widmung im Buch bedeutet an sich noch gar nichts«, wandte Karhu ein. »Die konnte sich bei der offiziellen Präsentation jeder holen.«

Das hatte Nico Saarela bestätigt. Das Buch war Ende März in der größten Buchhandlung der Innenstadt veröffentlicht worden. Hunderte waren zu der Veranstaltung gekommen. Paljakka war zuerst interviewt worden und hatte seine Bücher dann für alle Interessierten signiert. Die Menschen hatten Schlange gestanden.

»Das ist keine normale Widmung«, wandte Renko ein. »Im Gegenteil, sie ist sehr persönlich.«

»Das finde ich auch«, stimmte Paula ihm zu. »›Danke, dass du mich gesehen hast, als kein anderer mich sah‹ … Worauf könnte das eurer Meinung nach hinweisen?«

»Das ist reine Spekulation, wir sollten uns doch an die Fakten halten«, murmelte Hartikainen.

»Ich glaube, es geht um ein tieferes Sehen«, sagte Renko. »Also nicht nur um das Sehen als Wahrnehmung, sondern darum, dass man einem Menschen so begegnet, wie er ist, und eine echte Verbindung zu ihm hat. Das heißt, eigentlich geht es um noch mehr. Sagt man nicht, dass vernachlässigte Kinder gerettet werden können, wenn auch nur ein Erwachsener sie wirklich sieht?«

»So heißt es«, sagte Paula leise.

»Als Vater fällt es mir schwer, das zu verstehen. Also dass jemand sein Kind schlecht behandelt«, fügte Renko hinzu.

Paula dachte an ihre Begegnungen mit Menschen, die als Kinder von ihren eigenen Eltern vernachlässigt und sogar misshandelt worden waren. Einigen von ihnen hatte es unglaublich viel bedeutet, dass ein ganz unbeteiligter Erwachsener sie mitfühlend angesehen hatte, mit freundlichem Blick.

Viele waren dennoch straffällig geworden. Ein alter Mann hatte Paula einmal bei einer Vernehmung erzählt, dass er als Kind zu Hause verprügelt worden war und nicht immer etwas zu essen bekommen hatte. Einmal war ihm auf der Straße eine ältere Frau begegnet, die sich zu ihm herabgebeugt, seine Wange gestreichelt und gesagt hatte: »Du bist aber ein prächtiger Junge.«

Der Mann hatte sich die Tränen abgewischt, als er diese Geschichte erzählte. Und dann gestand er, dass er seinen Saufkumpan erstochen hatte, weil der den letzten Deziliter aus seiner Wodkaflasche getrunken hatte.

Vielleicht reichte ein einzelner freundlicher Blick doch nicht, um jemanden zu retten.

Paula dachte zwangsläufig an ihren Sohn, der wegen Totschlags zu acht Jahren Gefängnis verurteilt worden war, wovon er inzwischen zwei Jahre abgesessen hatte. Da er Ersttäter war, lagen nur noch zwei weitere Jahre vor ihm. Wenn Paula sich selbst gegenüber absolut ehrlich war, musste sie zugeben, dass sie es früher für ganz und gar ungerecht gehalten hatte, Ersttäter freizulassen, nachdem sie die Hälfte ihrer Strafe verbüßt hatten. Jetzt war sie sich nicht mehr so sicher. Oft entwickelten die Menschen eine verständnisvollere Einstellung, wenn die Frage, um die es ging, sie persönlich berührte, doch Paula hatte nicht erwartet, dass auch sie selbst so reagieren würde. Allerdings war sie nach wie vor der Ansicht, dass jemand, der zum ersten Mal getötet hatte, zu leicht davonkam, wenn er seine Tat nicht aufrichtig bereute.

Pauli war in seiner Adoptivfamilie nicht vernachlässigt worden – jedenfalls soweit Paula bei ihren Nachforschungen hatte feststellen können. Trotzdem hatte er im Drogenrausch getötet.

Was hätte ihn retten können?

Wieder einmal überrollte sie das Schuldgefühl, sie schloss die Augen und ließ es kommen und gehen.

»... aber dann muss die Gesellschaft zu Hilfe kommen«, sagte Renko.

Paula musterte Karhu, der auf sein Handy blickte und verzweifelt aussah, so verzweifelt, wie es bei einem Menschen, der seine Miene immer unter Kontrolle hält, eben möglich ist.

Mit anderen Worten: Karhu runzelte ganz leicht die Stirn.

»Danke, Renko«, sagte Paula, ohne zu wissen, was Renko in der letzten Minute von sich gegeben hatte. »Karhu, du klärst, welche Verbindung zwischen Alanne und Paljakka bestand. War Alanne bei der Veranstaltung in der Buchhandlung? Davon gibt es bestimmt Bildmaterial. Außerdem untersuchst du anhand der Wohn-, Arbeits- und sonstigen Geschichte der beiden, wann sie früher miteinander zu tun gehabt haben könnten. Die Flohmarktverkäuferin hat erzählt, Alanne habe mit Kindern gearbeitet. Und Paljakka war, um mit Hartikainen zu sprechen, ein Problemjugendlicher.«

Karhu wirkte überrascht, dann nickte er zufrieden. Paula hatte ihm häufig die unangenehmsten, langweiligsten Aufgaben zugeschoben, einfach deshalb, weil er sie ohne einen Mucks übernahm. Das war natürlich falsch, wie sie längst eingesehen hatte, und es ging ihr gegen den Strich, denn sie hielt Fairness für eine der wichtigsten Eigenschaften einer Vorgesetzten. Andererseits ärgerte es sie aber auch, dass Karhu sich nie zur Wehr setzte. Auch jetzt sah sie ihm an, dass er gehen wollte, aber er sagte nichts.

Paula seufzte und nahm sich vor, bei passender Gelegenheit mit Karhu über die Sache zu sprechen. Jetzt wollte sie ihn erst einmal gehen lassen.

»Du hattest doch etwas vor, oder? Geh ruhig, wir machen noch weiter. Wir sehen uns dann morgen früh.«

Karhu stand rasch auf, ohne die anderen anzusehen. An der Tür drehte er sich jedoch noch einmal um und formte hinter Hartikainens und Renkos Rücken mit den Lippen das Wort »danke«. Paula lächelte als Antwort, woraufhin Renko sich neugierig umdrehte, aber Karhu hatte bereits die Tür hinter sich geschlossen.

Hartikainen dagegen hatte Karhus Abgang kaum bemerkt. Er schien in Düsterkeit versunken zu sein. Aus irgendeinem Grund akzeptierte er offenbar immer noch nicht, dass Paula die Information über die Mordermittlungen vorläufig nicht publik machen wollte. Das war im Grunde seltsam, denn normalerweise ließ er sich eher von praktischen Erwägungen leiten als von der Dienstvorschrift. Vermutlich störte ihn in Wahrheit etwas anderes.

»Hartsu«, sagte Paula sanft. »Wir informieren die Öffentlichkeit, sobald wir einen konkreten Beweis dafür haben, dass es sich nicht um Selbstmorde handelt. Also zum Beispiel einen Beweis für die Anwesenheit einer zweiten Person.«

»Ist es etwa kein Beweis, dass Alanne es nie geschafft hätte, allein auf den Baum zu klettern?«, fragte Hartikainen.

Er sprach überraschend nachdrücklich von einem Beweis, wenn man bedachte, dass er diesen Umstand bei den ursprünglichen Ermittlungen über Alannes Tod bewusst übergangen hatte.

»Wahrscheinlich hätte sie es nicht geschafft, aber im Prinzip ist es möglich«, entgegnete Paula.

»Ich finde, dass die Menschen informiert werden sollten«, beharrte Hartikainen.

»Warum?«, mischte Renko sich ein. »Damit sie sich von Wippen fernhalten? Oder sollte man die Dinger gleich ganz verbieten?«

»Hartsu, du klärst ab, wie der Täter mit dem Wippbalken vorgegangen ist«, sagte Paula schnell, bevor Hartikainen über Renkos Kommentar in Rage geriet. »Bitte die technische Abteilung um Unterstützung und bereite eine Rekonstruktion vor.«

»Eine Sache verstehe ich nicht«, sagte Renko.

»Nur eine?«, murmelte Hartikainen.

»Warum ausgerechnet Fugensand? Auf dem Spielplatz macht das Sinn, da hätte man den unterschiedlichen Sand vielleicht übersehen, aber im Wald nicht.«

Über diese Frage hatte Paula auch schon nachgedacht, ebenso darüber, wieso das zusätzliche Gewicht gebraucht wurde. Wenn der Täter das eine Ende der Wippe am Boden gehalten hatte, während die Opfer mit dem Seil um den Hals am anderen Ende standen, warum hatte er sich dann nicht einfach ans andere Ende gesetzt?

Warum hatte der Täter überhaupt eine Wippe als Hilfsmittel verwendet und nicht irgendetwas weniger Kompliziertes?

»Das hat irgendeine Bedeutung«, sagte Renko, als hätte er Paulas Gedanken gelesen. »Die Wippe bedeutet irgendetwas.«

Paula lächelte spöttisch. Selbstverständlich hatte die Wippe etwas zu bedeuten. Sofern sie auf der richtigen Spur waren.

»Wir fangen trotzdem bei Paljakkas engem Umkreis an«, sagte sie zu Renko. »Wir sprechen gleich morgen früh noch einmal mit Nico Saarela und auch mit Samuli Suominen und Jonna … Wie war ihr Nachname noch mal?«

»Salomaa. Jonna Salomaa«, antwortete Hartikainen wehmütig.

»Genau. Suominen und Salomaa haben ebenfalls versprochen, morgen Vormittag erreichbar zu sein.«

Als die drei Menschen, die Otto Paljakka am besten gekannt hatten, endlich in den Obduktionssaal zu den irdischen Überresten des Bergsteigers gelangt waren, hatten sie lange schweigend in respektvollem Abstand von der Leiche gestanden. Schließlich war Jonna Salomaa zögernd näher getreten und hatte Paljakkas Wange berührt, war mit ihrem langen, schlanken Zeigefinger über die rote Narbe gefahren. Die Männer waren nicht näher herangegangen, hatten aber gleichzeitig begonnen, sich wie um die Wette zu räuspern. Nico Saarela war als Erster fertig geworden.

»Ottos Erbe lebt weiter«, hatte er gesagt.

»Otto ist dem Himmel schon zu Lebzeiten nahe gekommen«, hatte Samuli Suominen poetisch hinzugefügt. »Näher als die meisten von uns.«

Alle drei hatten ausgesagt, dass Paljakka auf dem Obduktionstisch so aussah wie immer. Er hatte nie mit seiner Kleidung geprunkt, sondern auch im Zentrum von Helsinki am liebsten ein Outfit getragen, das eher für eine Wanderung getaugt hätte.

In Paulas Ohren klang das unnatürlich, aber sie hatte sich nicht dazu geäußert. Außerdem vermutete sie, dass die Kleidungsstücke, die Paljakka trug, erheblich teurer waren als Samuli Suominens verschlissener Outdooranzug.

»Er sieht genauso aus wie immer«, hatte Suominen wiederholt. »Natürlich abgesehen davon, dass er tot ist.«

Trotz hartnäckiger Nachfragen hatte Paula ihnen nicht verraten, wo genau Paljakka gefunden worden war. Nicht einmal Nico Saarela, obwohl er als nächster Angehöriger registriert war. Sie hatte versprochen, am nächsten Morgen, wenn mehr Informationen vorlagen, alle Fragen so gut wie möglich zu beantworten.

Wahrscheinlich hatten sie morgen auch nicht mehr Informationen als jetzt, aber Paula wollte sich gründlich überlegen, was und wie sie über Paljakkas Tod berichtete. Nico Saarela war immer noch der Meinung, dass es sich um Selbstmord handelte, und auch die beiden anderen hatten dies entweder selbst angenommen oder Saarela hatte ihnen seine eigene Auffassung als Fakt aufgetischt.

Falls jedoch alle drei jeweils für sich Paljakkas Tod spontan als Selbstmord eingestuft haben sollten, wollte Paula jeden einzeln nach dem Grund für diese Vermutung fragen.

»Und die Eigenheimsiedlung?«, fragte Hartikainen. »In der Nähe des Spielplatzes.«

»Da gehen morgen zwei Streifenpolizisten von Tür zu Tür«, antwortete Paula. »Sie sehen gleichzeitig nach, ob es dort irgendwo Überwachungskameras gibt.«

Renko wirkte so unruhig wie immer, wenn er gehen wollte, es aber nicht zu sagen wagte.

»Die Ohren«, murmelte er, als Paula ihn fragend ansah.

»Was?«, fragte Hartikainen.

»Heikkis Ohren«, präzisierte Paula.

Sie wollte nicht, dass Hartikainen glaubte, sie sprächen über seine Ohren, schon gar nicht, wenn sein Gehör tatsächlich schlechter geworden sein sollte.

»Bestell zu Hause schöne Grüße«, sagte sie. »Hartsu und ich bleiben noch. Wenn es recht ist.«

»Aber ja, aber ja. Ich habe nichts vor. Auch heute nicht«, erwiderte Hartikainen.

Paula merkte, dass sie wieder ein wenig Zuneigung zu ihm empfand. In seinem Leben gab es abends vermutlich nur das

Sofa und den Fernseher in seiner trostlosen Reihenhauswohnung, deren Einrichtung die Hand einer Frau vermissen ließ.

Einer Frau, die anders ist als zum Beispiel ich, fügte Paula in Gedanken hinzu und dachte an ihre eigene Wohnung, deren Einrichtung aus einem Sammelsurium von Möbelstücken bestand, die sie zu verschiedenen Zeiten für verschiedene Wohnungen angeschafft hatte und die nicht zusammenpassten.

Nachdem Renko gegangen war, räusperte Paula sich und bat Hartikainen, nach Informationen über Otto Paljakkas Unternehmen zu suchen. Hartikainens frühere Tätigkeit in der Abteilung für Wirtschaftskriminalität war äußerst nützlich, denn kein anderer im Team hatte Erfahrung auf diesem Gebiet.

Sie selbst wollte die Registereintragungen zu Nico Saarela, Samuli Suominen und Jonna Salomaa überprüfen und dann in die Tiefen des Internets tauchen, um dort nach allen verfügbaren Hintergrundinformationen zu suchen.

Der erste Teil brachte kaum Ergebnisse: Die drei hatten keine Eintragungen im Strafregister. Suominen und Salomaa waren alleinstehend, bei Saarela waren ein Kind und eine geschiedene Ehe registriert.

Als Nächstes las Paula einige Zeitungsartikel über Otto Paljakka. Es waren typische Heldengeschichten über einen aus bescheidenen Verhältnissen aufgestiegenen, sich selbst gegenüber gnadenlosen, supererfolgreichen Mann, der sich später vergeistigte und eine tiefere Bedeutung für sein Leben fand, verbunden mit dem Wunsch, anderen zu helfen. Auf den Fotos posierte Paljakka immer in ähnlicher Kleidung, wie er sie auch bei seinem Tod getragen hatte, in der Ausstattung eines aktiven Naturmenschen.

Allerdings wurden in den Bildunterschriften in einer Frauenzeitschrift gleich drei verschiedene Firmen erwähnt, die Wanderausrüstung anboten und offenbar die Kleidungsstücke für die Fotos zur Verfügung gestellt hatten.

Über sich selbst sprach Paljakka in den Artikeln sehr vage. Eigentlich erzählte er nichts über sein Privatleben, sondern redete über geistiges Wachstum und die Schädlichkeit des Strebens nach Erfolg. Dabei hatte gerade der Erfolg ihm die Möglichkeit verschafft, sich auf das geistige Wachstum zu konzentrieren, dachte Paula bei sich.

»Als ich alle Gipfel erreicht hatte, fühlte ich mich leer«, sagte Paljakka in einem Interview. Auf dem dazugehörigen Foto stand er auf einem Schneehaufen am Rand eines Parkplatzes.

»Vom Gipfel geht es immer nur abwärts«, philosophierte er in einem anderen Artikel.

Paula fragte sich, ob die Menschen bereit waren, für solche Fünf-Cent-Gedanken zu zahlen. Vielleicht wollten sie tröstliche Worte darüber hören, dass der Erfolg kein endgültiges Glück brachte, weil ihnen selbst der Erfolg versagt geblieben war.

In einigen Schlagzeilen tauchte das Wort »Sensation« auf. Die Artikel waren vor drei Jahren erschienen, und als Paula den ersten angeklickt hatte, erinnerte sie sich, damals irgendetwas darüber gelesen zu haben.

Als Sensation galt, dass Paljakka seine Begleitung oder seine Familie, wie er selbst sie nannte, in eins der gefährlichsten Gebirge der Welt in mehr als achttausend Meter Höhe geführt hatte. Allerdings nicht auf den gefährlichsten Gipfel, sondern auf den benachbarten, der leichter zu erreichen war. Das Foto im Abendblatt zeigte eine fünfköpfige Gruppe im hellen Sonnenlicht auf einem schneebedeckten Berggipfel. Paula erkannte Paljakka, Suominen und Salomaa sofort, aber erst der Bildunterschrift entnahm sie, dass einer der Männer Saarela war, erheblich schlanker als jetzt. Das fünfte Mitglied war ein Amerikaner, einer von Paljakkas langjährigen Bergsteigerkollegen.

In dem Artikel erzählte Paljakka, er habe beweisen wollen, dass er Laien zu Spitzenleistungen befähigen konnte. Für den Aufstieg hatten sie zwei Jahre lang trainiert. Die Berichte über die »Sensation« waren jedoch merkwürdig kurz. Paljakka kommentierte die Leistung nur knapp, und die anderen waren nicht interviewt worden.

»Na, eine Goldgrube ist sie nicht«, konstatierte Hartikainen, der an seinem Laptop saß.

»Was denn?«

»Paljakkas Firma. Sie hat die letzten vier Jahre Verlust gemacht.«

»Hat er sie selbst geleitet?«, fragte Paula.

»Nein, der Geschäftsführer ist Nico Saarela, mit ›c‹. Paljakka ist Vorstandsvorsitzender, und der sonstige Vorstand besteht aus Salomaa und Suominen.«

»Ach richtig, Saarela hat ja erwähnt, dass Paljakka sich lieber auf das Denken konzentrieren wollte als auf langweilige Büroarbeit«, erinnerte sich Paula. »Saarela selbst schien dagegen ausgesprochen begeistert davon zu sein, das Unternehmen zu leiten und Paljakkas Angelegenheiten zu erledigen.«

Hartikainen brummte, wenn jemand allzu begeistert von der Führungstätigkeit wirke, sei er wahrscheinlich dafür nicht besonders qualifiziert.

»Das erlebt man so oft«, fuhr er fort. »Mir sind ziemlich viele kriminelle Geschäftsführer begegnet, die von ihren eigenen Delikten überrascht waren.«

Paula dachte an Nico Saarela mit seinem Basecap, der zweifellos eher wie ein Marktschreier wirkte und weniger wie ein vertrauenswürdiger Unternehmensleiter.

Sie gab Jonna Salomaas Namen in die Suchmaschine ein und landete auf der Seite einer Werbeagentur in der Helsinkier Innenstadt. Unter Salomaas Namen stand »graphic designer«, und auf dem Foto lächelte sie unter ihrem schnurgeraden Pony. Sie war also ein Profi in dem Bereich, in dem sie für Paljakka arbeitete. Wahrscheinlich hätte sie einen etwas anderen Einband für Paljakkas Buch entworfen als Nico Saarela. Warum in aller Welt hatte Paljakka ihm die Aufgabe übertragen?

Zu Samuli Suominen fand sich dagegen kein einziger Treffer, der nichts mit Otto Paljakka zu tun hatte. Er wurde nur beiläufig in ein paar Artikeln über Paljakka und im Unternehmensregister erwähnt.

Paula gähnte und beschloss, im Hinblick auf den nächsten Tag noch die Adressen der drei herauszusuchen. Nico Saarela wohnte im Vorort Lauttasaari, wie er gesagt hatte. Jonna Salomaa war häufig umgezogen, ihre derzeitige Adresse befand sich im Stadtteil Kallio. Auch das passte zu ihrem Erscheinungsbild: eine trendige Alleinstehende mit einem trendigen Beruf in einem trendigen, aber nicht zu teuren Wohngebiet.

Dagegen weckte Samuli Suominens Adresse Paulas Aufmerksamkeit. Zumindest bei seiner Ankunft im rechtsmedizinischen Institut hatte er ausgesprochen schmuddelig gewirkt, als wäre er gerade aus einem Zelt gekrochen. Aber er wohnte in Eira, einem der teuersten Stadtteile Helsinkis.

»Dieser Samuli Suominen«, sagte Paula zu Hartikainen, der sich schon zum Aufbruch bereitmachte. »Bist du früher schon mal auf seinen Namen gestoßen?«

»Nein«, antwortete Hartikainen. »Wieso?«

»Es wundert mich, dass er in Eira wohnt. Das passt irgendwie nicht zu dem Eindruck, den ich von ihm gewonnen habe.«

»Wo genau in Eira?« Hartikainens Interesse war erwacht.

Paula nannte ihm die Adresse, und er gab sie in seinen Laptop ein.

»Ha!«, rief er. »Suominen, natürlich. Ich habe die Verbindung nur nicht gesehen. Guck mal.« Er drehte seinen Laptop so, dass Paula den Monitor sehen konnte.

Hartikainen hatte die Straßenperspektive zu Suominens Adresse herausgesucht. Die Aufnahme zeigte ein helles, ungefähr hundert Jahre altes, repräsentatives Haus, eins von denen, an denen die alten Damen von Südhelsinki vormittags mit ihren Pudeln vorbeispazierten.

»Samuli Suominens Großvater besitzt dieses ganze Etagenhaus. Er ist Bergrat.«

Der Enkel des Bergrats war also Gehilfe eines Bergsteigers geworden. Eine andere Laufbahn hatte er offenbar nie eingeschlagen. Als Sprössling einer steinreichen Familie hatte er es nicht nötig gehabt, sich für seinen Lebensunterhalt abzustrampeln, im Gegensatz zu Paljakka, der sich aus schwierigen Verhältnissen sowohl konkret als auch symbolisch nach oben gekämpft hatte.

Samuli Suominen war sozusagen als Nebenfigur in Otto Paljakkas Geschichte geraten. Aber vielleicht hatte er sich auch bewusst dafür entschieden.

11

Brief Nummer 23

Mein lieber Sohn Pauli,

heute wäre der zehnte Muttertag. Wenn alles anders gelaufen wäre, würden wir ihn gemeinsam feiern.
Ich frage mich, was für Geschenke für deine Mutter du in der Schule gebastelt hast. Vielleicht eine Karte, auf die du Blumen aus Krepppapier geklebt hast. So eine habe ich für meine Mutter gebastelt, es war das letzte Muttertagsgeschenk für sie. Darauf waren blaue und gelbe Blüten. Und den Stiel und die Blätter habe ich aus grüner Pappe ausgeschnitten. Ich war allerdings ziemlich ungeschickt mit der Schere, der Blumenstiel sah eher aus wie ein Baumstamm. Es war eine Karte zum Aufklappen, auf die Innenseite habe ich geschrieben: Ein Mutterherz, du weißt es wohl, ist zärtlich, warm und liebevoll … Die Worte kannte ich aus dem Muttertagslied, das ich schon im Kindergarten gelernt hatte.
Im nächsten Jahr war ich dann mir selbst überlassen, während die anderen Muttertagskarten bastelten. Ich hätte natürlich Karten für meine Großmütter basteln können, aber das mochte ich der Lehrerin nicht vorschlagen, weil sie immer so gequält aussah, wenn sie sich an meine Situation erinnerte.
Haben deine Adoptiveltern dir wohl erzählt, dass du noch

eine zweite Mutter hast? Bestimmt nicht, du bist ja noch so jung. Aber werden sie es eines Tages tun? Und möchtest du davon hören? Von einer Mutter, die du nicht kennst und die dich weggegeben hat? Vielleicht würde dich das nur traurig stimmen.
Ich habe seit einem halben Jahr einen neuen Boyfriend. Das heißt, er ist natürlich ein erwachsener Mann. Er besucht gerade seine Mutter, denn heute ist ja Muttertag. Beim Weggehen hat er mich gefragt, ob ich vielleicht in ein, zwei Jahren am zweiten Sonntag im Mai mit einem Lied geweckt werden und Kaffee und Kuchen ans Bett bekommen möchte. Ich habe nur gelächelt, denn meine Antwort hätte ihm nicht gefallen.
Ich habe dich. Und er weiß nichts davon, denn ich wollte es ihm nicht erzählen. Und vielleicht möchte ich kein zweites Kind mehr. Vielleicht ändere ich eines Tages meine Meinung, aber gerade jetzt habe ich das Gefühl, dass du genügst. Vielleicht erfährst du eines Tages von mir und beschließt, mich zu suchen. Es klingelt, du stehst an der Tür, ich würde dich bestimmt erkennen. Und ich dürfte dir meine Geschichte erzählen, und den kleinen Teil deiner Geschichte, den nur ich kenne.

Mutter

DIENSTAG

Schwipp schwapp. Schwipp schwapp.
Auf und ab.
So wippt man.
Wenn ich oben bin, bist du unten.
Wenn du oben bist, bin ich unten.
Das ist der Lauf der Welt.

1

Karhu war schon um halb acht am Arbeitsplatz. Das lag an dem unbestimmten Schuldgefühl, das wiederum daher rührte, dass er gestern früher als die anderen Feierabend gemacht hatte.

Joonas war geradezu verblüfft gewesen, als Karhu schon vor Ende der Dienstzeit nach Hause gekommen war, noch dazu mit einem großen Blumenstrauß. Da Karhu nie einen fertigen Strauß im Supermarkt kaufte, sondern in einem richtigen Blumengeschäft gemeinsam mit der Verkäuferin eine genau durchdachte Komposition von Farben und Sorten auswählte, hatte er für den Heimweg mindestens eine Viertelstunde länger gebraucht als sonst. Joonas hatte gerade erst seinen Zucchini-Auflauf in den Ofen geschoben, denn er hatte Karhu erst eine Stunde später erwartet, wie gewöhnlich. Er hatte sich daran gewöhnt, warten zu müssen.

»Du lässt dich ausnutzen«, hatte Joonas oft gesagt, wenn Karhu den Stress des Arbeitstages bei ihm ablud. »Du bist zu nett.«

Das wusste Karhu selbst, aber er kam nicht dagegen an. Er war von Natur aus extrem verantwortungsbewusst und hatte das Bedürfnis, sich Autoritäten unterzuordnen, weshalb er gut für den Armeedienst geeignet gewesen wäre. Tatsächlich hatte er ursprünglich diese Laufbahn angestrebt, aber schon während des Wehrdienstes hatte er zu seiner Überraschung festgestellt, dass er sich in der Kaserne nicht wohlfühlte. Die Askese des Soldatenlebens, die ihm anfangs verlockend und edel erschienen war, entpuppte sich als unbequem und unästhetisch, und das Stammpersonal wirkte geradezu hospitalisiert.

Nach der Armee war die Polizeischule die naheliegende Wahl. Karhu hatte von Anfang an das Sonderkommando angepeilt und wurde mit offenen Armen aufgenommen. Er war der perfekte Kandidat für die Einsatztruppe, seine körperliche Überlegenheit war unübersehbar, und er merkte bald, dass er fähig war, in Extremsituationen ruhig und kaltblütig zu handeln.

Zur Führungskraft taugte er jedoch nicht, daher kam die Bewerbung um eine Vorgesetztenposition nicht infrage, als Karhu das Alter erreichte, in dem man in der Regel die gefährlichsten Posten verlässt.

Im Basketballclub der Polizei hatte er Paula kennengelernt, und sie hatte ihn einmal beiläufig gefragt, wie er sich seine weitere Laufbahn vorstellte. »Komm doch auch zur Mordarbeit«, hatte sie gesagt, wahrscheinlich nur im Spaß, aber Karhu hatte den Vorschlag aufgegriffen und sich über die Möglichkeit informiert, ins Morddezernat versetzt zu werden. Als er Paula dann angerufen und ihr von seiner Absicht erzählt hatte, schien sie überrascht, hatte aber versprochen, ihm zu helfen.

Mitunter hatte er das Gefühl, dass Paula ihren locker dahingeworfenen Vorschlag, der Karhu zu ihrem Untergebenen gemacht hatte, im Nachhinein bereute.

Karhu mochte die stillen Momente am Morgen, wenn außer ihm niemand bei der Arbeit war und er sich besser auf seine Gedanken konzentrieren konnte. Hartikainen und Renko hatten die irritierende Angewohnheit, ohne Rücksicht auf andere laut zu denken.

Karhu ließ seine Schuhe unter dem Schreibtisch stehen und ging auf Strümpfen in die Küche. Im Spülbecken standen drei schmutzige Kaffeetassen. Karhu seufzte und spülte sie unter laufendem Wasser. Seine eigene Tasse hatte er trotz aller Eile noch gespült, bevor er nach Hause gegangen war, aber die anderen hatten ihre Tassen wie üblich einfach stehen gelassen. Fragten die sich eigentlich nie, wie oder durch wessen Einsatz das Geschirr immer wieder sauber im Schrank landete?

Die erste Tasse starken schwarzen Kaffees trank Karhu gleich im Stehen in der Küche. Dann füllte er sie erneut und nahm sie mit an seinen Schreibtisch. Während er wartete, dass sein Computer hochfuhr, schob er die Unterlagen auf seinem Tisch hin und her. Wo sollte er anfangen? Paula hatte ihm keine detaillierten Anweisungen gegeben, und er hatte das Gefühl, dass dahinter eine Absicht steckte.

Als hätte sie ihm sagen wollen: »Setz endlich mal deinen eigenen Grips ein.«

Karhu holte die Angaben über Kaarina Alanne aus den verfügbaren Datenbanken auf den Schirm und druckte sie aus. Dann tat er dasselbe bei Otto Paljakka. Er beschloss, mit den Adressen anzufangen.

Als Paljakka 1981 geboren wurde, hatte seine Familie im Vorort Laajasalo gewohnt. Alanne war damals 39 und lebte in einer Einzimmerwohnung in Kallio.

Paljakkas Familie bedeutete in der Praxis seine Mutter – sein Vater war gestorben, als der Junge drei Jahre alt war.

Als Paljakka acht war, starb auch seine Mutter. Seine nächste Adresse war ein Kinderheim. Danach hatte man zweimal versucht, ihn bei Pflegefamilien außerhalb der Hauptstadtregion unterzubringen, aber aus irgendeinem Grund waren beide Versuche fehlgeschlagen, und Paljakka war in ein Erziehungsheim eingewiesen worden. Das bedeutete, dass er in den Pflegefamilien ernsthafte Probleme gehabt hatte, denn ein Erziehungsheim war in der Regel der letzte Ausweg.

Über die Probleme der Erziehungsheime und anderer Jugendanstalten hatte man in Finnland erst in den 2010er-Jahren zu sprechen begonnen. Die schrecklichsten Enthüllungen betrafen die Behandlung von Kindern, die inzwischen alte Leute waren – ihre schlimmen Erfahrungen lagen zum Teil mehr als sechzig Jahre zurück. Aber auch in den 1990er-Jahren waren diese Heime kein Paradies gewesen.

Das wusste Karhu nur zu gut. Er hatte selbst ein Jahr in einem Erziehungsheim gewohnt, bevor man eine Pflegefamilie für ihn gefunden hatte. Einer der Erzieher hatte seine sexuelle Orientierung sofort erkannt und ständig als Waffe gegen ihn eingesetzt. In der Pflegefamilie hatte die Situation sich kaum verbessert, die psychische Gewalt war nur erheblich ausgefeilter gewesen.

In der Zeit, als Otto Paljakka im Heim lebte, hatte Kaarina Alanne weiterhin in Kallio gewohnt, von wo sie Ende der 1990er-Jahre nach Meri-Rastila gezogen war. War es möglich, dass die im Sozialbereich tätige Alanne in dem Erziehungsheim gearbeitet hatte, in dem Paljakka den größten Teil seiner Teenagerjahre verbracht hatte? Das würde zu der Widmung passen, die er für Alanne geschrieben hatte. Mit acht Jahren die Mutter verloren, keine anderen Angehörigen, Erziehungsheim, wechselnde Pflegefamilien – war Alanne für Paljakka die einzige Zuflucht und Stütze gewesen, dank der sein Leben schließlich wieder ins Lot gekommen war? Aber dem Steuerregister zufolge hatte Alanne ihr Gehalt in den 1990er Jahren von der Stadt Helsinki bezogen, und Paljakkas Heim war von einem Privatunternehmen betrieben worden, von dem die Stadt nur Dienstleistungen kaufte.

Karhu suchte die Nummer der städtischen Sozialbehörde heraus. Er wurde dreimal weiterverbunden, bevor er eine Person an den Hörer bekam, die abklären konnte, welche Aufgaben Kaarina Alanne in den 1980er- und 1990er-Jahren gehabt hatte und ob sich beim Jugendschutz Unterlagen zu Otto Paljakka fanden.

Dann gab Karhu die Adresse von Otto Paljakkas Elternhaus in sein Handy ein. Er warf einen Blick auf die Uhr, es war halb neun.

Bis zur Mittagszeit würde er es nach Laajasalo und zurück schaffen.

2

Nico Saarelas Wohnung in Lauttasaari war etwas völlig anderes als Otto Paljakkas helles Loft in Katajanokka. In der engen Diele stand gegenüber von der Garderobe ein Kopiergerät, an dem man nur seitlich vorbeikam. Eine Ecke des kleinen Wohnzimmers nahm ein großes rosa Barbie-Haus in Beschlag, dessen Möblierung teilweise auf dem Fußboden herumlag.

»Meine Tochter ist jede zweite Woche bei mir«, erklärte Saarela und schob mit dem Fuß Miniaturmöbel und Küchengeräte aus Plastik vor dem Barbie-Haus auf einen Haufen.

Dessen Bewohnerin war nirgendwo zu sehen. Vielleicht hatte auch die Barbie der Scheidungsfamilie mehr als ein Zuhause.

»Ein vertrauter Anblick«, sagte Renko verständnisvoll. »Als Vater eines dreijährigen Sohnes weiß ich, wie es ist, barfuß auf einen Legostein zu treten.«

Saarela schien nicht zu einem Plausch über seine Familie aufgelegt zu sein. Er deutete stumm auf ein Sofa mit grauem Stoffbezug, auf dem Paula und Renko Platz nahmen. Renko erhob sich noch einmal kurz und holte unter seinem Hintern eine kleine graue Stoffrobbe hervor, die er sich auf die Knie legte.

»Die hatte sich im Gelände versteckt«, kommentierte er lachend, verstummte aber gleich wieder, da Saarela keine Notiz von dem Vorfall nahm.

»Ich habe den ganzen Abend und die Nacht über alles nachgedacht«, begann Saarela. »Ich bin wieder und wieder durchgegangen, worüber Otto und ich in den letzten Tagen gesprochen haben. Aber mir ist nichts eingefallen, was Anlass zur Sorge gegeben hätte. Wir haben über ganz normale Dinge geredet.«

»Selbstmordabsichten sind für andere nicht unbedingt erkennbar. Aber Sie haben gestern gesagt, dass er deprimiert oder jedenfalls irgendwie bedrückt war«, merkte Paula an.

»Ja, aber ich hatte den Eindruck, dass es ihm allmählich wieder besser ging. Seine Auftritte waren bis ans Jahresende ausgebucht, und sie wurden gut bezahlt.«

»Wie gut?«, erkundigte Renko sich interessiert.

Saarela überlegte kurz und schien dann zu dem Schluss zu kommen, dass die Gagen eines Toten kein Geschäftsgeheimnis mehr waren.

»Für eine einstündige Motivationsrede bekam Otto ungefähr fünftausend. Bei längeren Schulungen galten natürlich andere Preise.«

»Paljakkas Unternehmen lief also gut?«, fragte Paula.

Nico Saarela nickte.

»Sicherlich kam jährlich ein ziemlicher Gewinn zusammen, wenn Paljakka es sich leisten konnte, so eine Wohnung zu kaufen«, fuhr Paula fort, wohl wissend, dass das Unternehmen seit Jahren keinen Gewinn gemacht hatte. Sie beschloss, Saarela die Dinge erst einmal so darstellen zu lassen, wie er sie der Polizei präsentieren wollte.

»Die Wohnung läuft auf den Namen der Firma«, erklärte Saarela.

»Wer beerbt Paljakka übrigens, wissen Sie das?«, fragte Renko.

»Wir drei, also Jonna, Samuli und ich. Otto hat schon vor rund zehn Jahren ein Testament zu unseren Gunsten gemacht. Davon wussten alle, und alles wird zu gleichen Teilen unter uns aufgeteilt.«

»Ist das Testament auch noch gültig?«, erkundigte sich Paula.

»Meines Wissens ja. Andernfalls wüsste ich davon«, antwortete Saarela selbstsicher.

»Für wen hat Paljakka seine Reden gehalten?«, fragte Paula weiter.

»Es kamen Anfragen von den verschiedensten Seiten«, sagte Saarela. »Bibliothekspersonal, Straßenbauer, Bankiers, Lehrkräfte.«

Paula überlegte, wie ein Bergsteiger Straßenbauer motivieren konnte. Vielleicht handelte es sich eher um eine Show als um eine Schulung im eigentlichen Sinn. Man wollte Paljakka hören, weil er ein erfolgreicher Prominenter war.

»Hat Paljakka seine neue Arbeit, also das Reden, genossen?«

»Ganz eindeutig«, antwortete Saarela. »Ich war natürlich nicht immer dabei, aber anfangs habe ich mir ein paarmal angehört, wie Otto zurechtkam. Er war von Anfang an glänzend, als hätte er nie etwas anderes gemacht. Beide Male war das Publikum geradezu hingerissen.«

»Tatsächlich? Was war denn seine Botschaft? Sicher irgendetwas Umwerfendes«, meinte Renko.

»Sie sollten Ottos Buch lesen«, entgegnete Saarela. »Obwohl es natürlich keinen Live-Auftritt ersetzen kann. Otto hatte ein gewaltiges Charisma. Er ließ niemanden kalt.«

»Wieviel haben Sie von Paljakkas Honoraren bekommen?«, fragte Paula.

»Genug«, erwiderte Saarela, den die unverblümte Frage nicht zu irritieren schien. »Otto hat immer dafür gesorgt, dass alle in seinem Umfeld gut zurechtkamen.«

Paula sah sich erneut in dem Wohnzimmer um, das nicht direkt auf ein gutes Einkommen hindeutete. Saarela bemerkte ihren Blick.

»Die Inneneinrichtung ist mir nicht so wichtig«, sagte er. »Ich gebe mein Geld für andere Dinge aus.«

»Zum Beispiel?«, fragte Renko.

»Für Motorräder, unter anderem. Davon habe ich einige in einer Garage in Konala. Und für ein Rennboot, mit dem ich manchmal an Rennen teilgenommen habe.«

»Das ist toll!«, rief Renko. »Als ich jünger war, bin ich ein paarmal bei meinem Onkel mitgefahren, der hatte das gleiche Hobby.«

Paula räusperte sich, um ihre Belustigung zu verbergen. Vermutlich hatte Renko nie in einem Rennboot gesessen, und vielleicht war auch der Onkel eine fiktive Gestalt. Das konnte Saarela allerdings nicht wissen. Er fing Feuer.

»Es ist das Beste, was man tun kann, ohne die Hose runterzulassen. Vielleicht auch mit heruntergelassener Hose«, schwärmte er und lachte. Renko lachte mit und nickte.

»So ist es. Der Rausch der Geschwindigkeit.«

»Genau. Und das Freiheitsgefühl.«

Paula beschloss, Renko sein Männerbonding ungestört fortsetzen zu lassen, und fragte, ob sie die Toilette benutzen dürfe. Saarela sagte, das Bad sei gleich neben dem Kopierer.

Zwar war auch bei der Ausstattung des Badezimmers kein großer Aufwand betrieben worden, aber es war immerhin sauber. Das Handtuch war frisch gewechselt, der Seifenspender auf dem Rand des Waschbeckens war voll. Daneben stand eine Zahnbürste mit dem Bild irgendeiner Disney-Prinzessin in einem rosa Becher.

Es erschien noch seltsamer als zuvor, dass Otto Paljakka fast täglich hier gewesen war, um zu arbeiten. Wenn er Geld genug für ein Loft in Katajanokka gehabt hatte, hätte er sich wohl auch ein kleines Büro in Innenstadtnähe leisten können? Um Knauserei konnte es sich nicht handeln, denn Saarela hatte ja gerade berichtet, dass Otto sich auch um den Unterhalt seiner Nächsten kümmerte.

Allerdings arbeiteten auch alle seine Nächsten für ihn.

Paula warf einen Blick in den Spiegelschrank und zog auch die Schublade unter dem Waschbecken auf, fand aber nur normale Hygiene- und Kosmetikprodukte. Dann betätigte sie die Spülung und wusch sich die Hände.

»… damals hat meine Frau verlangt, dass ich mit den Wettrennen aufhöre«, hörte sie Saarela sagen, als sie die Diele betrat.

»Das ist ja andererseits ganz verständlich, es ist eine gefährliche Sportart. Wenn man Kinder hat, sieht man manches anders«, meinte Renko.

»Also dann«, sagte Paula resolut, nachdem sie wieder Platz genommen hatte. Mit dem Small Talk war es jetzt vorbei.

»Da Sie Otto Paljakkas nächster Angehöriger sind, habe ich die Pflicht, Ihnen mitzuteilen, was wir im Moment über seinen Tod wissen. Ich muss Sie allerdings bitten, diese Informationen nicht weiterzugeben und vor allem nicht publik zu machen, bevor wir selbst die Öffentlichkeit informieren.«

Saarela nickte mit ernster Miene.

»Die Todesursache ist Erhängen, aber wir haben den begründeten Verdacht, dass es sich um ein Verbrechen handelt.«

»Was heißt das?«, fragte Saarela.

»Wir gehen nicht unbedingt von einem Selbstmord aus«, formulierte Paula vorsichtig. »Dafür gibt es Gründe, aber mehr möchte ich erst sagen, nachdem wir genauere Untersuchungen durchgeführt haben.«

»Aber wenn es kein Selbstmord war, was war es dann? Es hat ihm ja wohl kein anderer das Seil umgehängt«, sagte Saarela.

Als Paula schwieg, riss er entsetzt die Augen auf.

»Also … hat ihn jemand erhängt? Ist das Ihr Verdacht?«

Saarela schüttelte ungläubig den Kopf, als wollte er den unmöglichen Gedanken zurückweisen. Plötzlich wirkte er geradezu belustigt.

»Das ist nicht möglich. Das hätte niemand geschafft. Nicht bei Otto.«

»Wie gesagt, wir ermitteln noch«, erwiderte Paula. »Wissen Sie, ob Paljakka irgendeine Verbindung zu diesem Spielplatz oder dieser Wohnsiedlung hatte?«

Sie zeigte ihm auf dem Display ihres Handys zuerst die Lage

des Spielplatzes in Ufernähe und dann ein Foto, das aus so großer Entfernung aufgenommen war, dass man das von der Eiche hängende Seil nicht sah.

»Da war ich noch nie«, sagte Saarela. »Und ich wüsste keinen Grund, weshalb Otto dort hätte hingehen sollen. Ist das …«

Paula nickte.

»Dort wurde Paljakka gefunden.«

»Ein Kinderspielplatz. Warum in aller Welt hätte er sich da aufgehängt? Otto hat Kinder geliebt, so etwas hätte er nie getan.«

»Die Leiche hat ein dreijähriger Junge gefunden, der am Morgen auf den Spielplatz gebracht worden ist«, erklärte Paula.

»Nein, nein. Das hätte Otto nie zugelassen«, protestierte Saarela. »In den Wochen, in denen Milja bei mir war, hat er oft länger hier gearbeitet. Er hat gewartet, bis ich Milja aus dem Kindergarten geholt habe, und ist manchmal auch zum Essen bei uns geblieben. Einmal hat er Milja auch mit nach Hause genommen, damit sie mit seinen Legosteinen bauen konnte.«

»Diese große Konstruktion?«, fragte Renko.

»Ja. Aber Milja ist noch zu klein, um sich darauf zu konzentrieren. Ich habe gemerkt, dass Otto enttäuscht war, aber dem Kind gegenüber hat er es nicht gezeigt.«

»Was hat es damit eigentlich auf sich?«, erkundigte sich Paula. »Mit Paljakkas Legos, meine ich.«

Saarela zuckte die Achseln, als ginge es um das Treiben eines Dorftrottels: vielleicht blödsinnig, aber harmlos.

»Otto ist jungenhaft geblieben, während die anderen älter wurden«, drückte er sich diplomatisch aus.

»Weil er keine Familie hatte«, mutmaßte Renko. »Man lebt recht sorglos, wenn man nur für sich selbst verantwortlich ist.«

Paula hätte ihn gern darauf hingewiesen, dass auch sie keine Familie hatte, deshalb aber keineswegs sorglos oder gar mädchenhaft war. Aber Renko teilte den festen Glauben junger Eltern an die selig machende Wirkung des Familienlebens.

»So würde ich es nicht ausdrücken«, sagte Nico Saarela. »Ich kann es nicht genau erklären, aber meiner Meinung nach war Otto im Grunde immer sehr ernst. Von Kindheit an.«

»Kannten Sie ihn schon als Kind?«, fragte Paula verblüfft.

»Nicht, als wir ganz klein waren, aber mit sieben oder acht Jahren haben wir uns kennengelernt. Wir haben dieselbe Schule besucht, und Samuli und Jonna auch.«

»Wo?«

»In Laajasalo.«

3

Karhu fuhr zweimal an dem Haus vorbei, bevor er überzeugt war, dass es tatsächlich das richtige war. Dabei stach das weiße Steinhaus in der Wohnsiedlung, in der alle anderen Gebäude Nachkriegshäuser für Kriegsheimkehrer oder flache Backsteinbauten aus den 1980er-Jahren waren, aus seiner Umgebung hervor.

In dem Haus wohnte eine Familie mit Kindern; der Sandkasten im Vorgarten war vom Winter her noch abgedeckt, neben der Veranda stand ein kleines Fahrrad mit Stützrädern. Otto Paljakka hatte seine Kindheit jedoch nicht in diesem Haus verbracht, denn es war höchstens zehn Jahre alt.

Karhu parkte vor dem Haus und vergewisserte sich, dass er seine Dienstmarke bei Bedarf schnell aus der Tasche ziehen konnte. Als er den Gartenweg betrat, ging er in Gedanken noch einmal durch, wie er sein Anliegen vorbringen wollte. Die Wiederholungsübung wurde jedoch unterbrochen, als die Haustür aufging und eine Frau mit einem kleinen Kind herauskam. Aus der hellgrünen Farbe des Regenanzugs konnte man nicht schließen, ob das Kind ein Junge oder ein Mädchen war. Karhu merkte, dass sein Gedanke aus dem vorigen Jahrhundert stammte, und prompt fühlte er sich alt.

»Guten Tag«, grüßte die Frau freundlich, als sie Karhu bemerkte.

»Guten Tag«, sagte Karhu. »Sami Luoto von der Kriminalpolizei.«

»Polifei«, juchzte das Kind mit einer Stimme, die eher nach einem Mädchen klang. »Haft du ein Polifeiauto?«

»Leider nicht«, erwiderte Karhu lachend. »Nur ein ganz normales Auto.«

»Ist etwas passiert? Ist mit Perttu alles in Ordnung?«, fragte die Frau besorgt.

»Ist Perttu Ihr Mann?«

Die Frau nickte erschrocken. Karhu beeilte sich, ihr zu versichern, dass es nicht um Perttu ging.

»Wir untersuchen einen alten Fall. Wie lange wohnen Sie schon hier?«

»Seit sieben Jahren«, antwortete die Frau erleichtert. »Wir haben das Haus selbst gebaut.«

Karhu betrachtete das Haus und lobte höflich sein Aussehen. Das kleine Mädchen hatte den Kopf in den Nacken gelegt und sah ihn an, gleichzeitig hielt es die Hand seiner Mutter fest umklammert.

»Haben Sie das alte Haus selbst abgerissen?«

»Das war nicht nötig, das Grundstück war leer. Angeblich schon seit Langem«, erklärte die Frau.

Das Ehepaar hatte das Grundstück von der Stadt gekauft, und die Frau wusste nicht, wer früher unter dieser Adresse gewohnt hatte.

»Perttu weiß es wahrscheinlich auch nicht. Ich kann ihn aber fragen.«

Karhu gab der Frau seine Visitenkarte und bat sie, ihn anzurufen, falls ihr Mann noch etwas zu berichten hatte.

»Wissen Sie, ob irgendwer unter den Nachbarn schon Ende der Achtzigerjahre hier gewohnt hat?«, fragte er.

Die Frau überlegte kurz, dann lachte sie auf.

»Der alte Takala natürlich. Er wohnt in der Fünf und weiß bestimmt am meisten über die alten Zeiten.«

Karhu bedankte sich und ging, drehte sich aber noch einmal

um und winkte dem Mädchen zu, das seinen Handschuh durch die Luft schwenkte.

Das Haus Nummer fünf befand sich einige Häuser weiter auf der anderen Straßenseite. Es sah aus wie die Standardversion des Kriegsheimkehrerhauses, ohne spätere Anbauten oder sonstige Veränderungen.

Am Fenster war ein grauhaariger Kopf zu sehen, der verschwand, sobald Karhu das Grundstück betrat. Als er an die Tür des Vorbaus klopfte, wurde sie sofort geöffnet.

»Sie sind ein paarmal hier vorbeigefahren, oder?«, fragte der Mann. »Suchen Sie etwas?«

Karhu zückte seine Dienstmarke und stellte sich mit lauter Stimme vor. Der Mann sagte, er höre noch sehr gut.

»Das hat auch mein Arzt neulich gesagt. Kommen Sie rein.«

Karhu stieg die wenigen Stufen zum Vorbau hinauf und zögerte einen Augenblick, bevor er die Schuhe auszog. Der alte Mann war rasch im Haus verschwunden. Karhu ging in die halbdunkle Diele und folgte dann dem Geräusch, das nach Kaffeekochen klang. Als er die Küche erreichte, lief der Kaffee schon durch.

»Sie trinken doch Kaffee«, sagte der Mann. Es war keine Frage.

Nachdem Karhu sich auf eine Geste des Mannes an den rustikalen Esstisch gesetzt hatte, wünschte er sich plötzlich, Renko wäre hier. Im Umgang mit Menschen war Karhu nicht gut, davon war er immer schon überzeugt gewesen. Er wusste nicht, ob er direkt zur Sache kommen sollte oder nicht. Zum Glück nahm der alte Herr Takala ihm die Entscheidung ab.

»Von der Kriminalpolizei also.«

»Ja«, antwortete Karhu dankbar. »Wir untersuchen einen alten Fall. Sie haben offenbar schon in den Achtzigerjahren hier gewohnt.«

»Wer hat das gesagt?«, fragte Takala in scharfem Ton.

Erst jetzt ging Karhu auf, dass die Frau aus dem Steinhaus sich nicht vorgestellt und dass er sie nicht nach ihrem Namen gefragt hatte.

»Erinnern Sie sich vielleicht, wer Ende der Achtziger in der Nummer zehn gewohnt hat?«, erkundigte er sich, ohne auf die Frage einzugehen. Takala setzte eine wissende Miene auf.

»Aha«, sagte er bedeutsam. »Sie waren bei den Lahdenperäs. War die Frau zu Hause?«

»Ich habe gerade mit Frau Lahdenperä gesprochen, ja.«

»Und sie hat Ihnen erzählt, dass ich schon in den Achtzigerjahren hier gewohnt habe.«

»Ja«, antwortete Karhu hilflos. »Aber nur, weil ich ausdrücklich danach gefragt habe.«

Trotz dieses Zusatzes sah Takala so aus, als hätte das Gespräch gerade einen langjährigen Verdacht gegen Frau Lahdenperä bestätigt. Er goss den Kaffee in große Tassen und fragte, ob der Ermittler Milch wolle. Karhu schüttelte den Kopf und trank einen Schluck. Der Kaffee war siedend heiß.

»Ist natürlich gut, dass das leere Grundstück endlich bebaut wurde, so meine ich das nicht«, sagte Takala, nachdem er gegenüber von Karhu Platz genommen hatte. »Aber mussten sie da so einen Palast hinsetzen?«

»Mmmm«, machte Karhu und öffnete den Mund, um seiner Zunge Kühlung zu verschaffen.

»Ich weiß nicht, wie sie die Genehmigung gekriegt haben. Aber die kleine Krabbe ist wirklich goldig.«

Karhu nickte und pustete in seine Tasse.

»Na, was wollen Sie denn über die Bewohner wissen?«, fragte Takala.

»Sie erinnern sich also an die früheren Bewohner?«

»Natürlich«, sagte Takala. »Der Junge tat mir leid.«

»Wer?«

»Otto. Otto Paljakka.«

»Kannten Sie ihn?«

»Nicht besonders gut. Saara, meine Frau, kannte ihn besser, aber sie liegt schon seit mehr als zehn Jahren unter der Erde. Sie hat Otto manchmal etwas zu essen gegeben, wenn er hungrig vor der Tür stand. Er war damals so mager. Man hätte nicht geglaubt, dass aus ihm etwas wird.«

»Sie wissen also, was aus ihm geworden ist?«

»Ich lese die Zeitung wie andere auch.«

Takala leerte laut schlürfend seine Tasse und erzählte, auch einige andere Nachbarn hätten sich Sorgen um Otto gemacht, schon lange vor dem Tod seiner Mutter. Danach war der Junge weggebracht worden und sein Elternhaus war verfallen. Irgendwann hatte Otto Paljakka die Immobilie offenbar an die Stadt verkauft, die das Haus hatte abreißen lassen. Das Grundstück hatte jedoch jahrelang keinen Käufer gefunden.

»Aber nicht wegen dem, was in dem Haus passiert war. Die Menschen vergessen schnell«, sagte Takala.

Karhu hielt den Atem an und wartete darauf, zu hören, was die Menschen vergessen hatten. Takala schien jedoch in seinen Gedanken versunken zu sein.

»Was ist denn dort passiert?«, musste Karhu schließlich fragen.

»Wissen Sie das nicht?« Takala war verwundert.

Karhu murmelte etwas vor sich hin und schimpfte in Gedanken mit sich selbst. Er hätte sich besser vorbereiten sollen. Takala hielt sich jedoch nicht länger damit auf, sich über die Unwissenheit des Polizisten zu wundern, sondern begann von dem schönen Sommertag zu erzählen, an dem vor dem Haus Nummer zehn zuerst ein Krankenwagen und gleich darauf ein Polizeifahrzeug mit heulenden Sirenen vorgefahren waren.

Er erinnerte sich genau an den Moment, denn er hatte gerade im Vorgarten seinen neuen Rasenmäher ausprobiert und die Ankunft der Einsatzfahrzeuge unmittelbar miterlebt.

Die Nachricht von den Ereignissen im Haus der Paljakkas

hatte in der Nachbarschaft schnell die Runde gemacht. Man hatte wochenlang von nichts anderem gesprochen.

»Und es ist ja auch das Schlimmste, was man seinem eigenen Kind antun kann«, fügte Takala hinzu.

»Was denn?«, fragte Karhu. »Hat die Mutter Otto etwas angetan?«

»Natürlich nicht direkt«, sagte Takala. »Nur sich selbst.«

Karhu starrte den alten Mann über den Tisch hinweg an und merkte plötzlich, dass er den Mund aufgerissen hatte. Um etwas zu tun, trank er aus seiner Tasse und stellte fest, dass der Kaffee inzwischen zu sehr abgekühlt war.

Otto Paljakkas Mutter hatte also Selbstmord begangen. Und jetzt bestand der Verdacht, dass auch ihr Sohn sich das Leben genommen hatte. Offiziell war das jedenfalls die Erklärung für seinen Tod.

Nach Karhus Ansicht hatte Takala jedoch unrecht. Natürlich war es grausam, Selbstmord zu begehen und dabei ein Kind zu hinterlassen, das sich für den Rest seines Lebens fragen musste, warum es selbst kein ausreichender Grund zum Weiterleben gewesen war. Aber Karhu hatte zu oft die andere Alternative gesehen: die, bei der niemand zurückgelassen wurde.

Otto Paljakkas Mutter hatte wenigstens ihren Sohn am Leben gelassen, auch wenn sie selbst das Leben nicht mehr ertrug.

Aber es gab noch eine Frage, auf die Karhu eine Antwort wollte.

»Wie hat die Mutter sich getötet?«

»Sie hat eine Überdosis Medikamente genommen. Das hat Otto Saara jedenfalls erzählt«, sagte Takala. »Es war wohl nicht das erste Mal.«

Karhu bedankte sich bei dem alten Mann und ließ seinen halb ausgetrunkenen Kaffee stehen. Takala brachte ihn an die Tür. Er wirkte ein wenig unzufrieden, erkundigte sich aber nicht, warum die Polizei sich so sehr für den Tod von Otto Paljakkas Mutter interessierte.

Diese Frage hätte Karhu auch gar nicht beantworten können. Aber er hatte das Gefühl, dass der Selbstmord der Mutter das Wichtigste war, was er bisher herausgefunden hatte.

4

Die Hochhäuser enden an einem kleinen Waldstreifen. Die Straße führt an hohen Fichten vorbei, danach zweigen kleinere, von Hecken gesäumte Straßen von ihr ab. Dahinter stehen Einfamilienhäuser, die alle nahezu gleich aussehen. Sie unterscheiden sich nur durch die kleinen Hausnummern und den unterschiedlich stark verblassten Anstrich.

In den frühen Samstagnachmittag dringt von irgendwoher das Geräusch eines Rasenmähers, auf dessen Lockruf bald ein zweiter mit knatterndem Motor antwortet. Darunter mischt sich fröhliches Kindergeschrei. Die Väter, die ihren Rasen schon ordentlich gemäht haben, waschen ihre Autos und rufen ihren Nachbarn über die Hecke einen Gruß zu. Auf einem Grundstück zwängt sich eine Familie gerade in den frisch gewaschenen Kombi.

Auf dem Hof eines Hauses fehlen der Vater und das Auto. Der Rasen ist so hoch gewachsen, dass er in dem Viertel mit den gepflegten Grasmatten unangenehm auffällt, falls jemand beim Wochenendspaziergang einen Blick über die ungestutzte Hecke wirft. Im Gras liegt ein Kinderfahrrad mit rostfleckigen Felgen.

Der Beton der Vortreppe hat einen Riss. Aus dem Haus tritt ein Junge mit brennender Wange auf die Treppe hinaus.

Der Junge betrachtet den einzigen Baum auf dem Grundstück, dessen Wipfel so hoch aufragt wie der Dachfirst des anderthalbstöckigen Hauses. In den Augen des Jungen sieht der Baum groß aus. Seine Äste breiten sich weit aus, sie überschatten die Hälfte des Vorgartens, das im Gras vergessene Fahrrad und die Wippe unter dem Küchenfenster.

Der Junge klettert geschickt auf den untersten, dicken Ast. Er blickt auf und sieht durch das Laub einen Streifen vom Himmel. Da oben, im Wipfel des Baums, ist sein Platz. Von dort kann er seine Umgebung beherrschen. Die Nachbarn beobachten, die ihren Rasen mähen, ihr Auto wienern und Frisbees werfen.

5

Paula las die Textnachricht, die Karhu geschickt hatte, und zeigte sie Renko, dem es schwerfiel, seine Miene im Zaum zu halten.

Jonna Salomaa hatte sie gerade in den modischen, mit Glaswänden abgetrennten Pausenraum der Werbeagentur in der Innenstadt geführt und ihren Kollegen gebeten, sein Spiel am Flipper zu unterbrechen, damit sie ungestört reden konnten.

Renko sagte, in jungen Jahren habe er an einem Flipper vom selben Modell gespielt.

»Ist es recht, wenn ich ihn mir ein bisschen genauer ansehe?«, fragte er Jonna Salomaa, die zustimmend nickte.

Renko ging zum Flipper, drehte ihnen den Rücken zu und tippte offenbar auf seinem Handy herum. Paula nahm an, dass er Karhu ungeduldig um weitere Informationen bat. Vielleicht waren sie bei Salomaas Befragung von Nutzen.

Salomaa hatte ihnen keinen Kaffee angeboten und wirkte nervös. Paula überlegte, ob das daran lag, dass sie unangemeldet an ihrem Arbeitsplatz aufgetaucht waren.

»Sie haben sich um Otto Paljakkas Öffentlichkeitsarbeit und um seine Medienkontakte gekümmert«, begann sie.

»Ja«, sagte Salomaa. »Aber das habe ich in meiner Freizeit getan, und eigentlich hatte ich schon damit aufgehört.«

»Warum?«

»Meine wichtigste Aufgabe war es, Otto Publizität zu verschaffen, als er sie noch brauchte. Bergsteigen auf Spitzenniveau ist teuer, und wegen der Sponsoren musste Otto in den Medien sichtbar sein.«

»Allem Anschein nach haben Sie Ihre Sache gut gemacht«, meinte Paula, doch das Lob schien keinen Eindruck auf Salomaa zu machen, die den Blick nicht von ihren auf dem Tisch verschränkten Händen löste.

»Wann haben Sie Otto zum letzten Mal gesehen?«

»Um die Zeit, als das Buch erschien, also im April. Wir haben uns nicht mehr so oft getroffen. Wir hatten abgemacht, dass ich mich noch um die Interviews zu dem Buch kümmere, aber danach sollte Nico auch den Rest meiner Aufgaben übernehmen.«

»Warum wollten Sie sie nicht mehr erledigen?«, fragte Paula erneut.

Salomaa blickte durch die Glaswand in das Großraumbüro, wo ihre dem Aussehen nach etwa dreißigjährigen Kolleginnen und Kollegen gerade über etwas lachten, was sie nicht mitbekam.

»Ich möchte mich ganz meiner Arbeit hier in der Agentur widmen«, erklärte sie. »Außerdem hatte ich das Gefühl, nicht mehr gebraucht zu werden.«

»Weil Paljakka schon berühmt war?«

»Ja, und weil die Dinge sich verändert hatten. Oder eigentlich ... Otto hatte sich verändert.«

»Inwiefern?«

Jonna Salomaa seufzte und sagte, das sei schwer zu erklären. Paula bat sie, es trotzdem zu versuchen. Salomaa wartete, bis Renko, der vom Flipper zurückgekommen war, sich hingesetzt hatte, bevor sie begann.

Otto Paljakka hatte ihr vor ungefähr fünfzehn Jahren, nach seiner Rückkehr aus dem Ausland, Arbeit angeboten.

»Das kam völlig überraschend«, sagte sie. »Ich hatte seit der Grundstufe nichts mehr von ihm gehört.«

Paula nickte und erwähnte, dass Nico Saarela erzählt hatte, die vier hätten sich schon in ihrer Schulzeit kennengelernt.

»Ich kannte ihn damals gar nicht besonders gut, er war eher Nicos und Samulis Freund. Ich bin mit Nico in dieselbe Klasse gegangen, deshalb war ich manchmal auch dabei.«

Paula erinnerte sich, dass Nico Saarela behauptet hatte, Jonna Salomaa und Samuli Suominen hätten Paljakka nähergestanden als er selbst. Woran mochte das liegen? Hatten sowohl Nico Saarela als auch Jonna Salomaa das Gefühl, dass ihnen irgendetwas vorenthalten geblieben war, und glaubten deshalb, dass Paljakka nicht so eng mit ihnen befreundet war wie mit den beiden anderen? Oder wollten sie die Polizei nur glauben lassen, dass die anderen Paljakka besser kannten, um die Aufmerksamkeit von sich abzulenken?

»Waren Sie als Kind jemals bei Paljakka zu Hause?«, schaltete Renko sich ein.

»Nein, soweit ich mich erinnere nicht.«

»Haben Sie seine Mutter kennengelernt?«

»Nein. Und von ihrem Tod habe ich erst erfahren, als Otto schon weggezogen war.«

»Woran ist seine Mutter gestorben?«, fragte Renko.

»An Krebs«, antwortete Salomaa. »Das hat Nico mir jedenfalls erzählt. Otto hat nicht gern darüber gesprochen. Nach dem Tod seiner Mutter war er ja Vollwaise, denn sein Vater ist gestorben, als er erst drei war. Das ist wirklich traurig.«

Paula warf Renko einen warnenden Blick zu: Jetzt war nicht der richtige Moment, die Wahrheit über Paljakkas Mutter zu enthüllen. Sie bat Salomaa, weiter darüber zu berichten, wie Paljakka ihr Arbeit angeboten hatte.

»Na ja, Otto hatte von Nico gehört, dass ich in dem Bereich tätig bin. Das heißt, damals war ich ja noch nicht berufstätig, ich habe noch studiert.«

Salomaa erklärte, Paljakka sei schon in jungen Jahren fähig gewesen, im großen Maßstab zu denken. Er hatte ein Team um sich sammeln wollen, auf das er sich absolut verlassen konnte. Deshalb kamen dafür nur Menschen infrage, die er bereits kannte. Salomaa hatte zudem den Eindruck, dass Paljakka glaubte, seinen alten Freunden etwas schuldig zu sein. Er hatte oft gesagt, in seinem Leben gebe es kaum Menschen, die es gut mit ihm meinten.

»Die erste Zeit war fantastisch«, erinnerte sich Salomaa. »Wir hatten einen gemeinsamen Traum.«

»Ottos Traum ist auch Ihr Traum geworden«, meinte Paula.

»Na ja, so kann man es natürlich sehen. Aber ich habe es nicht so empfunden, als würde ich nur den Traum eines anderen verwirklichen.«

»Dann wurde das Traumziel erreicht.«

»Mehrfach«, stimmte Salomaa schlicht und fast ein wenig traurig zu.

Vielleicht war die Verwirklichung eines Traums immer zum Teil auch traurig, dachte Paula.

»Wollten Sie deshalb, dass Paljakka mit dem Bergsteigen aufhört?«

Jonna Salomaa wirkte verblüfft.

»Das war Ottos eigener Wunsch.«

»Nico Saarela zufolge mussten Sie ihn dazu überreden aufzuhören«, sagte Paula.

»Niemand musste Otto dazu drängen, das Bergsteigen aufzugeben, aber ihm lag nichts daran, Redner zu werden. Er hätte sich lieber irgendwohin zurückgezogen, um in Ruhe darüber nachzudenken, was er sich von seinem weiteren Leben erhoffte. Nico hielt es aber für verrückt, die Gelegenheit ungenutzt zu lassen, und offenbar hatte er recht.«

Paula dachte an die Konstruktion in Paljakkas Wohnung und an das Legomännchen, das Renko in den Tempel hatte fallen lassen.

Paljakka hatte einen neuen Traum gehabt, aber er hatte ihn nur im Spiel verwirklichen können.

»Sie haben gesagt, Otto hätte sich verändert. Auf welche Weise?«, fragte Paula.

Jonna Salomaa wirkte verlegen, als wolle sie nicht sagen, was sie dachte. Paula wartete geduldig darauf, dass sie sich in Gedanken eine Version zurechtlegte, die sie der Polizei zu präsentieren wagte.

»Meiner Meinung nach wurde Otto im Lauf der Jahre irgendwie egoistisch«, begann Salomaa vorsichtig. »Wir waren für ihn nicht mehr Freunde, sondern Angestellte. Oder eigentlich sein Eigentum. Und er selbst schien das gar nicht zu merken. Er hat zum Beispiel Nico wahnsinnig auf Trab gehalten, obwohl der gerade eigene Probleme hatte.«

»Meinen Sie die Scheidung?«

»Die auch. Aber Nico hatte auch finanzielle Probleme.«

Paula dachte an Nico Saarelas anspruchslose Wohnung und an seine Versicherung, Otto Paljakka habe finanziell immer für ihn gesorgt. Vielleicht wollte Nico Saarela das wirklich glauben – oder er wollte etwas bemänteln.

»Saarela zufolge lief Paljakkas Unternehmen glänzend. Und da Nico ja der Geschäftsführer ist, bezieht er vermutlich ein gutes Gehalt?«, fragte Paula.

»Darüber weiß ich nichts«, antwortete Jonna Salomaa. »Ich habe nie ein Monatsgehalt bekommen, sondern jeweils die vereinbarte Summe für ein Projekt, und dem Vorstand gehöre ich nur dem Namen nach an. Nico und Otto haben alle Entscheidungen getroffen.«

»Und Samuli Suominen?«

»Samuli interessiert sich nicht für Geld, deshalb kann er Nico nicht ertragen. Jedenfalls seit ein paar Jahren nicht mehr.«

»War Otto Ihrer Meinung nach in letzter Zeit deprimiert?«, fragte Paula.

»Ja und nein«, sagte Salomaa.

»Wie meinen Sie das?«

»Meiner Meinung nach war Otto immer deprimiert. Früher habe ich das nur nicht begriffen. Ich bin natürlich keine Psychiaterin, aber irgendwie war alles, was er tat, sozusagen ein Versuch zu verbergen, was in seinem Inneren los war … ich weiß nicht, was es genau war. Vielleicht war da gar nichts, nur Leere.«

Es klang, als wäre Jonna Salomaa von ihren letzten Worten selbst überrascht. Paula ließ den Satz eine Weile nachhallen, bevor sie fragte, wo Salomaa vorgestern Nacht gewesen war, als Paljakka starb. Salomaa zuckte die Achseln.

»Zu Hause wahrscheinlich. Oder nein, Moment mal, ich war am Abend ziemlich lange mit Kollegen in dem Restaurant hier gegenüber. Ich bin gegen Mitternacht nach Hause gekommen und schlafen gegangen.«

Paula bedankte sich und bat Salomaa, sich zu melden, falls ihr noch irgendetwas Besonderes über Otto Paljakkas Verhalten in letzter Zeit einfiel.

»Wie gesagt, ich habe Otto vor einem Monat zuletzt gesehen«, antwortete Jonna Salomaa matt, während sie Paula und Renko zum Ausgang begleitete. »Aber ich rufe an, wenn mir noch etwas in den Sinn kommt.«

»Hast du es gemerkt?«, fragte Paula Renko, als Jonna Salomaa ihnen den Rücken zugekehrt hatte und die schwere Glastür der Werbeagentur ins Schloss gefallen war. »Sie hat überhaupt nicht nach Paljakkas Tod gefragt. Weder wo noch wie er gestorben ist.«

Renko brummte und blieb stehen, um durch das wandhohe Fenster der Werbeagentur nach drinnen zu schauen.

»Vielleicht interessiert es sie nicht.«

Das wollte Paula nicht recht glauben. Jonna Salomaa hatte immerhin mehr als fünfzehn Jahre für Paljakkas Karriere gearbeitet. Natürlich konnten zwischenmenschliche Beziehungen so schlimm aus dem Lot geraten, dass alle Wärme aus ihnen schwand und nie mehr zurückkehrte. Salomaa hatte jedoch nichts dergleichen angedeutet, sondern nur gesagt, dass Paljakka im Lauf der Jahre egoistisch geworden war – aber war das nicht unausweichlich der Preis für Ruhm und Erfolg?

»Karhu zufolge ist Otto Paljakkas Mutter an einer Überdosis Medikamente gestorben, nicht an Krebs«, sagte Renko. »Also hat Nico oder Paljakka selbst gelogen … He, Paula, guck mal!«

Renko blickte immer noch durch das Fenster der Werbeagentur. Paula versuchte zu erkennen, worauf er starrte, sah aber nur ihr eigenes Spiegelbild. Renko ging näher an das Fenster heran und legte die Hände an die Schläfen, um sein Blickfeld abzuschirmen. Auf der Scheibe bildete sich ein Dampfkringel, der im Takt seines Atems wuchs und schrumpfte. Paula sah eine in der Nähe des Fensters sitzende Frau, die Renko mit hochgezogenen Augenbrauen beobachtete.

»Nun guck doch!«, drängte Renko.

Paula gehorchte in der Hoffnung, dass Renko dann schneller aufhören würde, die Scheibe zu besabbern. Sie beugte sich so nah an das Fenster wie er und schirmte ihr Gesicht ab, hielt aber den Atem an, damit die Scheibe nicht beschlug. Wir sehen wohl gerade nicht besonders intelligent aus, dachte sie, doch dann entdeckte sie, was Renko ihr zeigen wollte. In der Wand am Ende des Büroraums, neben dem Pausenraum mit den Glaswänden, befand sich eine runde Öffnung, durch die man in das dahinterliegende Zimmer sah. Es handelte sich offenbar um eine Art Besprechungsraum, denn durch die Öffnung sah man ein Tischende und einige Bürostühle.

Plötzlich verschwand der Tisch jedoch aus dem Blickfeld, denn vor ihm stieg der Oberkörper eines Menschen auf.

Dann glitt die Gestalt nach unten, unter die Öffnung in der Wand, und das Tischende wurde wieder sichtbar.

Die Gestalt stieg erneut vor dem Tisch in die Höhe – und verschwand wieder.

War zu sehen. War nicht zu sehen. War zu sehen.

Auf und ab. Auf und ab.

»Ist da eine Wippe?«, flüsterte Paula.

Am Fenster hatte sich eine Dampfschicht gebildet. Paula trat zurück und wischte sie mit dem Ärmel ab.

»War wohl ein Känguruball«, sagte Renko und ging weiter.

Paula blieb noch einen Moment stehen. Nun saß im Besprechungsraum jemand am Tisch. Jonna Salomaa war in den Pausenraum zurückgekehrt. Sie saß mit dem Rücken zum Fenster, aber Paula sah deutlich, dass sie die Arme um den Leib geschlungen hatte und weinte.

6

Man hatte Karhu in ein ungenutztes Büro geführt, auf dessen darüber hinaus leerem Tisch ein Ordner bereitlag. Er enthielt alle Kinderschutzunterlagen über Otto Paljakka. Die ältesten stammten aus den 1980er-Jahren.

Über Paljakka waren viele Anzeigen beim Kinderschutz eingegangen, wenn man bedachte, dass in seiner Kindheit zum Beispiel die Lehrkräfte noch nicht verpflichtet waren, die Behörden zu informieren, wenn sie den Verdacht hatten, dass ein Kind vernachlässigt wurde.

Karhu überflog die ersten Berichte, aus denen sich schnell ein Bild von Paljakkas häuslichen Verhältnissen ergab.

Psychische Probleme der Mutter.
Wohnung schmutzig, kein Essen für das Kind.
Sofort in Obhut genommen.
Hausbesuch. Die Mutter ein wenig passiv, möglicherweise unter Einfluss von Medikamenten, aber handlungsfähig.
Kind munter und sauber gekleidet.
Mitteilung der Lehrerin, das Kind sei seit über einer Woche nicht zur Schule gekommen. Kind alleine zu Hause angetroffen, behauptet, die Mutter sei bei der Arbeit.
Sofort in Obhut genommen.

Die sofortige Inobhutnahme wiederholte sich in den Papieren einige Male. Jedes Mal war der kleine Otto bald wieder nach Hause gebracht worden. Und es gab auch andere Vermerke.

Hausbesuch. Mutter ruhig, Wohnung sauber. Haben Osterschmuck gebastelt.

Für eine Weile hatte sich die Lage zumindest den Unterlagen nach gebessert, denn in den Vermerken gab es eine Pause von mehr als einem halben Jahr. Aber dann plötzlich:

Mutter Selbstmord begangen.
Kind in Obhut genommen. Keine nahen Angehörigen.

An den Rand des maschinenschriftlichen Berichts war mit Bleistift etwas gekritzelt worden. Karhu kniff die Augen zusammen, konnte aber nur vereinzelte Buchstaben entziffern. Die Handschrift war jedenfalls die der Person, die den Bericht unterschrieben hatte.

Kaarina Alannes Handschrift.

Es war das erste Mal, dass Alannes Name in Paljakkas Unterlagen auftauchte.

Alanne war also die für Paljakka zuständige Sozialarbeiterin gewesen, als seine Mutter sich das Leben nahm. Kein Wunder, dass sie ihm in Erinnerung geblieben war – dem achtjährigen Jungen, der auch sein zweites Elternteil verloren hatte.

Aber was bedeutete das jetzt, nachdem sowohl Paljakka als auch Alanne auf die gleiche Weise gestorben waren, indem sie sich auf einer Wippe erhängt hatten?

Oder erhängt worden waren.

Wo wäre das Motiv zu suchen, wenn es sich um Morde handelte, die miteinander zu tun hatten? Welchen Grund könnte es geben, zwei völlig unterschiedliche Opfer zu ermorden, die nur ein fast dreißig Jahre zurückliegender Selbstmord miteinander verband?

Karhu wusste, dass seine Überlegungen voreilig waren, aber er wollte eine Theorie entwickeln, die er Paula präsentieren konnte.

Man musste jedenfalls davon ausgehen, dass der Täter beide Opfer kannte. Entweder hatte er sie schon vor dreißig Jahren kennengelernt oder erst später.

Die Opfer waren sich zum ersten Mal nach dem Tod von Paljakkas Mutter begegnet und wahrscheinlich zum letzten Mal bei der Veranstaltung in der Buchhandlung, wo Paljakka eine schöne Widmung für Alanne geschrieben hatte.

Aber welche anderen Personen hatte Alanne bei der Veranstaltung angetroffen?

Das musste er als Nächstes herausfinden.

7

Samuli Suominen sah genauso ungepflegt aus wie am Vortag im rechtsmedizinischen Institut. Vielleicht sogar noch schlampiger. Offenbar hatte er sich seit der letzten Begegnung weder gewaschen noch umgezogen.

Er entschuldigte sich für den Zustand seiner Wohnung und bat Paula, am Esstisch im Wohnzimmer Platz zu nehmen, auf dem einzigen Stuhl, der nicht mit Kleidern, Büchern oder sonstigem Kram beladen war. Renko sagte, er könne stehen, und zog sich an das große Bücherregal zurück, um die Buchrücken zu studieren.

Auf dem Tisch lag kein Tischtuch und auf dem Boden kein Teppich. Tatsächlich wirkte Suominens Wohnung ebenso kahl wie Kaarina Alannes Zuhause nach dem Todesputz. Aber Alannes Zuhause befand sich in einer Vorortsiedlung in Osthelsinki, während Suominen in einem Prachtbau am Paradeplatz der Stadt wohnte.

Samuli Suominen ließ sich im Schneidersitz auf dem Fußboden nieder. Paula betrachtete ihn interessiert. Er war offensichtlich gleichgültig gegenüber allem Materiellen. Gleichzeitig passte alles irgendwie nahtlos zusammen – so wie in Otto Paljakkas Wohnung. Aber während Paljakkas Domizil aussah, als hätte es ein besonders stilbewusster, gut betuchter Asket gestylt, war Suominens Wohnung die authentische Version.

Suominen blieb stumm. Paula hatte gelernt, dass in der Regel jeder anfing, irgendetwas zu sagen, wenn man nur geduldig wartete, statt selbst das Wort zu ergreifen. Und oft gaben die Menschen gerade in so einer Situation viel von sich preis. Aber Suominen hatte offenbar kein Problem damit, schweigend dazusitzen und zu warten. Es war schwer zu sagen, ob er wirklich anwesend oder mit seinen Gedanken ganz woanders war.

»Also dann«, begann Paula. Suominens außerordentliche Gelassenheit verunsicherte sie ein wenig. »Wir führen eine Untersuchung zur Todesursache durch und befragen deshalb Otto Paljakkas nächste Angehörige.«

»Angehörige«, wiederholte Suominen. Es klang eher nach einer Feststellung als nach einer Frage, doch Paula beschloss, das Wort aufzugreifen.

»Ja. Ich habe es so verstanden, dass Sie einer seiner nächsten Angehörigen sind. Beziehungsweise, dass seine Freunde seine Familie waren, weil er keine andere Familie hatte.«

»Freunde«, wiederholte Suominen.

Diesmal wartete Paula ab, bis er mehr hervorbrachte als Einwortsätze. Sie musste so lange warten, dass Renko am Bücherregal schon ungeduldig von einem Fuß auf den anderen trat. Er hatte im Regal offenkundig etwas Interessantes entdeckt, aber wie Paula ihn kannte, konnte es sich auch um etwas handeln, das für den Fall unwichtig und nur im allgemeinen Sinn interessant war.

Paula warf ihm einen warnenden, zur Stille mahnenden Blick zu.

»Ja, wir waren Freunde«, sagte Suominen schließlich. Er richtete seine Worte an das Tischbein, das auf der Höhe seiner Augen war. »Das stimmt. Freunde.«

»Sie haben sich schon als Kinder kennengelernt«, sagte Paula.

Suominen nickte, weiterhin dem Tischbein statt Paula zugewandt.

»In der Unterstufe in Laajasalo«, setzte Paula ihren Vorstoß fort.

Suominen schüttelte den Kopf und brummte: »In der Spielgruppe.«

Paula beschloss, die Taktik zu wechseln.

»Haben auch Sie ein Gehalt von Paljakka bezogen?«

Die Frage zeitigte eine überraschende Wirkung. Suominen zuckte zusammen und schien aus seiner Erstarrung zu erwachen.

»Wer hat so etwas behauptet?«, fragte er hastig und löste endlich den Blick vom Tischbein. »Hat Nico das gesagt?«

Nun sah Suominen Paula mit einer fast komischen Intensität an, wie ein Schauspieler in einer Seifenoper. Als Paula nicht antwortete, stand er flink, fast sprunghaft auf und flitzte in die Diele. Renko wollte ihm nachsetzen, aber Paula brummte beruhigend, und Suominen kam auch sofort zurück, eine kleine, abgegriffene Brieftasche in der Hand. Er entnahm ihr ein zerknülltes Stück Papier, das er Paula wortlos reichte.

Paula strich das Papier glatt, es war eine Quittung vom Bankautomaten. Vom Konto waren zwanzig Euro abgehoben worden, der restliche Saldo betrug 153 Euro.

»Damit komme ich bis zum Monatsende aus«, erklärte Suominen. »Problemlos.«

Er schien ehrlich stolz auf seine Mittellosigkeit zu sein, oder eigentlich darauf, dass sie ihm nichts ausmachte – er wollte zeigen, dass er über solchen Dingen stand.

»Arm ist nicht der, der nichts hat, sondern der, der immer etwas braucht«, hatte Paulas Großmutter oft gesagt. In jungen Jahren hatte Paula sich über den Spruch geärgert, sie empfand ihn als kläglichen Versuch armer Menschen, ihre Armut zu ertragen. Aber Samuli Suominen schien die Redewendung mit Leib und Seele zu leben.

»Sieht es so aus, als hätte Otto mir ein Gehalt gezahlt?«, fragte Suominen.

»Sie haben also nicht für ihn gearbeitet?«

»Nein. Ich arbeite für keinen. Ich bin arbeitslos.«

»Aha. Aber Sie haben ihn bei seinen Gebirgstouren begleitet.«

»Natürlich. Ich bestreite nicht, dass Otto immer meine Reisekosten und manches andere bezahlt hat. Aber ein Gehalt habe ich nie bekommen. Und eigentlich hat Otto das Klettern ja von mir gelernt«, sagte Suominen.

»Tatsächlich?« Paula sah ihn verwundert an. »Ich hatte es so verstanden, dass er in jungen Jahren im Ausland mit dem Bergsteigen begonnen hat.«

Samuli Suominen lachte auf und schien sich zum ersten Mal seit Paulas und Renkos Ankunft zu entspannen. Er nahm einen kleinen Campingstuhl, der zusammengeklappt an der Wand lehnte, klappte ihn auf und setzte sich hin, als wäre er bei einem Lagerfeuer im Wald.

»Das stimmt, mit dem Bergsteigen hat er Anfang der Nullerjahre in Südostasien angefangen«, sagte er. »Aber ich meine das Bouldern, also das Klettern an Felswänden ohne Kletterseil. Ich habe Otto einmal zum Bouldern mitgenommen, und er hat sofort Feuer gefangen. Er hatte eine natürliche Begabung dafür und war bald viel besser als ich.«

Suominen erklärte, er sei von klein auf mit seinem Vater zum Klettern gegangen. In Finnland war dieses Hobby damals noch eine Seltenheit, und es gab im ganzen Land keine einzige Boulderhalle.

»Und das ist ja sowieso eine ganz andere Sache, da klettert man bei künstlicher Beleuchtung an einer trockenen, gleichmäßigen Wand mit fertigen Griffen«, fügte er hinzu.

Paula stellte amüsiert fest, dass sie wahrscheinlich etwas in dieser Art geantwortet hätte, wenn sie hätte raten sollen, was Suominen von Kletterhallen hielt. Sie hatte sich selbst einige Male an Kletterwänden versucht, als in Helsinki die erste große Boulder-Arena eröffnet worden war, aber bald erkannt, dass Klettern nicht ihre Sportart war. Ihr lag mehr an Schnelligkeit, Körperkontakt und explosiver Kraft.

Außerdem mochte sie keine größeren Höhen.

Suominens Kommentar erinnerte sie an Nico Saarelas entrüstete Bemerkung, echtes Bergsteigen sei »etwas ganz anderes« als die Gruppenreisen von Touristen zum Kilimandscharo. Sowohl Saarela als auch Suominen hielten es offenbar für wichtig, den Unterschied zwischen Amateuren und Profis zu unterstreichen, obwohl dieser Unterschied zumindest nach Paulas Ansicht selbstverständlich war und natürlich nicht nur für das Bergsteigen galt. Es war ganz und gar unnötig, ihn zu betonen.

Aber vielleicht hatten die beiden nur die Nase voll von Menschen, die sich einbildeten, etwas von der Sache zu verstehen. Von denen gab es genug – das wussten auch Mordermittler nur zu gut. Im Internet wimmelte es von Amateurdetektiven, die glaubten, ungeklärte Fälle lösen zu können, die Gegenstand jahrelanger professioneller Kriminalermittlungen gewesen waren.

»Waren Sie als Kind oft bei Paljakka zu Hause?«, fragte Paula.

»So gut wie nie. Eigentlich bin ich immer nur an die Tür gekommen, um Otto abzuholen.«

»Sind Sie jemals seiner Mutter begegnet?«

»Nur, wenn sie die Tür aufgemacht hat.«

»War es der Mutter nicht recht, dass Otto Freunde zu Besuch hatte?«

»Das weiß ich nicht, aber Otto wollte nie dort bleiben. Wir waren dann bei uns oder irgendwo im Wald.«

»Und nachdem Otto ins Kinderheim kam?«

»Danach habe ich ihn jahrelang nicht gesehen. Außer einmal, als er bei irgendeiner Pflegefamilie ausgerissen war und bei uns vor der Tür stand. Mein Vater hat sofort die Polizei gerufen.«

Als Erwachsener war Suominen Paljakka auf die gleiche Weise wiederbegegnet wie Jonna Salomaa: Nachdem Paljakka aus dem Ausland zurückgekommen war, hatte er sich mit Suominen in Verbindung gesetzt und ihn gebeten, sein Sparringspartner zu werden, sein vertrauter Begleiter beim Bergsteigen.

»Was haben Sie davor getan?«, erkundigte sich Paula.

»Möglichst wenig«, antwortete Suominen in einem Ton, der offenbar absichtlich rätselhaft klingen sollte.

»Hat dieses möglichst wenig vielleicht mit dem hier zu tun?«, mischte sich Renko ein. Er hielt ein Buch von Pentti Linkola in der Hand, das er aus dem Regal genommen hatte.

»›Träume von einer besseren Welt‹«, las Paula den Titel laut vor.

»Starker Stoff, starker Stoff«, sagte Renko. »Das habe ich irgendwann in jüngeren Jahren mal gelesen.«

»Wovon handelt es?«, fragte Paula, obwohl es sie nicht wirklich interessierte – sie glaubte, genug über Pentti Linkolas radikale Gedanken zu wissen, um sie außer Acht zu lassen. Samuli Suominen wirkte jedoch sehr irritiert, und Paula wollte wissen, weshalb.

»Soweit ich mich erinnere, war Pentti der Meinung, das Bevölkerungswachstum müsste begrenzt werden. Mit anderen Worten, die Schwachen sollen ruhig sterben und Kranke darf man nicht heilen«, sagte Renko.

»In diesem Buch noch nicht«, widersprach Suominen ungehalten. »Haben Sie es überhaupt gelesen?«

Paula amüsierte sich, denn wahrscheinlich hatte Renko das Buch tatsächlich nicht gelesen. Aber Suominen war jetzt gründlich verärgert, und Renko wollte offenbar Öl ins Feuer gießen.

»Es ist so lange her, dass ich mich vielleicht nicht ganz genau erinnere. Aber auf jeden Fall wird in Penttis Büchern niemandem empfohlen, mithilfe der indigenen Bevölkerung auf ferne Berge zu steigen.«

Suominen murmelte etwas vor sich hin, dann sprang er von seinem Campingstuhl auf. Er nahm Renko das Buch weg und stellte es ins Regal zurück. Renko ließ sich dadurch nicht bremsen.

»Pentti hat wohl auch in etwas bescheideneren Verhältnissen gewohnt als Sie. Sie haben übrigens eine schicke Bude. Oder Wohnung, Bude ist ja nicht ganz das richtige Wort.«

»Ich habe sie geerbt«, knurrte Suominen und nahm wieder den Schneidersitz ein. »Haben Sie sonst noch Fragen?«

»Wann haben Sie Otto Paljakka zum letzten Mal gesehen?«, fragte Paula schnell.

»Vorige Woche. Am Donnerstag, glaube ich.«

»Wo haben Sie sich getroffen?«

»Ich habe ihn besucht.«

»Warum?«

»Warum? Einfach so. Oder nein, Otto wollte mit mir reden.«

»Worüber?«

»Er wollte mit seiner Arbeit aufhören.«

»Also mit den Inspirationsreden?«, fragte Renko.

Suominen schnaubte und wiederholte das Wort *Inspiration* in einem Ton, der jeden Zweifel ausschloss. Offenbar schrieb er Paljakkas einträglichen Auftritten keinen großen Wert zu.

»Meiner Meinung war die Sache mit den Auftritten von Anfang an ein Fehler. Und das habe ich Otto damals auch gesagt. Aber Nico hat nicht nachgegeben. ›Probier es wenigstens mal, probier es wenigstens mal‹, hat er gedrängelt, bis Otto ja gesagt hat. Nico hatte immer schon eine seltsame Macht über Otto.«

»Tatsächlich?«, hakte Paula erstaunt nach. »Ich hatte es so verstanden, dass es eher Otto war, der Nico nach seiner Pfeife tanzen ließ.«

»Wer hat das gesagt?«, fragte Suominen.

Paula antwortete nicht. Renko wandte sich ab und betrachtete die beiden Bilder, die den einzigen Wandschmuck darstellten. Sie sahen aus, als hätten sie sich in die falsche Wohnung verirrt.

»Für Außenstehende sah es vielleicht so aus«, sagte Suominen. »Aber Nico wusste genau, was er tat.«

»Was ist das?«, fragte Renko.

Er hielt eine Art Halsschmuck oder Amulett in der Hand. Es erinnerte an ein Karrenrad mit Blumenblättern am Reifen. Wo die Speichen zusammenliefen, befand sich ein schmales, senkrechtes Auge.

Suominen sprang wieder auf und riss Renko das Schmuckstück aus der Hand. Er legte es zurück an seinen Platz am Hals einer Buddha-Statue aus Bronze.

»Das habe ich von Otto bekommen, als wir zum ersten Mal mehr als achttausend Meter hoch auf den Gasherbrum II gestiegen sind«, erklärte Suominen betont ruhig, als würde er sich für seine schroffe Reaktion schämen.

»Wo ist der denn?«, fragte Renko.

»Das ist der dritthöchste Gipfel im Karakorum. Im Grenzgebiet zwischen China und Pakistan. Otto und ich haben ihn zu zweit bestiegen«, antwortete Suominen.

»Ist der Schmuck wertvoll?«, wollte Renko wissen.

»Billiger Tand. Otto hatte ihn auf irgendeinem Markt in Nepal gekauft«, sagte Suominen. »Aber er ist eine Erinnerung an unsere Freundschaft. Und an das Bezwingen der Gipfel.«

Suominen starrte so lange auf das Amulett, dass Paula sich räusperte, um ihn aus seinen Gedanken zu reißen.

»Was war Ihre Rolle bei Paljakkas Unternehmenstätigkeit?«

»Hmm, in erster Linie habe ich aufgepasst, dass Otto sich nicht zu irgendwelchen Verrücktheiten überreden ließ«, sagte Suominen. »Aber nachdem Otto mit dem Bergsteigen aufgehört hatte, war ich ja praktisch an nichts mehr beteiligt.«

»Hat Sie das geärgert?«, fragte Paula. »Also dass Otto seine Karriere aufgegeben hat.«

»Wieso?«

»Dadurch war es ja auch mit den Bergsteigerreisen in alle Welt vorbei, die Otto finanziert hat.«

Samuli Suominen sah Paula verächtlich an, wie einen Menschen, dem es an höherem Verständnis mangelt.

»Das Wichtigste für mich ist das Klettern. Und das kann man überall tun. Berggipfel zu erobern war mir nie wichtig. Das tut man nicht aus Liebe zum Klettern, sondern aus ganz anderen Gründen, für Ruhm und Geld.«

Es war seltsam, das Wort »Liebe« aus Suominens Mund zu hören. Vielleicht war das Klettern seine einzige Liebe.

Aber was hatte Otto Paljakka geliebt – oder wen? Paula begriff plötzlich, dass sie diese Frage noch niemandem gestellt hatte.

»Und Paljakkas Privatleben? Hatte er zum Beispiel jemals ernsthafte Zweierbeziehungen?«, erkundigte sie sich.

»Dafür war in seinem Alltag kein Platz. Ich meine, so ein Leben hätte niemand über längere Zeit mitgemacht. Otto hat immer nur nach seinen eigenen Bedingungen gehandelt. Aber eine gab es immerhin.«

»Wer war das?«, fragte Paula, und Renko wandte den Blick interessiert von den Bildern ab.

»Hat sie Ihnen das nicht erzählt?«, fragte Suominen zurück. »Nein, natürlich nicht.«

»Wen meinen Sie?«, hakte Renko nach.

»Jonna natürlich«, sagte Suominen höhnisch lächelnd. »Aber ich würde es wohl auch lieber verschweigen, wenn man mich auf so eine Weise sitzen ließe.«

»Die beiden hatten also eine Beziehung, die Paljakka beendet hat? Wann war das? Und warum wollte Paljakka Schluss machen?«, feuerte Renko seine Fragen ab wie ein Klatschreporter.

»Vor einigen Jahren.«

»Und auf welche Weise hat er Jonna sitzen gelassen?«, fragte Paula.

Suominen nahm langsam wieder auf seinem Campingstuhl Platz. Er schien die Situation zu genießen.

»Na schön, ich erzähle es Ihnen.«

8

Hartikainen kam Paula und Renko geschäftig am Tor der Halle entgegen. Er hatte zwei junge Polizeianwärter als Helfer bekommen, die erschöpft aussahen.

»Gute Jungs«, lobte er.

Paula merkte, dass der eine der beiden die Augen verdrehte. Aber der Anblick in der Halle war beeindruckend, das musste auch sie zugeben.

Mitten auf dem Betonfußboden waren drei Sandsäcke übereinandergestapelt, und auf ihnen lag ein etwa fünf Meter langes Brett. Bei genauerer Betrachtung sah man, dass es sich aus mehreren Brettern zusammensetzte.

»Die Jungs haben einen Meter lange Bretter geholt, die habe ich zusammengenagelt«, erklärte Hartikainen.

Über dem nach oben ragenden Ende des Wippbalkens hing ein orangefarbenes Nylonseil. Es lief durch einen an der Decke befestigten Metallring und von dort weiter in die andere Ecke der Halle, wo es an eine massive Hobelbank gebunden war. Am anderen Ende des Seils, in etwa drei Meter Höhe, baumelte eine Galgenschlinge. Sie lag um den Hals einer Puppe, die normalerweise beim Kampftraining verwendet wurde. Die Füße der Puppe waren zusammengebunden und auf das Ende des Wippbalkens gestellt worden, das sie gerade noch erreichten.

Das andere Ende des Balkens wurde durch vier Säcke mit jeweils fünfundzwanzig Kilo Fugensand unten gehalten.

»Die Puppe wiegt achtzig Kilo«, sagte Hartikainen. »Aber da

ihr Gewicht zum Teil von dem Seil getragen wird, bleibt das Brett wahrscheinlich viel länger in dieser Position, als es dauert, bis mehr als zwanzig Kilo Sand weggerieselt sind.«

Paula betrachtete die Puppe und dachte an Otto Paljakka, der ungefähr die gleiche Größe gehabt, aber bestimmt mehr gewogen hatte.

»Wie hast du die Puppe nach oben bekommen?«, fragte sie.

»Wenn wir davon ausgehen, dass das Opfer zuerst irgendwie betäubt wurde, muss es vom Boden gehoben worden sein, indem man ihm die Schlinge um den Hals gelegt und vom anderen Ende her hochgezogen hat. Das ist nicht besonders schwierig, fordert aber Kraft«, erklärte Hartikainen.

»Also haben die Jungs gezogen«, folgerte Renko, und Hartikainen lachte auf.

»Könnte man das auch anders machen? Also, wenn das Opfer nicht betäubt war, sondern zum Beispiel irgendwie bedroht wurde«, überlegte Paula laut.

»Im Prinzip ist es wohl möglich, dass man das Opfer auf dem Brett zu der Schlinge gehen lässt und das andere Ende unten hält«, meinte Renko.

»Probieren wir es«, sagte Paula. »Ich meine, probiert es.«

»Jungs«, kommandierte Hartikainen und löste das Seil von der Hobelbank. Er legte die Puppe vorsichtig auf den Boden, und Renko entfernte die Schlinge von ihrem Hals.

»Du bist das Opfer«, sagte Hartikainen und zeigte auf den schmächtigeren Polizeianwärter. »Und du gehst ans andere Ende.«

Der stämmigere Anwärter nickte, hob die Sandsäcke vom Wippbalken und stellte sich selbst darauf. Hartikainen lockerte die Schlinge.

»Schaffst du es, dich eine Weile daran festzuhalten, oder soll ich sie dir unter die Achseln binden?«

»Das schaffe ich schon«, antwortete der Schmächtige und holte seine Handschuhe aus der Tasche. Dann bestieg er vor seinem Kollegen den Wippbalken und begann ans andere Ende zu gehen. Dank des Gewichtsunterschiedes zwischen den beiden bewegte sich der Balken kein Stück.

»Sieht nicht besonders leicht aus«, meinte Paula, als der junge Mann fast am Ziel war und auf der schrägen Ebene ernsthaft um sein Gleichgewicht kämpfen musste. »Schwer vorstellbar, dass Kaarina Alanne das geschafft hätte.«

Hartikainen zog in der Ecke das Seil so hoch, dass der Anwärter sich mit den Händen daranhängen und gleichzeitig die Füße auf dem Brett halten konnte. Dann zog er weiter, jetzt mit großer Anstrengung, und befestigte das Seil erst wieder an der Hobelbank, als der Anwärter den Balken nur noch mit den Ballen berührte.

»Wieviel wiegst du?«, fragte Paula den auf dem Balken balancierenden Anwärter.

»Achtundsiebzig Kilo.«

»Leg den Sand wieder auf das Brett«, wies Paula Renko an. »Aber nur drei Säcke.«

Renko legte die Säcke vor dem stämmigen Anwärter auf das Brett, dann trat der junge Mann beiseite.

Nichts änderte sich, obwohl auf dem unteren Ende jetzt drei Kilo weniger lasteten als auf dem oberen. Der schmächtigere Anwärter hielt sich an der Schlinge fest und stand auf Zehen auf dem Brettende, das immer noch oben blieb.

»Ein Messer«, sagte Paula.

Der Stämmige ließ sich von Hartikainen ein Messer geben. Paula warf einen Blick auf seinen Kollegen, der bisher noch keine Schwierigkeiten zu haben schien. Unter den Sandsäcken blieben etwa dreißig Zentimeter Luft, sodass der Sand ungehindert auf den Boden rieseln konnte. Paula führte am Boden des untersten Sackes nebeneinander zwei ungefähr zehn Zentimeter lange Schnitte, steckte das Messer hindurch und zerschnitt den Plastikstreifen.

Als der Fugensand auf den Boden zu rinnen begann, schienen alle die Luft anzuhalten – auch der an der Schlinge baumelnde Anwärter, bis er anfing zu schnaufen. Das Brettende bewegte sich unter seinen Füßen nach unten, schnellte aber gleich wieder hoch. Der Anwärter stand jetzt vorsichtiger auf dem Brett, sein Gesicht rötete sich allmählich.

Der Sand lief aus dem Sack, das andere Ende des Balkens senkte und hob sich. Immer wenn der Anwärter versuchte, festeren Stand zu bekommen, schaukelte das Brett nach unten, jedes Mal ein Stück weiter, da sich das Gewicht am anderen Ende verringerte.

Paula schauderte es. Wenn die Morde auf diese Weise geschehen waren, dann waren die Opfer nicht nur langsam erstickt, sondern hatten auch immer wieder ein wenig Hoffnung bekommen, ein wenig Halt unter den Füßen, immer nur für einen kurzen Moment.

Sie waren nicht nur körperlich, sondern auch psychisch gefoltert worden.

»Kaarina Alanne hat vielleicht fünfzig Kilo gewogen. Bei ihr hat es länger gedauert«, sagte Renko leise. »Für Alanne müsste es ein eigenes Testexemplar geben.«

Der hängende Anwärter wirkte schon ziemlich gequält, sagte aber nichts, vermutlich, weil er seine gute Kondition unter Beweis stellen wollte. Paula ließ den Sand so lange aus dem Sack rieseln, bis das Brettende nicht mehr auf die volle Höhe stieg und der Anwärter es nicht einmal mehr mit den Zehenspitzen erreichte. Dann bat sie Hartikainen, ihn herunterzulassen.

Das musste für diesmal genügen. Sie trug den Anwärtern auf, den Sand wegzufegen, und sagte zu Hartikainen, er solle mitkommen. Die im Lauf des Vormittags gesammelten Informationen mussten im ganzen Team besprochen werden. Paula erklärte jedoch, sie wolle zuerst schnell einkaufen, und ließ Renko und Hartikainen vorgehen.

Sie brauchte eigentlich nichts aus dem Laden, wollte aber einen Augenblick allein sein. Ihre linke Wade hatte schon früher am Morgen gezuckt, und jetzt hatte das Zucken wieder eingesetzt. Sie ging so zügig, dass sie ein wenig außer Atem kam, und das unangenehme Gefühl im Bein verschwand.

Aber es gab noch etwas, das sie plagte. Etwas, was gerade in der Halle gesagt worden war.

War es aus Hartikainens Mund gekommen? Oder aus Renkos?

Paula tadelte sich selbst, als sie den kleinen Laden betrat. Sie musste den anderen künftig genauer zuhören.

9

Karhu schloss seinen Laptop an den Beamer im Besprechungsraum an. Paula stellte die Mineralwasserflasche, die sie der Form halber gekauft hatte, auf den Tisch und setzte sich.

»Ich habe mir das Band selbst noch nicht angesehen«, sagte Karhu. »Kann sein, dass es nichts bringt.«

»Aber du hast ja heute schon viel herausgefunden«, lobte Paula. Karhu wirkte auf seine übliche, zurückhaltende Art zufrieden. Einem Außenstehenden wäre es wahrscheinlich gar nicht aufgefallen.

Vom Flur her war Renkos und Hartikainens Debatte zu hören. Karhu räusperte sich, setzte eine förmliche Miene auf und nahm an seinem Laptop Platz.

»Boxen ist als Sportart ja total unsinnig. Mag ja sein, dass Ali ein großer Meister war, aber nach dem Ende seiner Laufbahn hat auch er den wichtigsten Kampf seines Lebens gegen Parkinson verloren«, erklärte Renko beim Hereinkommen.

»So viel dazu«, sagte Hartikainen. Dann erstarrte er. »Du hast meinen Platz genommen.«

Paula räusperte sich, merkte dann aber, dass Renko sich tatsächlich dahin gesetzt hatte, wo Hartikainen sonst immer saß, auf der Türseite neben ihr. Im Allgemeinen achtete niemand auf die Sitzordnung, doch das lag eben daran, dass alle immer auf demselben Platz saßen.

»Karhu sitzt auf meinem Platz«, verteidigte sich Renko.

Karhu wiederum hatte Renko den Platz weggenommen, weil

es von da aus leichter war, den Beamer zu bedienen. Er ersparte sich einen Kommentar.

»Fangen wir an«, sagte Paula.

Als Hartikainen sich nicht rührte, sah sie ihn fragend an.

»Wäre es irgendwie möglich, dass du dich diesmal auf die andere Seite setzt? Auch wenn es in deinem Alter schwierig ist, vom Gewohnten abzuweichen«, frotzelte sie.

Hartikainen brummte und ging demonstrativ langsam um den Tisch herum. Paula bemühte sich, seinen Auftritt nicht zu beachten.

»Vielleicht berichte ich zuerst kurz, was Renko und ich von den Leuten, die Paljakka am nächsten standen, erfahren haben. Oder genauer gesagt, was sie über sich selbst und ihre Beziehung zu Paljakka erzählt haben«, begann Paula.

Sie ging die Aussagen von Nico Saarela, Jonna Salomaa und Samuli Suominen der Reihe nach durch, vor allem die Punkte, in denen sie voneinander abwichen. Zwar hatten die drei am Vortag im Leichenschauhaus wie eine Familie gewirkt, die einen geliebten Angehörigen verloren hat, aber in den Einzelgesprächen hatte sich gezeigt, dass die Beziehungen nicht mehr besonders herzlich waren – im Gegenteil.

Nico Saarela versuchte zudem immer noch den Eindruck zu erwecken, dass Paljakkas Unternehmen glänzend lief.

»Hartsu, du könntest klären, wie groß Paljakkas Hinterlassenschaft, die auf die drei Erben verteilt werden soll, tatsächlich ist«, sagte Paula.

»Der Wert der Wohnung in Katajanokka liegt bestimmt im siebenstelligen Bereich«, merkte Renko an.

»Ja, aber vielleicht geht auch der Erlös letzten Endes dafür drauf, die Verluste der Firma abzudecken. Jedenfalls ist Geld immer ein plausibles Motiv. Mit anderen Worten gibt es Geld, und wer braucht es am dringendsten?«, überlegte Paula.

»Samuli Suominen jedenfalls nicht«, meinte Renko. »Seine

Wohnung ist noch teurer als Paljakkas, und die Gemälde an der Wand sind vielleicht genauso wertvoll wie die Wohnung.«

»Hast du die Künstler gegoogelt?«, fragte Paula.

»Ich gestehe«, sagte Renko.

»Sollten wir die Tätigkeit von Paljakkas Firma genauer unter die Lupe nehmen?«, fragte Hartikainen plötzlich. »Vielleicht bleibt für die Erben kaum etwas übrig.«

Am Tisch wurde es still. Dann lachte Renko auf.

»Hallo Erde, hörst du mich?«

»Was?«, fragte Hartikainen verdutzt.

Paula sah Karhu an, der einen Finger an sein Ohr legte. Jetzt verstand sie, warum es Hartikainen so gestört hatte, dass er nicht auf seinem üblichen Platz sitzen durfte. Offenbar hörte er ausgerechnet auf dem Ohr, das jetzt Paula zugewandt war, nicht richtig.

»Ja, also … Ganz recht, du solltest die Firma weiter untersuchen«, sagte sie laut und gab Renko durch einen warnenden Blick zu verstehen, dass er nicht weiter sticheln sollte.

»Jonna Salomaa hat uns verschwiegen, dass sie ein Verhältnis mit Otto Paljakka hatte«, fuhr sie schnell fort, weiterhin lauter als sonst. »Das hat Samuli Suominen jedenfalls erzählt. Seiner Darstellung nach nahm die Sache ein hässliches Ende.«

Nach Suominens Worten hatten Paljakka und Salomaa ein kurzes, aber umso leidenschaftlicheres Verhältnis gehabt, das Salomaa ernster genommen hatte als Paljakka.

»Für Otto ging es nur um Sex«, hatte Samuli Suominen auf seinem Campingstuhl erklärt, nach Paulas Ansicht auf eine irgendwie schmierige Art. Hatte er eigentlich selbst Beziehungen zu Frauen?

Als Paljakka das Verhältnis beenden wollte, war Jonna Salomaa biestig geworden. Sie hatte ihm täglich dutzendweise Textnachrichten geschickt, in denen sie abwechselnd bettelte und drohte.

»Womit hat sie ihm gedroht?«, fragte Hartikainen.

»Offenbar mindestens damit, dass sie versuchen würde, Ottos Ruf zu schädigen, indem sie im Internet Lügen über ihn verbreitet«, erklärte Paula.

»Klingt nicht besonders bedrohlich«, meinte Karhu. »Im Internet findet man doch alles Mögliche über wen auch immer.«

»Stimmt. Trotzdem könnten wir überprüfen, ob sich so etwas findet«, sagte Paula. »Außerdem gibt es mindestens noch einen widersprüchlichen Punkt. Nico Saarela hat Jonna Salomaa irgendwann erzählt, dass Paljakkas Mutter an Krebs gestorben ist. Karhu hat aber herausgefunden, dass sie eine Überdosis Medikamente genommen hat.«

»Das hat doch nichts zu bedeuten«, meinte Renko. »Paljakka wollte einfach nicht alle wissen lassen, dass seine Mutter sich selbst getötet hat.«

»Vielleicht spielt es aber doch eine Rolle, wenn man Kaarina Alannes Mord einbezieht«, erklärte Karhu. »Alanne war nämlich Paljakkas Sozialarbeiterin, als seine Mutter Selbstmord beging.«

»Mit anderen Worten, der Selbstmord der Mutter ist die Verbindung zwischen Paljakka und Alanne«, stellte Paula fest.

»Und natürlich auch die Buchpräsentation, bei der sie sich wiedergesehen haben, offenbar nach Jahrzehnten«, fügte Karhu hinzu. »Ich dachte, wir könnten uns die Aufzeichnung gemeinsam ansehen, ich bin selbst noch nicht dazu gekommen. Die Veranstaltung wurde gestreamt, man findet sie immer noch auf YouTube.«

Karhu weckte seinen Computer auf und projizierte das Video an die Wand. Otto Paljakkas Auftritt in der Buchhandlung war mit einer einzigen Kamera gefilmt worden, die hinter den Stühlen stand, die vor der kleinen Bühne aufgereiht worden waren.

Zu Beginn der Aufzeichnung saßen Paljakka und der Interviewer bereits auf ihren Plätzen. Nico Saarela lief nervös hin und her und winkte ins Off, von wo bald weitere Stühle gebracht wurden. Trotzdem bekamen nicht alle einen Sitzplatz. Ein Teil des

Publikums blieb vor der Kamera stehen, sodass das Stativ höher geschraubt werden musste.

Paljakka saß ausdruckslos wie eine Statue da, helles Scheinwerferlicht fiel auf sein Gesicht.

»Weiß jemand, woher Paljakka die Narbe hat?«, fragte Paula.

»Vielleicht findet sich die Antwort im Buch«, sagte Renko. »Es ist heute meine Abendlektüre.«

Auf dem Video beruhigte Nico Saarela sich endlich und blieb am Rand der Bühne stehen. Der Interviewer stellte zu Beginn Paljakka und seine Leistungen vor. Paljakka wirkte verlegen und sah das Publikum nicht an.

»Das könnte Alanne sein«, sagte Karhu und zeigte auf eine kleine Frau in der zweiten Reihe, deren Mantel dieselbe Farbe hatte wie der, den Alanne bei ihrem Tod getragen hatte. Paula bat ihn, so weit vorzuspulen, bis die Leute aufstanden und man ihre Gesichter sah.

Karhu hatte etwa zehn Minuten weitergespult, als etwas vor der Kamera vorbeihuschte.

»Halt an und spul zurück«, befahl Paula.

»Das ist Suominen«, sagte Renko, als das Profil der vorbeigehenden Gestalt kurz ins Bild kam.

»Und seht ihr die Blondine in der letzten Reihe? Ich wette meinen Kopf darauf, dass sie diese Kommunikationsfrau ist«, rief Hartikainen.

»Salomaa«, stellte Paula fest.

Nico Saarela, Samuli Suominen und Jonna Salomaa – alle drei könnten Kaarina Alanne bei Otto Paljakkas Veranstaltung begegnet sein.

Karhu spulte weiter vor, und der Interviewer gestikulierte wieder mit erhöhter Geschwindigkeit. Dann endete das Gespräch, die Leute begannen sich auf ihren Plätzen zu bewegen. Karhu ließ das Video in Zeitlupe laufen. Einige Menschen in der ersten Reihe standen auf und stellten sich mit ihren Büchern vor der Bühne an. Die kleine Frau in der zweiten Reihe blieb sitzen, während der größte Teil des Publikums sich allmählich entfernte. Die Stille im Besprechungsraum verdichtete sich, als alle vier die über den Bildschirm ziehenden Gesichter musterten, von denen jedoch keins auch nur entfernt bekannt aussah.

Als die Leute in der Schlange ihre Signaturen bekommen hatten, stand die kleine Frau schließlich auf und näherte sich unsicher der Bühne. Otto Paljakka bemerkte sie, und seine ganze Erscheinung veränderte sich, die starre Haltung, in der er während der ganzen Veranstaltung verharrt hatte, schmolz dahin. Er stand auf und beugte sich über den Tisch nach vorn, streckte beide Hände aus. Die kleine Frau stellte ihre Handtasche auf den Boden und ergriff Paljakkas Hände. So standen sie lange da, offenbar schweigend, zumindest Otto Paljakka schien kein Wort hervorzubringen. Dann sank er plötzlich wieder auf seinen Stuhl und legte die Hände vor die Augen. Kaarina Alanne, die jetzt deutlich zu erkennen war, stieg mühsam auf die Bühne und ging hinter den Tisch, um Paljakka zu umarmen. Dann holte sie ihre Handtasche, nahm ein Buch heraus und legte es vor Paljakka auf den Tisch.

»Danke, dass du mich gesehen hast, als kein anderer mich sah«, sagte Renko leise. »Aber hat seither jemals irgendein anderer Otto wirklich gesehen?«

»Eine gute Frage«, antwortete Paula nickend.

Der Augenblick war vorbei und Alanne verabschiedete sich, vielleicht ein wenig verwirrt von Paljakkas heftiger Reaktion. Als sie sich abwandte, stand Paljakka auf und trat an den Seitenrand der Bühne. Er sagte etwas zu Nico Saarela, der offensichtlich versuchte, ihn zurückzuhalten, weil vor der Bühne noch einige Leute standen, doch Paljakka drängte sich an ihm vorbei und verschwand aus dem Bild.

Kaarina Alanne dagegen näherte sich gerührt lächelnd der Kamera. Dann blickte sie kurz auf, und ihre Miene veränderte sich. Ihr Gesicht war plötzlich voller Abscheu.

Und dann spuckte Kaarina Alanne aus.

»Was zum Teufel«, rief Hartikainen.

Alanne war bereits aus dem Bild verschwunden, aber eine Gestalt am unteren Rand schien sich die Wange abzuwischen.

»Verdammt noch mal«, sagte Karhu langsam.

»Was jetzt?«, fragte Paula. In all den Jahren, die sie Karhu schon kannte, hatte sie ihn erst einmal fluchen gehört.

Karhu antwortete nicht, sondern hielt die Aufnahme an und spulte ein wenig zurück. Jetzt war die Gestalt im Vordergrund ein wenig deutlicher zu sehen, aber nur von hinten. Paula verstand nicht, was Karhu aus der Aufnahme schließen konnte.

Doch als Karhu von der Leinwand aufblickte, wirkte er völlig sicher.

»Diesen Hinterkopf habe ich heute gesehen«, sagte er. »Und jetzt weiß ich, was Kaarina Alanne gemeint hat.«

10

Pertti Takala saß deutlich weniger entspannt an seinem Küchentisch als am Vormittag. Diesmal hatte er auch nicht angeboten, Kaffee zu kochen.

»Er ahnt, worum es geht«, hatte Karhu Paula in der Diele zugeflüstert. Aber Paula hatte das Gefühl, dass Takalas Unfreundlichkeit teilweise daher rührte, dass er eine Abneigung gegen Polizistinnen hatte. Oder generell gegen Frauen, die das Recht hatten, Macht über ihn auszuüben.

Sie beschloss, Karhu das Reden zu überlassen, und bedeutete ihm mit einer Kopfbewegung, sich Takala gegenüber an den Tisch zu setzen. Sie selbst blieb absichtlich stehen. Takala würdigte sie keines Blickes und schien nicht gewillt, das Gespräch zu beginnen.

Karhu verschränkte in aller Ruhe die Hände auf dem langen Tisch. Auf Small Talk verstand er sich vielleicht nicht, aber schweigen konnte er mindestens so gut wie Paula. Bei Takala schien die Methode zu wirken, denn er kam in seinem abgetragenen Flanellhemd regelrecht ins Schwitzen.

»Wir würden gern noch einige Fragen über Otto Paljakka stellen«, begann Karhu schließlich.

»Ja«, sagte Takala.

»Sie kannten ihn offenbar etwas besser, als Sie heute früh zu verstehen gaben.«

Takala schwieg und sah an Karhu vorbei zum Fenster hinaus.

»Wann sind Sie ihm zuletzt begegnet?«, fragte Karhu.

»Daran kann ich mich beim besten Willen nicht erinnern. Das ist ja mehr als dreißig Jahre her«, antwortete Takala.

Nun sah er Karhu an und bemühte sich, in kumpelhaftem Ton zu sprechen, sozusagen von Mann zu Mann.

»Sie meinen den Tod von Paljakkas Mutter, nach dem der Junge hier wegziehen musste?«

Takala nickte.

»Und seitdem sind Sie ihm nie mehr begegnet?«

Takala schüttelte den Kopf.

»Wo waren Sie am vierzehnten April dieses Jahres?«, fragte Karhu.

»Ich erinnere mich nicht«, antwortete Takala, ohne auch nur eine Sekunde nachzudenken.

»Sie waren in einer Buchhandlung im Zentrum von Helsinki und haben sich Otto Paljakkas Interview angehört«, erklärte Karhu ruhig. »Sie sind auf dem Video von der Veranstaltung zu sehen.«

Karhu verschwieg, dass man auf der Aufnahme genau genommen nur den Hinterkopf eines alten Mannes sah, was nicht ausreichte, um ihm nachzuweisen, dass er in der Buchhandlung gewesen war. Takalas Miene verriet jedoch, dass Karhu recht hatte.

»Sie haben ihn also erst vor zwei Monaten getroffen«, fuhr Karhu im selben, verblüffend freundlichen Tonfall fort, der wahrscheinlich viel größeren Druck ausübte als der für viele Kollegen typische, leicht aggressive Vernehmungsstil.

»Nein«, erwiderte Takala. »Ich habe ihn nicht getroffen, auch wenn ich dort war. Ich habe ihn nur gesehen.«

»Haarspalterei«, sagte Paula, scheinbar zu sich selbst.

»Das ist keine Haarspalterei«, brüllte Takala. »Verfluchte Schlampe!«

Seine Augen glühten vor Wut.

Der Anblick war Paula bekannt: ein alter Mann, den die Welt schon vor Jahren überholt hatte und bei dem der Frauenhass lossprudelte, wenn man nur ein wenig an der Oberfläche kratzte.

»Haben Sie das vor fast dreißig Jahren auch zu Kaarina Alanne gesagt?«, fragte Paula.

Takalas Miene wurde noch angespannter. Jetzt musste ihm klar sein, weshalb die Polizei hier war. Er hielt sich mit beiden Händen an der Tischkante fest.

»Bei derselben Veranstaltung sind Sie auch Kaarina Alanne begegnet«, sagte Karhu so mild, dass Paula beinahe lachen musste. Sie hatten mehr oder weniger aus Versehen begonnen, den guten und den bösen Bullen zu spielen.

»Ich beantworte keine Fragen mehr«, murrte Takala und starrte auf den Tisch.

»Wie Sie wollen«, erwiderte Karhu. »Dann müssen wir Sie leider offiziell festnehmen und zur Polizeistation bringen.«

»Wir lassen Sie von einem Streifenwagen abholen«, fügte Paula hinzu.

Takala blickte unwillkürlich zum Fenster hinaus. Es war klar, dass er nichts so sehr fürchtete wie eine Demütigung vor den Augen der Nachbarn.

»Kann sein, dass ich auch die Sozialtante in dem Buchladen gesehen habe«, sagte er mühsam beherrscht.

»Haben Sie ihr Guten Tag gesagt?«, fragte Karhu, worauf Takala die Achseln zuckte.

»Wie geht es Kaarina?«, fragte Paula.

»Ich kenne sie ja praktisch gar nicht«, erklärte Takala verdrossen. »Ich habe sie in meinem ganzen Leben nur ein paarmal gesehen.«

»Aber es ist Ihnen trotzdem gelungen, einen unauslöschlichen Eindruck auf sie zu machen«, sagte Karhu, als ob es sich um ein echtes Kompliment handelte.

Paula ließ ihn weitermachen, er schien hervorragend zurechtzukommen. Takala sah Karhu ein wenig ratlos an, als wüsste er zwar genau, dass Karhu nichts Gutes meinen konnte, hielte aber an der Hoffnung fest, dass sein Tonfall doch auf etwas anderes hinwies.

Karhu überließ Takala seinen Gedanken und legte eine lederne Aktentasche vor sich auf den Tisch. Er beeilte sich nicht, sie zu öffnen, sondern zog den Reißverschluss so langsam und behutsam auf, als wäre die Tasche ein Wertgegenstand, den man vorsichtig behandeln musste. Takala wirkte nun nicht nur ratlos, sondern auch äußerst besorgt.

Karhu holte einen schmalen Papierstapel aus der Ledertasche und begann, ihn in aller Ruhe durchzublättern. Paula war sich darüber im Klaren, dass Karhu genau wusste, dass sich die gesuchte Stelle auf der vorletzten Seite befand, doch mit seinem Auftritt machte er Eindruck auf Takala. Es hätte Paula nicht gewundert, wenn dem Mann plötzlich die Haare zu Berge gestanden hätten.

»Was steht da eigentlich?«, murmelte Karhu vor sich hin. Dann wandte er sich an Takala.

»Können Sie das lesen?«

Takala nahm das Papier in die Hand und betrachtete die wenigen mit Bleistift an den Rand geschriebenen Worte. Er tat so, als würde er versuchen, sie zu entziffern, schüttelte dann aber den Kopf. Paula bemerkte eine Lesebrille in der Tasche seines Flanellhemds – wahrscheinlich konnte er ohne sie gar nichts lesen.

»Na gut, dann sage ich Ihnen, was da meiner Meinung nach steht«, sagte Karhu und nahm Takala den Bogen aus der Hand. »Anfangs bin ich nicht daraus schlau geworden, weil ich den Zusammenhang nicht verstand. Aber dieses erste Wort, sehen Sie?« Karhu drehte das Papier zu Takala hin, der den Text wahrscheinlich nicht erkennen konnte.

»Da steht Nachb und ein Punkt. Die Handschrift ist so undeutlich, dass ich das b zuerst für ein t gehalten habe. Aber da steht Nachb. Nachbar. Und das sind Sie, nicht wahr?«

Takala schlug die Hände vors Gesicht. Aber Paula hatte gesehen, dass seine Augen feucht geworden waren. Als Karhu sie fragend ansah, nickte sie.

Pertti Takala war erntereif.

»Kaarina Alanne hatte den Verdacht, dass Sie Otto Paljakka sexuell belästigt haben«, sagte Karhu. »Das bedeutet diese Anmerkung.«

Takala stützte die Ellbogen auf den Tisch, ohne die Hände vom Gesicht zu nehmen. Er war völlig starr, der letzte Versuch eines Beutetiers, dem sicheren Tod zu entgehen.

»Vielleicht war Kaarina Alanne die erste Person, mit der der kleine Otto darüber zu reden wagte. Hat Alanne Sie darauf angesprochen?«, fragte Karhu.

Takala nickte, die Hände immer noch vor dem Gesicht. Karhu warf Paula einen Blick zu, und sie bestätigte ihm mit einer raschen Kopfbewegung, dass er die Sache zu Ende bringen solle. Er hatte es verdient.

»Jetzt rate ich ein bisschen, wenn es recht ist«, sagte Karhu. »Alanne hat Sie verdächtigt, konnte Ihnen aber nichts nachweisen. Otto war durch den Tod seiner Mutter traumatisiert, weshalb seine Aussage wahrscheinlich nicht als zuverlässig angesehen worden wäre, und das wusste Alanne. Das ist eine ziemlich weitgehende Spekulation, aber so erkläre ich mir die Sache.«

Takala murmelte etwas Unverständliches.

»Möchten Sie etwas sagen?«, fragte Karhu. »Nur zu.«

Takala nahm die Hände vom Mund, hielt seine Augen aber immer noch bedeckt.

»Wir waren immer vollständig bekleidet«, sagte er.

Karhu und Paula sahen sich an. In Karhus Augen lag eine Wut, die Paula bei ihm noch nie gesehen hatte.

Doch die aufblitzende Wut verschwand schnell, und Karhus Stimme klang nicht anders als bisher, als er Pertti Takala aufforderte, mit ihnen zur Polizeistation zu fahren, um die Sache zu klären. Paula konnte nicht umhin, Karhus grenzenlose Ruhe zu bewundern.

»Was gibt es da zu klären?«, fragte Takala plötzlich in scharfem

Ton. »Wenn, und ich betone *wenn*, es jemals ein Verbrechen gegeben hat, ist es längst verjährt.«

»Sie sind aber gut informiert«, gab Paula zurück.

Takala reagierte nicht auf ihre Worte. Stattdessen fragte er Karhu, ob er im eigenen Wagen zur Polizeistation fahren könne. Paula schüttelte den Kopf.

»Sie fahren besser bei uns mit«, sagte Karhu. »Wir sind mit einem ganz normalen Auto unterwegs.«

Das schien Takala zu beruhigen. Paula sah ihn voller Abscheu an.

»Darf ich mich umziehen?«, fragte er.

»Nein«, antwortete sie barsch.

11

Das Frisbee fliegt über die akkurat gestutzte Hecke und landet vor dem Mädchen auf der Straße. Das Mädchen wirft einen Blick über die Schulter, um sich zu vergewissern, dass keine Autos kommen, bevor es die blaue Scheibe aufhebt. Hinter der Hecke taucht der Kopf eines lächelnden Mannes auf. Das Mädchen reicht dem Mann das Frisbee. Dazu muss es sich auf die Zehen stellen. Der Mann bedankt sich.

Das Mädchen geht weiter zu dem Haus, in dessen Garten nur ein Baum steht. Am Tor hält es kurz an, dann geht es den Gartenweg entlang und klingelt. Nach einer Weile wird die Tür von einer Frau geöffnet, die Nachthemd und Morgenmantel trägt, obwohl die Sonne am Himmel steht und den Zenit längst überschritten hat. Der Morgenmantel hat auf der Höhe der Tasche einen großen Fleck. Die Augen der Frau sind rot und geschwollen. Sie verströmt einen stechenden Geruch, vor dem das Mädchen einen Schritt zurückweicht. Das Mädchen fragt etwas, die Frau schüttelt den Kopf und zieht die Tür wieder zu. Das Mädchen dreht sich um und geht die Vortreppe hinunter.

Dann hört es einen Pfiff aus der Baumkrone.

Zwischen den grünen Zweigen entdeckt das Mädchen das Gesicht des Jungen. Der Junge klettert so geübt vom Baumwipfel wie ein Äffchen in einer Natursendung im Fernsehen. Er streckt dem Mädchen die Hand hin und hilft ihm auf den untersten Ast, von wo man gut in den Wipfel klettern kann.

Das Klettern ist aufregend. In Gedanken singt das Mädchen das

Lied vom kleinen Schornsteinfeger, das wirkt beruhigend. Schließlich sitzen beide oben im Baum, jeder auf einer eigenen Astgabel auf verschiedenen Seiten des Baumstamms.

Nach unten zu schauen macht dem Mädchen keine Angst. Aber als es den Blick nach oben hebt, spürt es ein Schwindelgefühl im Bauch.

Darüber muss es kichern. Das Lachen steckt den Jungen an.

12

Pertti Takala hatte kein Alibi für die Zeit des Mordes an Kaarina Alanne. Die Nacht, in der Otto Paljakka ermordet wurde, hatte er angeblich mit einem Freund in dessen Schrebergartenhaus verbracht. Hartikainen war gerade auf dem Weg zu diesem Freund.

»Eigentlich hatte ich nicht geplant, da zu übernachten, aber ich hatte was getrunken und konnte nicht nach Hause fahren«, erklärte Takala.

Er wirkte wieder wie ein normaler, betagter und gesetzestreuer Mann.

Während der kurzen Autofahrt hatte er es geschafft, sich zu sammeln. Er hatte wohl begriffen, dass Aufmüpfigkeit ihm in dieser Situation nichts half. Jetzt verhielt er sich auch Paula gegenüber respektvoll, sogar unterwürfig. Wenn diese Haltung nicht echt war, wusste er sie immerhin glaubwürdig vorzutäuschen.

Paula saß allein mit Takala im Vernehmungsraum. Sie hatte Karhu gebeten, Takalas Strafregister und die sonstigen Angaben zu seiner Person zu überprüfen. Wahrscheinlich war der Mann nie wegen sexuellen Missbrauchs von Kindern verurteilt worden. Nur wenige wurden dabei erwischt.

Paula wunderte sich schon seit langer Zeit nicht mehr darüber, wie normal selbst die grausamsten Mörder wirken konnten. Pädophile waren eine Klasse für sich, an sie gewöhnte man sich einfach nicht. Bei ihnen wollte man immer irgendwelche Anzeichen finden, irgendeine Besonderheit, an der man sie erkennen könnte. Aber so etwas gab es nicht.

Und gerade das war das Entsetzliche.

Aber war Pertti Takala nicht nur pädophil, sondern auch ein Mörder? Er hatte ein Motiv für beide Morde. Allerdings war das Motiv schwach, denn das Verbrechen war tatsächlich bereits verjährt. Natürlich konnte Alanne oder Paljakka gedroht haben, Takalas Angehörigen zu enthüllen, was er getan hatte.

»Haben Sie Kinder?«, fragte Paula.

»Saara konnte keine bekommen«, antwortete Takala.

Zum Glück, dachte Paula, sprach es aber nicht aus.

»Sie ruhe in Frieden«, fügte Takala hinzu.

Es klang zuerst fast komisch, doch dann kam Paula der Gedanke, dass Takala damit vielleicht unterschwellig aussagte, dass seine Frau tatsächlich in Frieden ruhen durfte – dass sie nie erfahren hatte, was für einen Mann sie geheiratet hatte.

Es schauderte Paula bei dem Gedanken, an der Seite eines Pädophilen zu leben, ohne es zu wissen. Oder war das doch die barmherzigere Alternative? Sie hatte einige Male miterlebt, wie schockierend die Erkenntnis für die Ehefrau eines Pädophilen war. Eine Frau hatte sich geweigert, die Wahrheit zu akzeptieren, selbst dann noch, als die Tat bewiesen und der Mann vor Gericht verurteilt worden war. Aber sie war unter den Frauen, denen Paula in diesem Zusammenhang begegnet war, die älteste und hatte keine Jahrzehnte mehr zu leben, vielleicht nicht einmal eines. Sie hatte als Siebzigjährige erfahren, dass mehr als die Hälfte ihres Lebens auf einer Lüge basiert hatte, und es war zu spät für sie, ein neues Leben anzufangen. Paula wollte die Frau nicht dafür verurteilen, dass sie unfähig war, die Wahrheit zu akzeptieren.

Sie bemühte sich, ihre Abneigung gegen Pertti Takala vorübergehend zu vergessen und die Wartezeit zu nutzen.

»Hat Otto je mit Ihnen über seine häuslichen Verhältnisse gesprochen?«, fragte sie.

»Nein. Weder mit mir noch mit Saara. Aber er hatte immer Hunger«, antwortete Takala.

Paula war machtlos dagegen, dass es sie wieder schauderte. Otto Paljakkas problematisches Zuhause hatte ihn zu einem leichten Opfer für den scheinbar netten Onkel aus der Nachbarschaft gemacht. Wahrscheinlich hatte der Junge das Gefühl gehabt, Takala zu Dank verpflichtet zu sein, und deshalb keinem von dem Missbrauch erzählt.

Bis Kaarina Alanne kam, die vermutlich genau die richtigen Fragen gestellt hatte.

»Sind Sie gelegentlich Ottos Mutter begegnet? Kannten Sie sie näher?«, fragte Paula.

Takala schüttelte den Kopf.

»Sie hat Saara auf der Straße gegrüßt, und gelegentlich hat Saara Otto bis an die Haustür begleitet, weil sie gern hineingegangen wäre, um zu sehen, wie es dort zuging. Aber Otto hat sie immer daran gehindert. Und ohne Erlaubnis darf man ja keine fremde Wohnung betreten, das wäre Hausfriedensbruch.«

Takala hielt Hausfriedensbruch zweifellos für ein schwereres Verbrechen als den Missbrauch von Kindern.

»Und Ottos Freunde?«, zwang Paula sich fortzufahren. »Haben Sie sie jemals gesehen oder getroffen?«

»Getroffen nicht. Aber ich habe sie oft gesehen, wenn sie bei uns vorbeigingen.«

»Erinnern Sie sich an sie?«

»So gut wie gar nicht. Ich weiß nur noch, dass auch ein Mädchen dabei war. Früher haben Jungen und Mädchen nicht miteinander gespielt.«

Paula war versucht, ihm zu widersprechen, denn sie selbst hatte immer mehr mit Jungs als mit Mädchen gespielt. Aber Pertti Takala war an die dreißig Jahre älter als sie.

Karhu spähte herein und winkte Paula auf den Flur.

»Nichts«, sagte er, als Paula die Tür zum Vernehmungsraum hinter sich geschlossen hatte. »Nicht einmal eine Strafe für zu schnelles Fahren.«

»Na, warten wir noch ab, was Hartikainen herausfindet«, meinte Paula.

»Sein Fischzug war auch erfolglos«, entgegnete Karhu. »Ich habe ihn gerade angerufen, er ist noch in Herttoniemi, wo Takalas Freund wohnt. Aber offenbar hat Takala die Wahrheit gesagt.«

Nach Hartikainens Auskunft gab es dafür außer dem Wort des Freundes noch weitere Beweise. Die Männer hatten im Schrebergarten gesüffelt, und der Freund hatte im Lauf der Nacht bis in die frühen Morgenstunden mit seinem Handy mehrere Fotos gemacht.

»Natürlich ist es möglich, dass er die Aufnahmen bearbeitet oder mindestens das Datum manipuliert hat«, sagte Karhu hoffnungsvoll, aber Paula schüttelte den Kopf.

Der Gedanke, dass Pertti Takala seinen Freund schon im Voraus dazu gebracht hatte, ihm ein falsches Alibi zu verschaffen, war zu weit hergeholt.

»Sag Hartikainen, er soll das Handy vorsichtshalber untersuchen lassen. Das kann er mit diesem Freund genauer abmachen. Aber wir lassen Takala jetzt nach Hause gehen.«

»Im Ernst? Könnten wir ihn nicht wenigstens für eine Nacht in die Zelle sperren?«, fragte Karhu.

Paula verstand ihn gut, schüttelte aber wieder den Kopf. Sie hatten keinen Grund, Takala eines Verbrechens zu verdächtigen – abgesehen von dem einen, das verjährt war.

»Wenn wir anfangen, Leute nur deshalb einzusperren, weil sie Arschlöcher sind, haben wir bald keine freien Zellen mehr«, sagte sie.

Sie öffnete die Tür zum Vernehmungsraum und teilte Pertti Takala mit, er könne gehen. Der Mann ließ sich nicht zweimal bitten. Er vermied jeden Blickkontakt, als er aufstand und zur Tür ging.

»Ich behalte Sie im Auge«, sagte Karhu leise, fast flüsternd, als Pertti Takala an ihm vorbeikam.

Paula wusste, dass Karhu in Wahrheit keine Möglichkeit hatte, Takala im Auge zu behalten, nahm aber keinen Anstoß an der sanft ausgesprochenen Drohung. Vielleicht würde Takala sich besser im Zaum halten, wenn er fürchtete, dass Karhu ihn für seine Taten zur Verantwortung ziehen würde.

»Schaffen Sie es allein nach Hause?«, fragte Paula.

Takala nickte peinlich berührt, als würde es ihn beschämen, dass sie um seine Sicherheit besorgt war.

»Ich bringe Sie nach draußen«, fügte Paula hinzu.

Sie ging vor dem Mann her und überlegte, was sie ihn noch fragen könnte. Vielleicht verfügte er, ohne es zu wissen, über eine Information, die bei der Ermittlung nützlich wäre. Es war bedauerlich, dass seine Frau nicht mehr lebte.

»Fällt Ihnen noch irgendetwas ein, was Ihre Frau über Otto oder über seine Mutter gesagt hat?«, unternahm Paula noch einen Versuch, als sie bereits in der Eingangshalle waren.

Takala verlangsamte seine Schritte und schien ernsthaft nachzudenken. Dann lächelte er leicht.

»Nichts Besonderes. Aber mir kam gerade in den Sinn, dass Saara manchmal am Küchenfenster stand und sagte: ›Zum Glück sind da drüben Köpfe zu sehen.‹«

»Was heißt das?«

»Dass Ottos Freunde bei ihm waren. Saara fand es traurig, dass der kleine Junge so oft mit seiner kranken Mutter allein war.«

»Konnte man von Ihrem Küchenfenster also direkt in ihren Garten sehen?«, fragte Paula.

»Nein, die Hecke war damals schon ziemlich hoch. Aber vom Fenster aus konnte man gerade noch ihre Köpfe auftauchen sehen, wenn sie dort gespielt haben.«

»Wo?«

»Auf der Wippe natürlich.«

Paula blickte Pertti Takala nach, als er mit krummem Rücken die Vortreppe hinunterging.

Im Garten von Otto Paljakkas Elternhaus hatte es also eine Wippe gegeben. Aber so war es damals bestimmt in vielen Gärten gewesen. Um eine einfache Wippe zu bauen, brauchte man nur einen stabilen Balken und einen passenden Holzklotz oder ein anderes Podest, auf das man den Balken legen konnte.

Sie waren wieder am Ausgangspunkt. Es gab eine Wippe und zwei Erhängte, die nur ein lange zurückliegender Selbstmord miteinander verband.

Der Täter hatte versucht, den Mord an Kaarina Alanne als Selbstmord zu tarnen, denn das Brett war vom Tatort entfernt worden. Otto Paljakka dagegen war unübersehbar über einer Wippe aufgehängt worden. Warum?

Für den Mord an Alanne wäre der Täter ungeschoren davongekommen, wenn er seine Tat nicht wiederholt hätte.

Aber war der Spuk damit beendet, oder hatte der Täter noch mehr vor?

13

Brief Nummer 29

Mein lieber Sohn Pauli,

heute war der aufregendste Tag meines Lebens. Vielleicht kann sich nur der Tag, an dem du geboren wurdest, mit ihm messen. Ich hatte herausgefunden, wo ihr wohnt, du und deine Familie. (Wie, verrate ich nicht, denn ich hätte es nicht tun dürfen.) Ich wollte nur an eurem Haus vorbeifahren und es mir ansehen. Also fuhr ich eure Straße entlang und verlangsamte bei eurem Haus das Tempo. Und da ging die Haustür auf.
Ich musste am Straßenrand anhalten. Zuerst kam dein Vater heraus. Und dann du! Ich habe dich sofort erkannt. Ein schmächtiger zwölfjähriger Junge. In blauem Trikot und weißen Shorts. Deine Spielernummer war die 13.
Du siehst genauso aus wie dein Onkel.
Ich werde selten nervös, überraschende Situationen machen mir nichts aus. Normalerweise bin ich die Ruhe selbst. Aber meine Hände fingen an zu zittern, obwohl ich das Lenkrad umklammerte. Dann brach ich in Tränen aus. Ich weiß nicht, ob vor Trauer oder vor Freude.
Ihr seid in ein weißes Auto gestiegen, dein Vater und deine Mutter vorn, du hinten. Und ich bin euch gefolgt, auf dem ganzen Weg zum Fußballplatz habe ich deinen Nacken betrachtet.

Am Spielfeldrand wuselten deine Eltern um dich herum, du sahst verlegen aus, wie Jungs in deinem Alter aussehen, wenn ihre Freunde und ihre Eltern gleichzeitig da sind. Auch ich hätte dir am liebsten geholfen, als du deine Fußballschuhe zugeschnürt hast. Als das Spiel anfing, mischte ich mich unter die anderen Eltern. Ich stand mit sachverständiger Miene da, die Arme vor der Brust verschränkt, und hoffte, dass keiner fragen würde, wessen Mutter ich bin.
Du hast zuerst auf der Ersatzbank gesessen und ab und zu für kurze Zeit als Außenverteidiger gespielt. Du warst nicht besonders gut, das habe ich gemerkt. Wahrscheinlich bist du in letzter Zeit in die Höhe geschossen und bewegst dich deshalb ein bisschen unbeholfen. Es sah rührend aus. Deine Eltern haben dich laut angefeuert, wenn du im Spiel warst. Vielleicht ein wenig zu laut, hatte ich das Gefühl. Ich glaube nicht, dass du so viel Aufmerksamkeit wolltest. Trotzdem hast du dich gut gehalten. Deine Mannschaft hat gewonnen.
Nach dem Spiel stand ich am Tor und tat, als würde ich auf jemanden warten. Und dann kamst du, zwischen deinen Eltern. Dein Vater hatte einen Arm um deine Schultern gelegt, er schien dich sehr zu loben. Da am Tor habe ich dich angelächelt, als du zufällig zu mir geschaut hast. Und du hast zurückgelächelt!
Sicher war dieses Lächeln nicht für mich bestimmt. Vielleicht bist du immer so, mit einem melancholischen Lächeln auf dem Gesicht. Ein bisschen unsicher.
Ich musste quer über das Spielfeld in die andere Richtung gehen, damit mir keiner begegnete. Ich wollte nicht, dass jemand meine Tränen sah. Und ich wusste wieder nicht, ob ich vor Freude oder vor Trauer weinte.
Vielleicht aber doch mehr vor Freude.

Mutter

MITTWOCH

Schwipp schwapp. Schwipp schwapp.
Auf und ab.
So wippt man.
Damit der eine oben sein kann,
muss der andere unten sein.
Und nur von oben sieht man weit.

1

Eine Amsel sang.

Die Amsel war einer der wenigen Vögel, deren Gesang Paula erkannte. Sie sah sich in der Morgendämmerung nach dem Vogel um, entdeckte ihn aber nicht. Hinter dem Spielplatz wuchs dichtes, noch unbelaubtes Gebüsch, in dessen Schutz die Amsel ihre rasch auf- und absteigende Melodie zwitscherte.

»Kein Kind in diesem Alter ist vermisst gemeldet«, sagte der Streifenpolizist.

Paula richtete den Blick wieder auf die Leiche, die neben den Schaukeln lag. Das orangefarbene Nylonseil war durchtrennt worden, zuerst oben, als man den Jungen heruntergeholt hatte, dann unten, als man vor dem Wiederbelebungsversuch das Seil von seinem Hals gelöst hatte.

Die Augen des Jungen waren geschlossen. Er hatte leicht wirre, halblange Haare und trug einen grauen Hoodie, Jeans und Turnschuhe. Für dieses Wetter war er zu leicht angezogen, denn Paula fror selbst im Mantel.

Dreizehn, schätzte Paula. Höchstens fünfzehn.

Sie war kurz vor dem Rechtsmediziner eingetroffen, der seine Untersuchungen so langsam durchführte wie immer, vielleicht sogar noch langsamer. Alle Anwesenden schienen eine zusätzliche Last zu tragen. Paula hatte diese Atmosphäre schon oft erlebt.

Es war die Last, die der Tod eines unschuldigen Kindes mit sich brachte.

»Der Temperatur nach ist der Tod gegen Mitternacht eingetreten«, sagte der Rechtsmediziner leise, nachdem er ein Tuch über die Leiche gebreitet hatte.

»Er hat einen Schlag auf den Hinterkopf bekommen. Mit einem stumpfen Gegenstand.«

Vielleicht mit einem Stein, dachte Paula und sah sich um. Sie wies den Streifenpolizisten an, den ganzen Spielplatz abzusperren, denn zunächst hatte man das Absperrband in aller Eile quer über den Platz gezogen, sodass es nur das Schaukelgestell und das kleine Karussell am hinteren Ende abtrennte.

Das Handy des Jungen war beim Karussell gefunden worden – zumindest stand zu vermuten, dass es ihm gehörte. Vielleicht war er in der Nähe des Karussells niedergeschlagen worden, und das Handy war aus seiner Hand in den Sand gefallen. Darüber würde die forensische Untersuchung Aufschluss geben.

Der Streifenpolizist hatte das Handy in einen Plastikbeutel gesteckt. Paula zog Schutzhandschuhe an, begriff dann aber, dass das Smartphone ohne Fingerabdruck nicht funktionieren würde. Andererseits würde es sich vielleicht ohnehin nicht entsperren lassen. Die Identität des Jungen musste jedoch so schnell wie möglich festgestellt werden, also war es einen Versuch wert.

Paula nahm das eingetütete Handy mit und bat den Rechtsmediziner, noch einen Moment zu warten. Dann ging sie über den Spielplatz zu ihrem Auto, das sie am Tor neben dem Streifenwagen geparkt hatte. Sie setzte sich auf den Beifahrersitz, öffnete das Handschuhfach und holte ein Gerät heraus, mit dem man den Touchscreen benutzen konnte, ohne ihn zu berühren.

Der Sperrbildschirm war nicht aktiviert. Paula seufzte erleichtert auf und tippte mit dem Gerät auf den grünen Hörer. Als Oberstes auf der Liste der letzten Anrufe stand »Mama«.

Paula holte die Nummer der Mutter auf das Display und startete eine schnelle Suche mit ihrem eigenen Handy. Die Nummer war nicht geheim.

Sie seufzte erneut – vor Erleichterung, aber auch wegen der Trauer.

Wegen der Trauer, die sie bald überbringen musste.

2

Nach dem ersten Klingeln rührte sich nichts. Paula klingelte erneut, dann noch einmal. Nach einer Weile hörte sie ein Poltern und eine gedämpfte Stimme, als wäre jemand gegen etwas gestoßen und hätte geflucht.

Der Frau, die die Tür öffnete, war auf den ersten Blick anzusehen, dass sie in voller Bekleidung geschlafen hatte. Ihre Bluse war zerknittert, und an einer Wange hatte sie einen seltsamen roten Abdruck.

»Was?«, fragte die Frau.

Paula zeigte ihre Dienstmarke vor und bat, hereinkommen zu dürfen.

»Warum?«

Paula wiederholte ihre Bitte, ohne eine Erklärung abzugeben. Die Frau schien zuerst protestieren zu wollen, trat dann aber von der Tür in die dunkle Diele zurück. Dabei stieß sie wieder gegen etwas, das sich als offene Klotür erwies, als es ihr endlich gelang, das Licht einzuschalten.

»Scheiße«, zischte die Frau. »Entschuldigung«, fügte sie dann hinzu und winkte Paula, ihr zu folgen.

Die Frau machte Licht im Wohnzimmer, das am Ende des Flurs auf der rechten Seite lag. Links befand sich die Küche, die sauber aussah, aber der Weinkarton auf dem Spültisch bestätigte, was Paula von Anfang an vermutet hatte.

Die Frau setzte sich unsicher auf das Sofa. Auch das Wohnzimmer war sauber, auf dem Couchtisch standen zwei Weingläser, auf dem Boden lag ein heller, fleckenloser Haargarnteppich.

Paula betrachtete erneut das Gesicht der Frau und dann den Teppich. Die Frau hatte offensichtlich mit der linken Wange nach unten auf dem Teppich geschlafen.

»Es tut mir leid, dass ich Sie um diese Zeit stören muss«, sagte Paula.

»Wie spät ist es denn?«

»Halb sechs.«

Die Frau räusperte sich. Paula nahm auf einem weichen Sessel ihr gegenüber Platz.

»Sie haben einen zwölfjährigen Sohn namens Jere«, sagte sie.

Name und Alter des Jungen hatten sich leicht herausfinden lassen, nachdem man die Mutter des Handybesitzers identifiziert hatte. Die Frau nickte. Sie war zweifellos noch nicht ganz nüchtern und strengte sich an, um zu verstehen, was sie gefragt wurde und warum.

Paula holte den Beutel mit dem Smartphone aus der Tasche und legte ihn vor der Frau auf den Couchtisch.

»Hat Jere so ein Handy?«

Die Frau wurde schlagartig munter und beugte sich vor, um das Handy aus der Nähe zu betrachten.

»Es sieht aus wie seins. Wo wurde es gefunden? Hat Jere es wieder verloren?«

»Es wurde auf dem Spielplatz gefunden, fünfhundert Meter von hier. Wissen Sie, wo Jere ist?«

»Er schläft«, antwortete die Frau.

»Könnten Sie nachsehen, ob er in seinem Zimmer ist?«, bat Paula.

Die Frau sah sie verwundert an, stand aber auf. Sie schlich fast um die Ecke, als wäre ihr plötzlich eingefallen, dass man nachts leise sein muss, damit das Kind schlafen kann. Paula hörte, wie eine Tür leise geöffnet und das Licht angeknipst wurde. Dann wurde die Tür weniger leise zugeschlagen und die Frau stürmte ins Wohnzimmer zurück.

»Jere ist nicht da«, sagte sie atemlos. »Wo ist er?«

Paula musterte das Gesicht der Frau, auf dem sich bereits Entsetzen spiegelte.

Dasselbe Entsetzen, das Paula schon so oft gesehen hatte.

»Es tut mir sehr leid, aber ich muss Ihnen mitteilen, dass wir auf dem Spielplatz einen verstorbenen Jungen gefunden haben. Aufgrund des Handys vermuten wir, dass es sich um Jere handelt.«

Paula vermied bewusst das Wort Leiche.

»Nein«, sagte die Frau plötzlich voller Überzeugung. Auch diese Reaktion kannte Paula.

»Es wäre mir lieb, wenn Sie mitkämen, damit wir Gewissheit haben«, bat sie mit ihrer sanftesten Stimme.

»Gehen wir«, sagte die Frau resolut.

In der Diele blieb sie jedoch stehen und bat Paula zu warten. Sie öffnete die Tür neben der Küche und ging in das Zimmer. Die Tür blieb jedoch angelehnt, sodass Paula hörte, wie die Frau jemanden zu wecken versuchte, zuerst flüsternd, dann etwas lauter.

»Scheiße«, sagte die Frau schließlich und kam in die Diele zurück.

Paula wunderte sich nicht mehr darüber, dass der auf dem Spielplatz gefundene Junge nicht vermisst gemeldet worden war.

3

Karhu war wie immer pünktlich um acht zur Arbeit erschienen, aber Paula hatte ihn nicht in den Besprechungsraum gelassen, sondern gesagt, die Besprechung beginne um neun Uhr und bis dahin habe sie noch einiges vorzubereiten.

In Wahrheit wollte sie nur noch eine Weile ungestört nachdenken. Die Fotos hatte sie schon auf dem Tisch geordnet, und das war nach außen hin die einzige Vorbereitung, die sie für die Sitzung erledigen musste.

Weitaus schwieriger war es dagegen, ihre Gedanken zu ordnen.

Sie hatte in der Nacht keinen ihrer Kollegen zum Tatort gerufen und war jetzt froh darüber. Sie wollte, dass alle drei Männer ihres Teams gleichzeitig dieselben Informationen bekamen und sich ein Bild von der Lage machten.

Außer den Fotos lag auf dem Tisch der vorläufige Bericht des Rechtsmediziners. Paula hatte ihn gebeten, ihr den Bericht unverzüglich zu schicken, und er hatte erstaunlicherweise nicht protestiert.

Um Punkt neun Uhr klopfte es leise an die Tür zum Besprechungszimmer, und Karhu spähte herein.

»Komm ruhig«, sagte Paula und stellte fest, dass Karhu wieder die Schuhe ausgezogen hatte.

Das war eine seltsame Angewohnheit in einem Büro, in dem Schmutzfinken wie Renko und Hartikainen hemmungslos in verschlammten Schuhen herumstiefelten. Nach Paulas Vermutung war Karhu zu Hause so streng erzogen worden, dass er aus Versehen ab und zu auch am Arbeitsplatz die Schuhe auszog.

Sie war gerührt, wenn sie sich diesen Schrank von einem Mann als kleinen Jungen vorstellte, dem man immer wieder, vielleicht in wütendem Ton, befohlen hatte, die Schuhe auszuziehen.

Karhu setzte sich an seinen üblichen Platz und verschränkte die Hände auf dem Tisch. Paula merkte, dass er verstohlene Blicke auf die Fotos warf.

»Haben sich die anderen schon blicken lassen?«, fragte sie.

»Blicken nicht, aber hören«, antwortete Karhu lakonisch.

Im selben Moment ertönte Renkos Stimme auf dem Flur.

»Natürlich muss ein Boxer fähig sein, die Absichten seines Gegners zu erkennen. Und ein Langstreckenläufer muss die richtige Strategie wählen und sich entscheiden, ob er die anderen durch sein Tempo mürbe macht oder sich auf den Endspurt verlässt. Insofern hast du recht. Aber mit dem Rasenschach ist das trotzdem nicht zu vergleichen«, sagte Renko beim Hereinkommen.

Paula wartete geduldig, bis die beiden ihre Plätze am Tisch eingenommen hatten, die üblichen, sodass auch Hartikainen diesmal alles hörte.

»Was ist das?«, fragte Hartikainen, als er die Fotos auf dem Tisch bemerkte. »Ein neues Opfer?«

»Warst du mit Karhu vor Ort?«, erkundigte sich Renko. In seiner Stimme schwang ein Hauch von Besorgnis mit.

»Ich wurde in der Nacht informiert und bin allein hingefahren«, sagte Paula.

Renko wirkte zufrieden und entschied sich, zur Sache zu kommen.

»Worum geht es?«

»Ein Passant hat das Opfer um halb fünf Uhr morgens auf einem Spielplatz in Vuosaari entdeckt. Das Opfer ist der zwölfjährige Jere Sallinen. Er wurde am Schaukelgestell erhängt.«

»Also keine Wippe«, sagte Renko.

»Nein. Auf dem Spielplatz gibt es keine.«

»Selbstmord?«, fragte Hartikainen.

»Nein, er ist auf den Hinterkopf geschlagen worden. Der Rechtsmediziner meint, der Junge sei möglicherweise bewusstlos gewesen, als er erhängt wurde«, antwortete Paula.

»Ein Zwölfjähriger«, sagte Hartikainen leise.

»Ich möchte, dass ihr euch die Fotos anseht und den Bericht lest und dann eure Meinung dazu äußert«, sagte Paula.

»Das Seil ist jedenfalls von der gleichen Art«, meinte Renko und sah Paula fragend an.

Paula antwortete nicht. Sie wollte die Auffassungen der anderen nicht beeinflussen.

»Hat der Junge irgendeine Verbindung zu Otto Paljakka oder Kaarina Alanne?«, fragte Renko.

Karhu schnaubte vernehmlich, um zu zeigen, dass er die Frage zu diesem Zeitpunkt unsinnig fand. Paula erklärte, darüber könne man im Moment noch nichts sagen, aber zumindest der Mutter des Opfers seien die Namen unbekannt gewesen.

»Den Vater konnte ich noch nicht befragen«, fügte sie hinzu.

»Gibt es bei den Eltern irgendetwas Spezielles?«, fragte Hartikainen.

»Ich habe nur eine schnelle erste Überprüfung gemacht, demnach haben die Eltern jedenfalls keine Vorstrafen«, antwortete Paula. »Aber ob es zum Beispiel Anzeigen beim Kinderschutz gegeben hat, weiß ich noch nicht. Möglich wäre es, denn die Eltern schliefen ihren Rausch aus, als ich die Trauerbotschaft überbracht habe. Der Vater war nicht mal wach zu bekommen.«

Einen Moment lang wurde es ganz still. Dann begannen die Männer wie auf Verabredung, die Fotos zu betrachten, die am frühen Morgen auf dem Spielplatz gemacht worden waren.

Nach der Identifizierung der Leiche hatte man Jeres Mutter ins Krankenhaus bringen müssen. Man hatte erneut versucht, Jeres Vater zu wecken, aber er hatte nicht auf das Klingeln reagiert. Daraufhin hatte Paula ihm eine Textnachricht geschickt, er solle sich unverzüglich mit der Polizei in Verbindung setzen.

»Keine Anzeichen für sexuelle Gewalt«, las Hartikainen aus dem Bericht des Rechtsmediziners vor. »Der Tod ist gegen Mitternacht eingetreten. Was hat ein Kind in dem Alter so spät noch draußen zu suchen?«

»Nach Aussage der Mutter haben die Eltern nicht gemerkt, dass Jere das Haus verlassen hat«, berichtete Paula.

»Also zu der Zeit schon blau«, murmelte Karhu.

»Der Mutter zufolge hielt Jere sich meistens in seinem Zimmer auf«, fügte Paula hinzu.

»Wundert mich gar nicht«, sagte Karhu.

»Wer möchte anfangen?«, fragte Paula. »Hartsu?«

Hartikainen schien zufrieden, als Erster nach seiner Meinung gefragt zu werden.

»Einige Aspekte gleichen denen bei Paljakka und Alanne«, begann er. »Aber ich glaube trotzdem nicht, dass es eine Verbindung zu den beiden Fällen gibt.«

»Warum nicht?«

»Das Opfer war ein Kind und wurde niedergeschlagen. Außerdem fehlt der Wippbalken, und der ist ja der augenfälligste gemeinsame Faktor bei den anderen Morden«, erklärte Hartikainen.

»Aber das Seil ist von der gleichen Art«, wandte Renko ein. »Und die Todesursache. Außerdem ist der Tatort ein Spielplatz, wie bei Paljakka.«

»Ich denke, das hat nichts zu bedeuten«, meinte Karhu. »Spielplätze gibt es überall in Helsinki. Der Junge hat sich heimlich aus dem Haus geschlichen, ist auf den Spielplatz gegangen und zufällig irgendeinem Gewalttäter zum Opfer gefallen.«

»Vielleicht war er ein zufälliges Opfer«, sagte Renko. »Aber ich glaube, dass es derselbe Täter war.«

»Warum?«, fragte Paula.

»Zu viele verbindende Faktoren, auch wenn die Wippe fehlt.«

»Gut«, sagte Paula und stand auf. Sie ging an die Tafel und schrieb drei Namen an den oberen Rand: Alanne, Paljakka, Sallinen. Zwischen Alanne und Paljakka malte sie einen Pfeil mit zwei Spitzen als Zeichen dafür, dass die beiden sich gekannt hatten.

»Stellen wir mal die verbindenden und die trennenden Faktoren zusammen.«

Als Erstes schrieb sie unter jeden Namen die Worte »Nylonseil« und »Erhängen«, dann unter Alanne und Paljakka »Wippbalken« und unter Paljakka und Sallinen »Spielplatz«.

Dem Rechtsmediziner zufolge war Paljakka wahrscheinlich etwas injiziert worden, denn an seinem rechten Oberschenkel hatte man einen Nadelstich gefunden. Das würde auch erklären, wie der Täter es geschafft hatte, den großen, starken Mann über den Wippbalken gehen zu lassen. Paula schrieb unter Paljakkas Namen das Wort »betäubt« und setzte nach kurzem Überlegen ein Fragezeichen dahinter. Bei Alannes Wortliste fügte sie »todkrank« hinzu, bei Sallinen »bewusstlos geschlagen«.

»Was müssen wir noch beachten?«, fragte sie dann.

»Die Zeitschiene«, meinte Hartikainen. »Zwischen den beiden ersten Morden liegen mehrere Wochen, aber zwischen dem zweiten und dem dritten nur zwei Tage.«

»Worauf deutet das eurer Meinung nach hin?«, fragte Paula.

Jetzt näherten sie sich dem Punkt, über den sie den ganzen Morgen nachgedacht hatte. Aber sie wollte hören, ob außer ihr noch jemand auf dieselbe Idee kam.

»Hmm, ist der Mord an Paljakka jetzt sozusagen der, mit dem die anderen quasi verglichen werden?«, fragte Renko.

»Eine verdammt gute Frage«, antwortete Paula. »Ganz so hatte ich es nicht gedacht, aber ja, in gewisser Weise schon. Was hat dich darauf gebracht?«

»Bei dem Mord an Paljakka sind alle Elemente dabei«, erklärte

Renko selbstzufrieden. »Und wie Pertti Takala gestern ausgesagt hat, gab es im Garten von Paljakkas Elternhaus eine Wippe. Das kann einfach kein Zufall sein.«

»Aber nach wie vor fehlt bei dem Mord an Jere Sallinen die Wippe ganz und gar«, beharrte Hartikainen.

»Warum?«, fragte Paula.

»Weil der Fall Sallinen nichts mit den anderen Morden zu tun hat«, sagte Hartikainen.

»Fällt dir ein anderer Grund ein?«, wandte Paula sich an Renko, der jedoch nur mit den Schultern zuckte.

Auch Karhu und Hartikainen schwiegen, Hartikainen wirkte leicht verärgert. Paula wartete noch einen Augenblick, bevor sie zu der langen Antwort auf ihre eigene Frage ansetzte.

»Ich bin gestern über etwas gestolpert, als wir uns den Wippbalken angesehen haben, den Hartikainen aufgebaut hatte. Ich bin aber ums Verplatzen nicht darauf gekommen, was es war«, erklärte sie. »Erinnerst du dich, Renko, was du in der Halle über Kaarina Alanne gesagt hast?«

Renko ließ den Blick über die Wand schweifen, als suchte er dort nach der Antwort. Dann schüttelte er den Kopf.

»Der Wippbalken wurde mit einer Puppe getestet, die ungefähr so groß und schwer ist wie Paljakka«, fuhr Paula fort. »Du hast angemerkt, dass Alanne nur halb so viel wog und man deshalb für sie ein eigenes Testexemplar braucht. Heute früh fiel mir das Wort wieder ein, Testexemplar, und da habe ich begriffen, wieso ich darüber gestolpert bin.«

An Renkos Miene erkannte Paula, dass sich die Einzelheiten in seinem Kopf auf die gleiche Weise zusammenfügten wie bei ihr vor zwei Stunden.

»Eine Testperson, genau!«, rief Renko aus. »Er hat Alanne als Testperson benutzt.«

»Aber nicht unbedingt bewusst«, sagte Paula.

»Nein«, setzte Renko seine Überlegungen fort. »Nicht unbedingt. Vielleicht wollte er es zu dem Zeitpunkt nur mal probieren. Der selbst gezimmerte Wippbalken im Wald …«

»… den er außerdem weggeräumt hat«, merkte Paula an. »Wenn die anderen Morde nicht passiert wären, würde Alannes Tod immer noch als Selbstmord gelten.«

»Alanne war ein leichtes Opfer«, meinte Renko.

»Todkrank.«

»Vielleicht hat er Alanne gewählt, weil sie nichts zu verlieren hatte«, überlegte Renko. »Er wollte jemanden ermorden, dessen Tod möglichst wenig Schaden anrichtet.«

Bisher hatten Karhu und Hartikainen das Gespräch verfolgt wie ein Tennisspiel. Doch nun mischte Karhu sich plötzlich ein.

»Kann man sagen, dass Alannes Tod möglichst wenig Schaden angerichtet hat? Der Wert eines Menschenlebens ist nicht relativ«, erklärte er fast feierlich.

»Im Prinzip stimmt das natürlich«, räumte Renko ein. »Aber Alanne hatte keine Angehörigen und wusste, dass sie auf jeden Fall bald sterben würde.«

»Meinst du, der Mörder hätte am Anfang auf irgendeine abstruse Weise ethisch gehandelt?«, fragte Paula. »Das glaube ich nämlich nicht. Im Gegenteil, ich glaube, er hat Alanne deshalb gewählt, weil es leichter war, sie auf den Balken und in die Schlinge zu bringen. Bei Paljakka gilt das Gegenteil, er war groß und stark.«

»Könnte es also doch sein, dass der Mord an Alanne tatsächlich eine gezielte Übung für den Mord an Paljakka war?«, überlegte Renko.

»Auch das ist möglich«, erwiderte Paula. »Jedenfalls bin ich mir sicher, dass wir nach einem Serienmörder suchen.«

Wieder breitete sich Stille aus, doch diesmal war sie eher gespannt als traurig.

Auch ohne zu fragen, wusste Paula, dass dies für sie alle das erste Mal war. Serienmörder waren in Finnland so selten, dass die meisten Mordermittler nie mit ihnen zu tun bekamen. Mit anderen Worten, keiner im Team hatte Erfahrung im Aufspüren eines Serienmörders.

»Aber was ist jetzt mit dem Kind?«, insistierte Hartikainen. »Bleibt der Tathergang bei Serienmördern nicht immer gleich? Die Wippe fehlt.«

»Die Mordmethode ist Erhängen«, erwiderte Paula. »Sie ist bei allen gleich.«

»Aber der Junge hat auch nichts mit Alanne oder Paljakka zu tun«, fuhr Hartikainen fort. »Tatsächlich sind alle Opfer unterschiedlich, steht das nicht auch im Widerspruch zu dem, was man allgemein über Serienmörder weiß?«

Die Opfer waren wirklich völlig unterschiedlich: eine schmächtige alte Frau, ein kräftiger Mann in mittleren Jahren, ein Junge in der Vorpubertät. Auch darüber hatte Paula in den Morgenstunden nachgedacht und war zu dem Ergebnis gelangt, dass sie zwei Hauptermittlungslinien brauchten.

»Wir machen es jetzt so«, sagte sie in einem Ton, der keinen Widerspruch zuließ. »Hartikainen und Karhu, ihr untersucht die Morde an Alanne und Paljakka aus dem Blickwinkel, dass der Mord an Jere Sallinen nichts mit ihnen zu tun hat. Ihr lasst ihn also völlig außen vor und macht mit dem weiter, was wir bisher getan haben, das heißt, ihr versucht eine Person zu finden, die ein Motiv für die beiden ersten Taten haben könnte. Ich betone, dass ihr ein glaubhaftes Motiv für beide Taten finden müsst.«

Sowohl Hartikainen als auch Karhu bemühten sich so offenkundig, keine Miene zu verziehen, dass Paula ihren Verdruss ahnte. Aber daran war jetzt nichts zu ändern.

»Renko und ich untersuchen, ob es irgendeine Verbindung zwischen Jere Sallinen und Alanne oder Paljakka gibt oder ob er zufällig das Opfer des Serienmörders wurde. Wir behandeln den Fall als Teil der Mordserie desselben Täters, bei der es nicht unbedingt für alle Taten ein anderes Motiv gibt als das Morden an sich.«

»Yes«, sagte Renko, als hätte er gerade einen Test bestanden.

Und so war es in gewisser Weise auch. Paula wusste, dass sie Renko bei ihrer eigenen Ermittlungslinie brauchte, das hatte auch diese Besprechung gezeigt. Renko hatte die ungehemmteste Denkungsart.

»Ich selbst neige im Moment am stärksten zu der Vermutung, dass der Mörder die beiden ersten Opfer kannte, seine Tätigkeit jetzt aber ausweitet«, erklärte Paula. »Vielleicht hatte er es anfangs nicht so geplant.«

»Er beschleunigt sein Tempo«, meinte Renko. »Mit der Wippe wird die Sache zu mühsam. Er hat sie aufgegeben.«

Hartikainen verdrehte die Augen, und Paula hatte das Gefühl, dass die Geste diesmal nicht nur Renko galt, sondern auch ihr. Sie wusste, dass sie in den Morgenstunden ziemlich zügellos ihre Schlüsse gezogen hatte, was ihr selbst ein wenig Angst einjagte. Von nun an musste sie sich bemühen, ihre Gedanken im Zaum zu halten, und das Ideenfeuerwerk Renko überlassen.

Jedenfalls hatte Renko den Punkt angesprochen, den sie in allererster Linie berücksichtigen mussten.

»Er beschleunigt das Tempo«, sagte Paula. »Und das heißt, dass auch wir uns beeilen müssen.«

4

Eine Krähe fliegt vom Dach auf. Der Junge beobachtet ihren Flug vom Baumwipfel aus. Die Krähe lässt das Wohnviertel hinter sich und lenkt den Blick des Jungen auf das Straßenende. Sie verschwindet hinter der gepflegten Hecke des letzten Hauses, aber zu dem Zeitpunkt hat der Junge schon das rote Hemd erkannt, das zwischen den Bäumen auf der Straße aufgetaucht ist. Er klopft dem Mädchen auf die Schulter und zeigt mit dem Finger auf den Neuankömmling.

Der Junge in dem roten Hemd kommt zielstrebig in den Garten. Der Junge auf dem Baum legt einen Finger an die Lippen, um dem Mädchen zu zeigen, dass es still sein soll. Das Mädchen kichert noch einmal, bevor es verstummt.

Der Junge in dem roten Hemd blickt sich um. Er bemerkt das Fahrrad auf dem Rasen und hebt es auf. Dann hebt er das Hinterrad vom Boden, tritt dagegen, stellt fest, dass es sich dreht. Aber die Kette müsste geölt werden. Er trägt das Fahrrad zum Haus und lehnt es an die Wand.

Er blickt zur Tür, geht die Vortreppe aber nicht hinauf. Er hat die beiden im Baum längst entdeckt, tut aber so, als hätte er sie nicht bemerkt. Nachdem er eine Weile im Garten herumgelaufen ist, setzt er sich ans Ende der Wippe. Er stößt sich ab, versetzt die Wippe in Schwung, kracht aber gleich wieder auf die Erde. Er wiederholt die Bewegung ein paarmal, dann bleibt er ruhig sitzen.

Der Junge im Baum pfeift. Das Geräusch gleicht dem leisen Ton einer Blockflöte. Er hat gerade erst angefangen, pfeifen zu lernen.

Der Junge im roten Hemd reagiert nicht, der Pfiff geht im Getöse eines Rasenmähers unter.

Als Nächstes ruft der Junge wie eine Eule. Nun legt der Rothemdige eine Hand an die Stirn, um seine Augen vor der Helligkeit zu schützen, und späht um sich, aber in die falsche Richtung. Das Mädchen im Baum muss lachen. Da blickt der Junge im roten Hemd endlich in die richtige Richtung, sieht das Mädchen und den Jungen im Baum an. Die Hand, mit der er die Augen beschattet hat, winkt zum Gruß.

Der Junge im roten Hemd erreicht den Fuß des Baumes, als die beiden den Abstieg beginnen. Er klettert ihnen bis auf halbe Höhe entgegen.

5

Jeres Vater war aufgewacht und hatte die Textnachricht gelesen, die Paula ihm geschickt hatte. Und anschließend die seiner Frau, die offenbar weniger feinfühlig von Jeres Tod berichtet hatte.

Paula ärgerte sich, weil sie nicht daran gedacht hatte, Jeres Mutter um Stillschweigen zu bitten, bis die Polizei ihren Mann erreicht hatte. Keiner verdiente es, durch eine Textnachricht vom Tod seines Kindes zu erfahren. Selbst dann nicht, wenn er sein Kind vernachlässigt hatte, indem er sich sinnlos betrank.

Als der Vater die Wohnungstür öffnete, hatte er ausgesehen, als wären seine Augenlider hochgezogen und festgeklebt worden. So sah er immer noch aus, als er jetzt am Rand von Jeres Bett saß, wohin er wortlos gegangen war. Als hätte er mit aller Kraft seine Augen möglichst weit aufgerissen, damit alle kommenden Tränen Platz fanden.

Er weinte jedoch nicht, noch nicht. Die Tränen würden irgendwann kommen, aber jetzt stand Jere Sallinens Vater unter Schock und hatte obendrein einen fürchterlichen Kater.

Er tat Paula leid.

»Möchten Sie ein Glas Wasser?«

Der Mann schüttelte fast unmerklich den Kopf.

Renko stand still an der Tür und wirkte ratlos, geradezu erschüttert.

»Vielleicht holst du trotzdem Wasser, Renko«, sagte Paula und zog die Augenbrauen hoch, um Renko zu signalisieren, dass er sich gleichzeitig ein wenig in der Wohnung umsehen und sie einen Moment in Ruhe lassen sollte.

»Mein Beileid«, sagte Paula, als Renko verschwunden war. »Es ist bestimmt ein entsetzlicher Schock für Sie. Gibt es irgendwen, der herkommen und bei Ihnen bleiben könnte, solange Ihre Frau im Krankenhaus ist?«

Der Mann schüttelte wieder den Kopf.

»Keine Angehörigen?«

»Die wohnen weit weg«, sagte der Mann mit rauer, vom Alkohol und vielleicht auch vom Rauchen verätzter Stimme. »Wir sind letztes Jahr aus Ostfinnland hierhergezogen.«

»Sie hatten vorher also keine Kontakte hier?«

»Nein«, flüsterte der Mann, dann begann sein Körper plötzlich zu beben. Paula blickte sich eilig um und entdeckte einen Plastikpapierkorb mit einem Bild von Spiderman. Sie konnte ihn dem Mann gerade noch rechtzeitig reichen, bevor er sich übergab.

Sie kam zu dem Schluss, dass Jeres Vater dahin gebracht werden sollte, wo die Mutter bereits war: ins Krankenhaus. Vermutlich würde bei seiner Befragung im Moment nichts Brauchbares herauskommen. Und da die Familie erst kürzlich aus der Provinz nach Helsinki gezogen war, hatte sie wahrscheinlich keine Verbindung zu Kaarina Alanne oder Otto Paljakka – wie die Mutter ja bereits gesagt hatte.

Paula ging in die Küche und bat Renko, einen Krankenwagen zu rufen. Renko wirkte immer noch ratlos, griff aber immerhin zum Handy. Während er telefonierte, hörte Paula, dass Jeres Vater zu weinen begann, zuerst bellend, dann in langen, qualvollen Schluchzern, als würde er durch ein Reibeisen atmen.

Paula nahm eine Rolle Küchenkrepp von der Spüle und ging in Jeres Zimmer zurück. Der Vater saß nun gekrümmt da, die Arme fest um den Körper geschlungen, den Kopf zwischen den Knien. Paula versuchte ihm das Küchenkrepp zu reichen, merkte aber bald, dass der Versuch aussichtslos war. Sie legte die Rolle vor dem Mann auf den Boden.

»Bald kommt Hilfe«, sagte sie sanft.

Dann setzte sie sich neben den Mann, hob die Hand, um ihm tröstend auf den Rücken zu klopfen, tat es dann aber doch nicht. Der Mann sah aus, als könnte jede Geste ihn endgültig zusammenbrechen lassen.

Stattdessen sah Paula sich in Jere Sallinens Zimmer um. Es war das typische Zimmer eines Jungen in der Vorpubertät, in dem Kinderspielzeug und erste Anzeichen für das Heranwachsen zum Mann gleichzeitig präsent waren; unter der Tagesdecke am Fußende des Bettes lugten Stofftiere hervor, auf dem Schreibtisch lagen Haargel und zweierlei Deodorant, an der Wand hing ein Trikot der Eishockeymannschaft KalPa, im Bücherregal stand eine Sammlung von Legobauten.

Eins unterschied das Zimmer allerdings von den meisten Teenagerbuden, die Paula gesehen hatte: Es war ausgesprochen aufgeräumt, mindestens so ordentlich wie der Rest der Wohnung. War Jere selbst so ordnungsliebend gewesen? Oder eines der Elternteile? Manche Alkoholiker verbargen ihr Laster, indem sie alles andere in ihrem Leben strengstens in Ordnung hielten.

Die schweren, qualvollen Atemzüge des Vaters hatten sich in leises Wimmern verwandelt. Renko erschien an der Tür und blickte stumm ins Zimmer, er schien völlig die Sprache verloren zu haben. Als es klingelte, verschwand er wieder, die Wohnungstür wurde geöffnet, Renko sagte leise etwas, dann kamen die Leute von der Notfallhilfe auch schon herein. Mit ihren reflektierenden Westen wirkten sie immer irgendwie beruhigend. Paula seufzte beinahe vor Erleichterung, und auch Renko wirkte wieder mehr wie er selbst.

»Wir übernehmen«, sagte die Notfallhelferin, bevor sie sich vor Jeres Vater hinkniete. Paula stand auf und machte dem zweiten Helfer Platz.

»Gehen wir zu Fuß zum Tatort«, sagte sie leise zu Renko, als sie in der Diele standen.

Am frühen Morgen hatte Paula die fünfhundert Meter vom Spielplatz zu Jeres Wohnung mit dem Auto zurückgelegt. Sie erinnerte sich nicht, unterwegs irgendetwas Besonderes gesehen zu haben, aber vielleicht würde Renko etwas entdecken, das ihr entgangen war.

»Sind die Eltern arbeitslos?«, fragte Renko im Treppenhaus.

»Der Vater ja. Die Mutter hätte heute Abendschicht in einem Lebensmittelladen, hat sich aber am Morgen krankgemeldet. Ihren Worten habe ich entnommen, dass der Vater einen Job im Hafen hatte, als die Familie nach Helsinki gezogen ist, ihn dann aber bald verloren hat. Oder er wurde beurlaubt.«

»Es ist für mich nicht der erste Fall, bei dem das Mordopfer ein Kind ist«, sagte Renko. »Aber die Reaktion des Vaters hat mich umgehauen.«

»Schon gut, du brauchst mir nichts zu erklären.«

»Weil ich selbst Vater bin«, fuhr Renko fort, als hätte Paula es womöglich vergessen.

»Ich verstehe schon«, antwortete Paula und öffnete die Tür zum Innenhof des Hochhauses.

Der Hof war leer bis auf zwei Mädchen, dem Aussehen nach Erstklässlerinnen, die mit ihren Ranzen auf einer Streusandkiste saßen. Paula warf einen Blick auf die Uhr ihres Handys, es war kurz nach Mittag. Seit Jere Sallinens Tod waren zwölf Stunden vergangen. Paula war mit dem Tempo der Ermittlungen zufrieden.

»Eine Sache ist mir durch den Kopf gegangen«, sagte Renko, als sie in Richtung Spielplatz gingen. »Was hat den Mörder zu seinen Taten getrieben? Ich meine, was war der auslösende Faktor?«

Auch Paula wusste aus der Theorie über Serienmörder, dass es bei manchen ein bedeutsames Ereignis in der Kindheit oder Jugend gegeben hatte, das später den Drang zu töten aktivierte. In der Regel erkannten die Ermittler diese Zusammenhänge jedoch erst nachträglich.

»Darüber kann man natürlich nachdenken. Aber ich halte es nicht für besonders relevant«, erwiderte sie. »Oder sagen wir so, wir werden es kaum erfahren, bevor wir den Mörder gefasst haben.«

»Aber irgendetwas muss vor dem Mord an Alanne passiert sein«, beharrte Renko. »Oder nicht unbedingt unmittelbar davor. Vielleicht hat der Mörder vor seiner ersten Tat lange auf das passende Opfer gewartet. Und nachdem er sie endlich begangen hatte, konnte er nicht mehr aufhören.«

Wenn das stimmt, hört er auch jetzt nicht auf, dachte Paula, sprach es aber nicht aus.

Das Wohngebiet war ein Labyrinth, es war zu verschiedenen Zeiten nach immer wieder neuen Plänen gebaut worden, die vermutlich ein geschlossenes Ganzes schaffen sollten, aber letztlich ein Durcheinander von Hoch-, Reihen- und Einfamilienhäusern hervorgebracht hatten. Es gab viele verschiedene Routen, auf denen Jere zum Spielplatz gelangt sein konnte, und er war nicht unbedingt geradewegs dorthin gegangen, sondern am Ende einfach dort gelandet. Der Spielplatz lag am Ende einer Sackgasse, genau wie der, auf dem Otto Paljakka ermordet worden war.

»Meiner Meinung nach hat der Täter den Ort im Voraus gewählt, nicht das Opfer«, sagte Paula, als sie sich auf der menschenleeren Straße dem Spielplatz näherten. An der Straße standen Eigenheime hinter hohen Hecken. Diejenigen, die nahe beim Spielplatz wohnten, mussten möglichst bald befragt werden; vielleicht waren der Junge und die Person, die ihm so spät am Abend möglicherweise gefolgt war, irgendwem aufgefallen.

Der Spielplatz war teilweise eingezäunt, aber hinten grenzte er an das Gebüsch, in dem Paula am frühen Morgen die Amsel singen gehört hatte.

Paula und Renko bückten sich, um unter dem Absperrband

hindurchzugehen. Die Tatortermittler hatten ihre Arbeit gerade erst beendet, und der Spielplatz würde vorläufig gesperrt bleiben.

Die Spielgeräte waren alt und vermittelten zum Teil sogar den Eindruck, nicht mehr unbedingt sicher zu sein. Das Netz des Klettergestells war an zwei Stellen zerrissen, und das Schaukelgestell, an dem Jere erhängt worden war, war stark verrostet.

»Verdammt nochmal«, stieß Renko hervor.

Er starrte das Gestell an und schien wieder stumm geworden zu sein. Paula überlegte, ob sie Renko doch falsch eingeschätzt hatte. Im Moment war er jedenfalls völlig nutzlos.

Das Absperrband war vor dem Gebüsch angebracht worden, weshalb Paula sich fragte, ob das Wäldchen hinter dem Spielplatz überhaupt untersucht worden war. Sie hatte es für selbstverständlich gehalten, dass es in die Untersuchung einbezogen wurde, hatte aber keine ausdrückliche Anweisung erteilt.

In der hinteren Ecke befand sich zwischen dem Gebüsch und dem Zaun eine kleine Lücke, von der ein kaum sichtbarer Pfad in das Wäldchen führte. Wenn der Täter den Ort im Voraus ausgesucht hatte, war es möglich, dass er sich dem Spielplatz im Schutz der Bäume genähert hatte.

Vielleicht hatte er dort auf ein passendes Opfer gewartet.

»Warte hier«, sagte Paula zu Renko. »Oder noch besser, geh mal nachsehen, ob in den Häusern hier in der Nähe jemand zu Hause ist.«

Renko nickte und machte kehrt, offenbar erleichtert darüber, dass er nicht länger am Tatort herumstehen musste.

Paula schob sich vorsichtig zwischen dem Gebüsch und dem Zaun hindurch und achtete darauf, den Zaun möglichst nicht zu berühren. Gleich hinter dem Gebüsch begann ein dichter Mischwald, in dem der Pfad verschwand, kaum dass er angefangen hatte. Paula blieb stehen, um nach einem Weg durch das Dickicht zu suchen. Falls der Täter hier gewartet hatte, dürfte es ihm schwergefallen sein, sich geräuschlos zu bewegen.

Auf der Höhe des Schaukelgestells ragte eine Fichte auf, um die herum das Gestrüpp weniger dicht war. Paula ging am Gebüsch entlang darauf zu. Unter der Fichte lagen zwei große Steine.

Genau die richtige Größe, um darauf zu sitzen.

Paula hielt Abstand von ihnen – die Stelle musste untersucht werden, falls das noch nicht geschehen war. Sie holte ihr Handy aus der Tasche und wählte die Nummer der forensischen Abteilung.

Während das Freizeichen ertönte, entdeckte sie vor den Steinen etwas. Als sie begriff, was da auf dem schlammigen Boden lag, hätte sie beinahe das Handy fallen gelassen.

Normalerweise wäre der Fund vielleicht keinem aufgefallen: ein loser Steinbrocken und ein abgebrochener Ast.

Am Telefon meldete sich jemand, aber Paula hatte es schon sinken lassen. Sie ging vorsichtig näher heran.

Die Konstruktion ließ keinen Zweifel zu: Der Ast war als kleiner Wippbalken auf den Stein gelegt worden.

Als Paula in die Hocke ging, um besser zu sehen, stach ihr am unteren Ast der Fichte etwas ins Auge. Ein kurzes Stück orangefarbenes Seil, oder genau genommen eine aus einem Seil gelöste Faser, die an den Ast gebunden war. Am anderen Ende hing ein kleines Holzstück.

Ein erhängtes Stockmännchen.

6

»Das Motiv, das Motiv, das Motiv«, sagte Hartikainen und legte die Beine auf den Tisch.

Diese Worte hatte er in der letzten halben Stunde ständig wiederholt.

Karhu betrachtete angewidert Hartikainens Füße. Wenigstens hatte der Kollege die Schuhe ausgezogen, was allerdings die unmittelbare Umgebung verpestete. Das nahm Karhu, der mehrere Meter entfernt saß, jedenfalls an. Er hatte sich nicht von seinem Computer gerührt, seit er aus dem Besprechungsraum gekommen war.

Er versuchte immer noch, seine Enttäuschung zu überwinden.

Hartikainen und er bildeten jetzt unverkennbar eine Art B-Team, was Hartikainen offenbar nicht im Geringsten störte. Im Gegenteil, der auf das Rentenalter zugehende Mann schien die Gelegenheit zu nutzen, alles ein wenig leichter anzugehen.

»Was könnte das Motiv für die beiden Morde sein?«, fragte Hartikainen wieder, beinahe wie in einem Selbstgespräch und zudem so, als würde er in Wahrheit über etwas ganz anderes nachdenken.

Karhu seufzte. Er musste versuchen, mit Hartikainen zusammenzuarbeiten und sich zumindest nach außen hin so verhalten, als würde ihm die Situation nicht gegen den Strich gehen.

»Ich koche mal Kaffee«, sagte er munter.

Wenn er geglaubt hatte, im Pausenraum wenigstens einen Augenblick allein sein zu dürfen, hatte er sich getäuscht.

»Das Motiv, das Motiv«, murmelte Hartikainen, als er Karhu folgte.

Karhu ließ den Kaffee durchlaufen und holte seine Tasse aus dem Abtropfschrank. Hartikainen nahm seine eigene schmutzige Tasse vom Spültisch und spülte sie flüchtig aus, bevor er sich Karhu gegenüber an den Tisch setzte.

»Für den Mord an Paljakka lässt sich vermutlich leicht ein Motiv finden, und ich habe auch schon ein paar Ideen«, erklärte er. »Zum einen wirkt das Treiben von diesem Nico Saarela so seltsam, dass ich mich wohl genauer mit seinen finanziellen Angelegenheiten befassen werde.«

Jetzt erwachte Karhus Interesse. Hartikainen war ein kompetenter Polizist, was man mitunter vergaß. Vor allem in letzter Zeit, weil er äußerlich oft einen jämmerlichen Anblick bot.

Der Geruch von Hartikainens Socken drang unter dem Tisch hervor. Karhu stand auf und ging zur Kaffeemaschine, obwohl der Kaffee noch nicht ganz durchgelaufen war.

»Und wenn Jonna Salomaa und Otto Paljakka tatsächlich ein Verhältnis hatten, wie Samuli Suominen behauptet«, fuhr Hartikainen fort, »und wenn es Paljakka war, der Schluss machen wollte, könnte auch Jonna Salomaa ein Motiv haben. Allerdings haben wir für dieses Verhältnis nur Suominens Wort. Suominen wiederum scheint weder auf Geld noch auf Liebe etwas zu geben, aber vielleicht hatte er irgendeinen Groll gegen Paljakka.«

»Neid«, schlug Karhu vor. »Paljakka war berühmt und erfolgreich, Suominen ist ein Nobody, der in einer leeren Wohnung lebt, obwohl er als Bergsteiger offenbar mindestens genauso begabt ist.«

»Könnte sein«, stimmte Hartikainen zu. »Aber nach dem, was Paula erzählt hat, gibt Suominen sich als Asket, der über allem Weltlichen steht. Auch wenn er nie unter Geldmangel leiden wird, jedenfalls nicht, wenn seine Eltern das Zeitliche segnen.«

»Das macht die Askese vielleicht leichter«, sagte Karhu, goss sich Kaffee ein und bediente dann auch Hartikainen, der ihm seine Tasse hinhielt.

»Genau, weil man weiß, dass sie nicht obligatorisch ist«, meinte Hartikainen.

Karhu entspannte sich, setzte sich wieder an den Tisch und versuchte, Hartikainens Fußschweiß zu ignorieren. Vielleicht konnten sie doch gemeinsam etwas entdecken, was für die Ermittlungen wesentlich war, auch wenn ihre Ermittlungslinie im Hinblick auf das Endergebnis vielleicht die falsche war.

»Aber was ist mit Kaarina Alanne?«, fragte er. »Warum sollte jemand eine einsame, todkranke alte Frau töten wollen?«

»Wenn es ihm nicht nur um das Töten an sich ging«, fügte Hartikainen nickend hinzu.

»Das Motiv, das Motiv«, sagte Karhu und merkte erst nachträglich, das er genauso redete wie Hartikainen vor einer Weile. »Welches Motiv könnte einer der drei haben? Sie alle sind Kaarina Alanne bei der Buchpräsentation zum ersten Mal begegnet.«

»Woher weißt du das?«, fragte Hartikainen plötzlich.

»Was?«

»Dass sie Alanne zum ersten Mal bei der Buchpräsentation begegnet sind.«

»Weil sie es gesagt haben«, antwortete Karhu und begriff im selben Moment, wie dumm er sich anhörte.

Hartikainen bemerkte es und sagte nichts. Er wollte ihn nicht demütigen, wie Karhu dankbar feststellte.

»Sie haben als Kinder alle in Laajasalo gewohnt«, sagte Karhu schließlich. »Und für den Stadtteil war Kaarina Alanne zuständig.«

7

Paula versuchte, im Wald irgendwelche Hinweise darauf zu finden, auf welchem Weg Jere Sallinens Mörder zu seinem Beobachtungsposten unter der Fichte gekommen war. Auf der Karten-App ihres Handys sah sie, dass es direkt hinter dem Gestrüpp einen Wanderweg gab. Sie wollte jedoch keine eventuellen Spuren verwischen, indem sie geradewegs durch den Wald dorthin lief.

Das forensische Ermittlerteam war zurückgekehrt, nach Paulas Einschätzung ein wenig kleinlaut. Der Teamleiter behauptete allerdings, sie hätten nur Mittagspause gemacht und das Wäldchen anschließend auf jeden Fall untersucht.

Paula ließ die Sache auf sich beruhen. Sie beschloss, an der Straße entlang zu dem Wanderweg zu gehen, und wies die Ermittler an, das gesamte Gebiet zwischen dem Spielplatz und dem Weg abzusuchen.

Auf der Straße kam ihr Renko entgegen und ließ sich über das aus, was Paula ihm gerade telefonisch berichtet hatte.

»Sollten wir Karhu und Hartikainen nicht informieren?«, fragte er. »Ist jetzt nicht klar, dass unsere Ermittlungslinie die richtige ist?«

»Ich halte es für besser, dass sie vorläufig aus einer anderen Perspektive ermitteln«, antwortete Paula.

Sie gingen ans Ende der Straße und wandten sich nach rechts. Hinter der Häuserreihe lag ein kleiner Park, von dem mehrere Wege tiefer in die Grünanlage führten. Paula wählte den Weg am Rand, der in den Wald hinter dem heruntergekommenen Spielplatz zu führen schien.

Renko war es gelungen, drei Personen zu befragen, die in der Nähe des Spielplatzes wohnten, zwei ältere Leute, die offenbar kaum aus dem Haus gingen, und eine arbeitslose Alleinerziehende, deren Kinder so viel jünger waren als Jere Sallinen, dass sie nichts mit ihm zu tun gehabt hatten. Die alten Leute hatten Jere nie gesehen, aber die Alleinerziehende hatte sein Gesicht erkannt.

»Jere ist demnach oft spätabends allein draußen gewesen. Die Frau ist ihm viele Male begegnet, wenn sie abends ihren Hund ausgeführt hat«, berichtete Renko.

»Wo wären wir ohne Hundebesitzer?«, murmelte Paula.

»Stimmt«, sagte Renko. »Der Hund ist der beste Freund des Menschen, aber der Gassigeher ist der beste Freund der Polizei. Schade, dass Jere keinen Hund hatte. Der hätte ihn vielleicht gerettet. Der Hund hätte den Mörder abschrecken können. Mindestens hätte er ihn gewittert und gebellt. Dann hätte der Täter Jere nicht rücklings überraschen können.«

»Aber warum gerade hier?«, überlegte Paula. »Warum unter allen Spielplätzen in Helsinki gerade dieser?«

Sie hatten eine Stelle erreicht, an der man die weiß gekleideten forensischen Ermittler hinter dem Gestrüpp sah. Hier wurde der Weg schmaler. Der Karten-App nach führte er zu einer Kreuzung, von der man in verschiedene Richtungen weitergehen konnte.

»Aussichtslos«, sagte Paula. »Wir können nicht das ganze Gelände absuchen. Dafür haben wir nicht genug Zeit und vor allem nicht genug Personalressourcen.«

»Personalressourcen«, wiederholte Renko leise in einem Tonfall, der einen längeren Monolog ankündigte. Paula beeilte sich, ihn zu stoppen, bevor er loslegen konnte.

»Ich meine Polizisten. Wir haben dafür nicht genug Polizisten. Also müssen wir uns etwas anderes einfallen lassen. Der Täter muss einen Grund gehabt haben, diese Stelle zu wählen.«

»Wurden die alten Adressen der Hauptverdächtigen durchgesehen?«, fragte Renko. »Vielleicht hat einer von ihnen hier gewohnt.«

»Gute Idee, ich rufe Hartikainen an«, sagte Paula.

Hartikainen meldete sich sofort. Er saß an seinem Computer und versprach, die Sache sofort zu überprüfen und dann zurückzurufen. Paula hatte das Handy gerade wieder eingesteckt, als es klingelte.

»Das ging aber schnell«, bemerkte Renko verwundert.

Doch der Anrufer war Karhu. Paula hörte sich an, was er zu sagen hatte, und bat Renko, Hartikainen anzurufen, während sie selbst weiter mit Karhu telefonierte.

»Was, warum?«, fragte Renko.

»Nun ruf schon an«, knurrte Paula ungeduldig.

Renko holte sein Handy hervor und versuchte dabei, in Paulas Gesicht zu lesen.

»Renko hier. Nein, natürlich bist du noch nicht so weit. Aber Paula hat etwas. Oder Karhu, der gerade bei ihr am Telefon ist. Deshalb rufe ich an. Aber ich weiß nicht, worum es geht.«

»Warte einen Moment«, sagte Paula zu Renko. »Karhu, wiederholst du den Namen der Person noch mal? Danke.«

Paula nannte Renko den Namen, der gab ihn an Hartikainen weiter.

»Wo hat sie Ende der 1980er gewohnt?«, fragte Paula, und Renko wiederholte ihre Worte, obwohl Hartikainen sie gehört hatte.

Mit dem Handy am Ohr warteten sie. Renko hörte Hartikainens Ächzen, in das sich das Geräusch der Tasten mischte. Hartikainen konnte am Computer nur langsam schreiben, was er dadurch kompensierte, dass er auf die Tastatur eindrosch, als wäre der Computer an seiner Langsamkeit schuld.

»Vuosaari«, hörte Renko ihn schließlich sagen.

»Bingo!«, rief Renko.

8

Jonna Salomaa wirkte äußerst nervös. Sie saß verkrampft im Vernehmungsraum und presste die Lippen zusammen. Ihr Pony war jedoch so akkurat wie immer.

Salomaa trug einen engen schwarzen Rollkragenpullover, der ihre muskulösen Oberarme betonte. Offensichtlich hatte sie sich auch nach Otto Paljakkas Gebirgstraining in Form gehalten. Aber war sie stark genug, um einen 80 Kilo schweren Mann auf einer Wippe aufrecht zu halten?

Paula hatte Karhu anstelle von Renko in den Vernehmungsraum mitgenommen – er hatte schließlich die Information gefunden, die zu Salomaas Festnahme geführt hatte. Diese war im Besprechungsraum der Werbeagentur erfolgt, mitten in einer Sitzung, deren Teilnehmer eher interessiert als entsetzt mit angesehen hatten, wie ihre Kollegin abgeführt wurde.

Vor Karhu lag ein viele Seiten umfassender Bericht des Kinderschutzes, auf dem der Name Jonna Salomaa stand. Salomaa hatte ihn wahrscheinlich schon bemerkt, was ihre Nervosität noch steigerte. Sie schwieg jedoch und rückte nur immer wieder ihre schwarze Brille zurecht, obwohl sie eigentlich perfekt saß.

»Na dann, fangen wir an«, sagte Paula. »Sami, du hast das Wort.«

Sie hätte beinahe »Karhu« gesagt, erinnerte sich aber in letzter Sekunde, dass das nicht sein richtiger Name war.

»Ich habe hier einige Berichte des Kinderschutzes vom Ende

der Achtzigerjahre, als Sie mit Ihrer Mutter in Laajasalo wohnten. Haben Sie sie gelesen?«, fragte Karhu.

Salomaa schüttelte den Kopf. Dann griff sie nach ihrer silbernen Halskette, an der eine kleine silberne Faust hing, und steckte sie sich in den Mund wie ein Teenager.

»Sie hatten es als Kind nicht leicht«, sagte Karhu mit sanfter Stimme.

Salomaa bewegte die Faust an der Kette hin und her und starrte auf die Tischplatte. Karhu nahm sein Handy vom Tisch, tippte kurz darauf herum und legte es dann wieder neben den Papierstapel. Paula spürte, wie ihr Handy in der Tasche vibrierte, beschloss aber, einen Moment zu warten, bevor sie Karhus Nachricht las.

»Diesen Unterlagen nach haben Ihre Eltern sich scheiden lassen, als Sie sechs waren. Danach wurden Sie aggressiv und haben sich selbst und andere verletzt. Erinnern Sie sich daran?«, fragte Karhu.

Jetzt nickte Salomaa, ließ die Kette los und sah Karhu schüchtern an. Nun wirkte sie sogar noch jünger als ein Teenager, wie ein kleines Mädchen, das man als Frau verkleidet hatte.

»Erinnern Sie sich an die Frau, die deshalb bei Ihnen war?«, fragte Karhu weiter.

»Sie kam vom Kinderschutz«, fügte Paula hinzu. »Und sie hieß Kaarina Alanne. Dieselbe Frau, die Otto Paljakka geholfen hat, als seine Mutter starb. Und die jetzt ermordet wurde. Sie haben gestern behauptet, Sie hätten sie nicht gekannt.«

»Habe ich auch nicht!«, erwiderte Salomaa scharf. »Ich habe sie nicht gekannt. Ich habe nie mit ihr gesprochen.«

»So steht es auch hier in den Papieren«, sagte Karhu begütigend. »Aber Sie haben sie gekannt. Einmal haben Sie sie sogar gekratzt und geschlagen.«

Jetzt nahm Paula ihr Handy aus der Tasche und las Karhus Nachricht: *Wahrsch Lesbe.* Sie wusste nicht, woraus er das geschlossen hatte, nahm aber an, dass er als Homosexueller Signale erkannte, von denen sie keine Ahnung hatte. Und sie hatte auch keine Ahnung, ob diese Information irgendeine Bedeutung hatte.

»Ja, Sie kannten sie«, wiederholte Paula. »Sie haben gestern also gelogen. Warum?«

Salomaa antwortete nicht, sondern sah Karhu an, der offenbar ihr Vertrauen gewonnen hatte. Es amüsierte Paula, dass sie an Karhus Seite nun schon zum zweiten Mal in die Rolle der Bösen geraten war. Karhu entpuppte sich allmählich als hervorragende Ergänzung des Teams, in dem Renko und Hartikainen mit ihren jeweiligen Stärken sich bereits ihren Platz erworben hatten. Karhu begriff vielleicht noch nicht, dass dies seine Stärke war: Sanftheit und Empathie, die in Verbindung mit seiner körperlichen Erscheinung nur umso deutlicher hervortraten. Vermutlich war das Sonderkommando die falsche Umgebung für ihn gewesen, auch wenn er sich mit seiner kräftigen Statur äußerlich bestens in den Trupp eingefügt hatte.

Karhu schob die Papiere beiseite, stützte die Ellbogen auf den Tisch und beugte sich vor.

»Sie wollten nicht darüber sprechen«, sagte er leise. »Deshalb haben Sie behauptet, Alanne nicht zu kennen. Nicht wahr?«

Salomaa nickte, ihre Augen wurden feucht. Karhu holte ein kleines Päckchen Taschentücher aus der Brusttasche und schob es zu ihr hin. Paula überlegte, ob er die Situation vorausgeahnt hatte oder ob er immer Papiertaschentücher bei sich trug. Sie ließ Salomaa Zeit, ein Taschentuch aus dem Päckchen zu nehmen und sich die Augen zu trocknen, bevor sie die Vernehmung fortsetzte.

»Haben Sie nach der Scheidung Ihrer Eltern nur bei Ihrer Mutter gewohnt?«, fragte sie.

»Ich hätte lieber bei meinem Vater gewohnt«, antwortete Salomaa. »Aber ich durfte nur jedes zweite Wochenende zu ihm.«

»Wo wohnte Ihr Vater?«

»In Vuosaari.«

»Aha«, sagte Paula. »Gab es diesen Spielplatz damals schon?«

Sie zeigte Salomaa auf ihrem Handy ein Foto, das sie früher am Tag gemacht hatte. Im Vordergrund war das Absperrband der Polizei deutlich zu sehen, doch Salomaa schenkte ihm keine Beachtung. Sie schien sich unbändig zu freuen.

»Ja! Ich war oft mit meinem Vater da.«

»Zu zweit?«

»Ja.«

»Andere waren nie dabei?«

Salomaa wunderte sich offenbar über die Frage und schüttelte zuerst den Kopf.

»Oder doch, Otto war manchmal dabei. Mein Vater hat ihm ab und zu erlaubt, über das Wochenende mit zu ihm zu kommen, weil Otto ja …«

Sie verstummte plötzlich.

»Was?«, fragte Paula.

»Na, Sie wissen wohl, wie es bei ihm zu Hause zuging. Sie haben ja diese Berichte.«

»Sie standen sich also so nah, dass Otto gelegentlich das Wochenende bei Ihrem Vater verbrachte?«

»Kann sein«, antwortete Salomaa achselzuckend.

»Standen Sie sich als Erwachsene auch so nah?«, fragte Karhu.

Salomaa zuckte wieder leicht mit den Achseln, als wüsste sie es nicht so genau.

»Samuli Suominen hat erzählt, dass Sie und Otto ein Verhältnis hatten, das Otto beenden wollte«, sagte Paula.

Die Behauptung überraschte Salomaa komplett. Ihr fiel buchstäblich die Kinnlade herunter. Dann wurde sie wütend.

»Das ist eine Lüge!«, rief sie.

»Warum behauptet Samuli Suominen es dann?«

»Das weiß ich wirklich nicht! Oder vielleicht … Vielleicht hat Otto ihm das aufgebunden.«

»Wären Sie gern mit ihm zusammen gewesen?«, fragte Karhu.

»Nein. Nicht in dem Sinn.«

»Hätte Otto es gewollt?«

»Vielleicht. Oder nein, ich weiß nicht.«

»Wie meinen Sie das?«, hakte Karhu nach.

»Er hat jedenfalls einmal versucht, mich zu … küssen«, sagte Salomaa.

»Wann war das?«

»So genau erinnere ich mich nicht. Vor einigen Jahren«, antwortete Salomaa. Ihr gewollt sorgloser Tonfall ließ vermuten, dass sie sich ganz genau erinnerte.

Vor einigen Jahren hatten Paljakka und seine »Familie« den Berg bestiegen, entsann sich Paula. Und danach war Jonna Salomaa beiseitegeschoben worden oder selbst auf Distanz gegangen.

Die zweite Variante wirkte jetzt wahrscheinlicher.

»Hat er noch mehr versucht, als Sie zu küssen?«, fragte Karhu.

Salomaa nickte, ihre Augen schimmerten wieder feucht.

»Obwohl er wusste, dass Sie homosexuell sind?«

Salomaa nickte erneut, wischte sich über die Augen und putzte sich die Nase.

»Otto hat gesagt, wir gehören zusammen.«

»War das vor Ihrer berühmten Gebirgstour oder danach?«, erkundigte sich Paula.

»Gebirgstour«, wiederholte Salomaa und lachte auf. »So kann man es wohl auch nennen. Im Nachhinein ist mir klar, dass das Ganze völlig verrückt war. Ich hätte da oben sterben können, oder Nico. Aber ja, dort ist es passiert. Dort hat Otto mich … belästigt. Gleich danach.«

»War das der Grund, weshalb Sie nicht mehr für ihn arbeiten wollten?«, fragte Paula.

»Ja. Und es war eigentlich keine Belästigung. Es war …«

»Eine Machtdemonstration«, sagte Karhu.

»Genau.«

»Und Gewaltausübung«, fügte Karhu hinzu.

»Otto war ein gewalttätiger Mensch«, sagte Salomaa ernst. »Nur wussten viele das nicht.«

Gewalttätigkeit passte tatsächlich ganz und gar nicht zu dem Bild, das der scheinbar vergeistigte Bergsteiger von sich präsentieren wollte. Paula überlegte, ob es möglich war, dass Paljakka selbst Kaarina Alanne getötet hatte. Aber wer hätte dann ihn umgebracht, mit derselben Methode?

Die Theorie machte keinen Sinn, denn unter welchen Umständen Kaarina Alanne gestorben war, wusste außer der Polizei nur der Mörder selbst. Und seit Paula im Wäldchen hinter dem Spielplatz, auf dem Jere Sallinen ermordet worden war, die Miniaturwippe entdeckt hatte, war sie fest davon überzeugt, dass alle drei Morde von derselben Person verübt worden waren.

Sie holte das Foto von dem Spielplatz in Vuosaari erneut auf das Display und bat Jonna Salomaa, es sich genauer anzusehen.

»Wie Sie sehen, handelt es sich um einen Tatort. Auf dem Spielplatz wurde heute früh die Leiche eines Jungen gefunden. Auf einem Spielplatz, genau wie Otto Paljakkas Leiche. Und dieser Spielplatz ist nur einige Hundert Meter von der Wohnung entfernt, in der Sie in den Achtzigerjahren die Wochenenden verbracht haben«, sagte sie.

Salomaa sah sie ungläubig an und richtete den Blick dann auf Karhu, als wollte sie ihn um Hilfe bitten. Karhu hatte jedoch die Berichte des Kinderschutzes zur Hand genommen und tat, als würde er darin lesen, obwohl er sie vermutlich schon auswendig kannte.

»Sie haben Kaarina Alanne gekannt und offenbar nicht besonders gemocht. Sie hatten einen Grund, Otto Paljakka zu hassen, und Sie haben eine direkte Verbindung zum dritten Tatort«, erklärte er ruhig, aber bestimmt.

Salomaa wirkte enttäuscht, als hätte sie gerade einen wichtigen Verbündeten verloren.

»Ich habe nichts getan«, sagte sie mit leiser Stimme. »Darf ich jetzt nach Hause gehen?«

Paula wusste, dass sie Salomaa gehen lassen mussten. Es gab keine handfesten Beweise gegen sie.

»Ja, aber ich bitte Sie, zu Hause und erreichbar zu bleiben. Sami begleitet Sie nach draußen.«

Jonna Salomaa nickte und stemmte die Hände in die Seiten. Karhu stand auf und murmelte beruhigend: »Na dann, es wird schon wieder, gehen wir, es wird sich alles klären.«

Paula wusste, was Karhu dachte: Er glaubte nicht an Jonna Salomaas Schuld. Aber Salomaa war die Erste, die sie wenigstens irgendwie mit allen drei Morden in Verbindung bringen konnten.

Paula ging in den Pausenraum, wo Hartikainen die Illustrierte »Alibi« las.

»Lies nicht so was, sonst kannst du nachts nicht schlafen«, sagte sie.

Hartikainen lachte und zeigte ihr das Foto eines dreifachen Mörders, der zum Glauben gefunden und danach eine eigene Kolumne in der Illustrierten bekommen hatte.

»Hochwertige Lektüre«, versetzte sie. »Wo ist Renko?«

»Der musste schon nach Hause«, antwortete Hartikainen.

Karhu kam herein und begann zu spülen.

»Woher wusstest du, dass sie lesbisch ist?«, fragte Paula.

»Wer?«, erkundigte sich Hartikainen interessiert.

»Jonna Salomaa«, sagte Paula.

Hartikainen sah aus, als läge ihm eine Bemerkung auf der Zunge, die er besser für sich behielt.

Karhu gab keine Antwort, bevor er alle drei auf der Spüle abgestellten Tassen gespült hatte. Es war unverkennbar eine Kunstpause: Karhu genoss es, endlich einmal etwas zu wissen, was Paula nicht wusste.

»Radar«, sagte er, nachdem er sich die Hände sorgfältig mit Küchenkrepp getrocknet hatte.

»Habt ihr Typen wirklich so was?«, fragte Hartikainen.

Diesmal schien sich Karhu über Hartikainens plumpe Bemerkung nur zu amüsieren.

»Ja, wir Typen haben so was. Aber Salomaa trägt auch einen Ring am Daumen. Ein uraltes Zeichen.«

Hartikainen sah aus, als ließe er in Gedanken alle Frauen Revue passieren, denen er begegnet war und die einen Ring am Daumen trugen.

»Warum hat mir das keiner gesagt?«, wunderte er sich, nachdem der Film seines Lebens abgelaufen war.

»Salomaa hat gerade erzählt, dass ihr ganzer Freundeskreis den Spielplatz in Vuosaari kannte«, sagte Karhu. »Dort wurde mindestens zweimal ihr Geburtstag gefeiert. Die Eltern waren so zerstritten, dass beide immer eine eigene Feier für ihre Tochter veranstaltet haben.«

Diese Information bedeutete, dass der Spielplatz außer Jonna Salomaa mindestens Otto Paljakka bekannt gewesen war, möglicherweise aber auch Nico Saarela und Samuli Suominen.

Sie alle waren immer noch verdächtig.

9

Brief Nummer 37

Mein lieber Sohn Pauli,

du glaubst nicht, wie nervös ich war, als ich heute in die Kirche ging. Der Weg vom Tor zur Kirchentür erschien mir endlos lang. Ich konzentrierte mich auf das Stimmengewirr um mich herum und auf das Zwitschern der Vögel. Und darauf, nicht hinzufallen, denn dir zu Ehren hatte ich mir Stöckelschuhe gekauft, in denen ich nicht richtig laufen konnte.

Ich habe mir einen Platz in der letzten Reihe gesucht und mich nicht getraut, mit den anderen zum Abendmahl zu gehen. In der Kirche waren allerdings so viele Angehörige von euch Konfirmanden, dass ich in der Menge untergegangen wäre. Ich hatte eine Rose gekauft, aber nicht in der Absicht, sie dir zu geben.

Ich habe dich sofort erkannt, als du in der weißen Albe durch den Gang kamst. Dabei hatte ich dich seit fast drei Jahren nicht gesehen. Du bist gewachsen, aber in dir kann ich mich nicht irren!

Du bist jetzt also konfirmiert. Ich konnte nicht anders, als an all die Jahre zu denken, an alles, was ich in meinem Leben verloren habe. Dein Leben, deine Jahre. Es stimmte mich wehmütig, aber trotzdem tat es mir so gut, dich am

Altar zu sehen. Daran zu denken, was alles noch vor dir liegt.

Vor allem war ich glücklich, dass du zur Welt kommen durftest. Das war keineswegs selbstverständlich, schon gar nicht, wenn ich rechtzeitig gemerkt hätte, dass ich schwanger war. Aber ich war damals jung und gedankenlos. Ich war bloß zufrieden, als meine Tage ausblieben, ich dachte, das käme vom harten Training. Als meine Mutter starb, wurde das Basketballspiel mein ganzer Lebensinhalt. Also war ich froh, dass meine Tage nicht kamen, bis ich begriff, was der Grund war. Da war es dann schon fast zu spät.

Ich hätte dich noch wegmachen können, aber die Entscheidung hätte ich schnell treffen müssen. Und dazu war ich nicht fähig, obwohl mein Vater mich unter Druck setzte. Mit deinem Vater habe ich nicht darüber gesprochen, ich hatte ihn bei einem Basketballcamp in Dänemark getroffen. Es war so eine schnelle Verliebtheit, die ich schon vergessen hatte, als ich nach Finnland zurückkam. So durftest du zur Welt kommen, zum Teil dank meiner Gedankenlosigkeit. Dein Großvater wollte jedoch, dass wir dich weggeben. Je schneller, desto besser. Damit du keine Zeit hattest, mich liebzugewinnen, und vor allem, damit ich dich nicht liebgewinne. Aber du warst neun Monate in mir, und als ich dich im Krankenhaus in den Armen hielt, wusste ich, dass ich dich für den Rest meines Lebens mit mir tragen werde. Selbst wenn du nie von mir erfahren würdest.

Aber als ich dich jetzt in der Kirche ansah, begriff ich, wie froh ich bin, dass es dich gibt. Nach deiner Konfirmation beobachtete ich verstohlen, wie du vor der Kirche fotografiert wurdest. Deine Adoptiveltern kannte ich schon vom Aussehen. Für dich sind sie natürlich einfach nur Vater und Mutter. Dann wurdest du mit deinen Großeltern fotografiert. Die rothaarige Frau ist wohl deine Patentante.

Ich habe dich angesehen, als du mit deinem Rosenstrauß dort gestanden hast. Für meine Rose wäre gar kein Platz mehr gewesen! Ich habe sie für meine Mutter niedergelegt, an dem Gedenkstein für anderswo Begrabene.
Ich sehne mich immer noch nach meiner Mutter. Wenn sie am Leben gewesen wäre, als du geboren wurdest, hätten gerade wir drei vor der Kamera gestanden.

Mutter

10

Der Mann trug teuer aussehende Kleidung, die jedoch stark verknittert war, als hätte er den ganzen Tag auf einem zu kleinen Stuhl gesessen. Eine dunkle Brille verbarg seine Augen, als er aus der Tür trat, obwohl es draußen schon dämmerte und die Sonne sich den ganzen Tag über nicht hatte blicken lassen.

Das Büro befand sich in einer Nebenstraße in einem Stadtteil, in dem man noch billig wohnte, der aber vielleicht schon bald bei den urbanen jungen Leuten in Mode kommen würde. Dann würden in das Viertel junge, trendbewusste Menschen ziehen, die ein auf pittoreske Art heruntergekommenes Ambiente schätzten.

Der Rechtsanwalt selbst wohnte in einem weißen Haus nah am Meer. Paula hatte sich seine Adresse verschafft und war einmal an dem Haus vorbeigefahren, um zu sehen, wie wohlhabend er in Wirklichkeit war. Das schäbige Büro in der Seitenstraße und das prachtvolle Haus in einer teuren Wohngegend bildeten einen Kontrast, der etwas über die Art der Tätigkeit der Anwaltskanzlei aussagte. Das Finanzamt hatte sich bereits damit beschäftigt – auch das hatte Paula auf eigene Faust und in aller Stille herausgefunden.

Paula hatte die Begegnung zu lange vor sich hergeschoben. Sie musste endlich vorwärtskommen.

Sie wusste ja nicht, wie viel Zeit noch blieb.

Der Mann ging zielstrebig zu seinem Audi, ohne sich umzublicken. Paula wunderte sich, dass er durch seine dunkle Brille überhaupt etwas sah. Sie stieg aus und holte ihr Dienstabzeichen aus der Tasche.

Der Mann hatte sich schon in seinen Wagen gesetzt und wollte gerade die Tür schließen. Paula packte sie und riss so heftig daran, dass die Tür sperrangelweit aufflog.

»Was soll das, zum Teufel«, schimpfte der Mann. »Wenn die Scharniere hinüber sind, musst du blechen, du Hure.«

»Kriminalkommissarin Paula Pihlaja, guten Abend«, sagte Paula und hielt ihre Dienstmarke absichtlich dicht vor die Brille des Mannes.

Sein Verhalten änderte sich schlagartig. Er nahm die Brille ab, schob das Dienstabzeichen ein wenig weiter weg und starrte eine Weile darauf. Dann stieg er aus und gab Paula die Hand.

»Entschuldigung, dass ich ein bisschen heftig geworden bin«, sagte er. »Aber der Wagen ist ganz neu.«

Paula überlegte, ob der Mann glaubte, mit seinem Luxusauto Eindruck zu machen. Das bildeten sich überraschend viele Männer ein.

»Dürfte ich Ihnen einige Fragen zu einem alten Gewaltverbrechen stellen? Wir überprüfen, ob es mit einem aktuellen Fall in Verbindung steht«, erklärte Paula.

»Selbstverständlich«, antwortete der Mann. »Ich würde Ihnen im Büro einen Kaffee anbieten, aber der ist leider alle.«

Seine plötzliche Schöntuerei brachte Paula fast zum Lachen. Sie beteuerte, Kaffee brauche sie nicht. Vermutlich wollte der Mann bloß verhindern, dass sie in seinem Büro herumschnüffelte.

»Ich habe nur ein paar Fragen. Es geht um eine Wohnung, die Ihnen gehört und in der vor drei Jahren ein Totschlag passiert ist.«

»Sie gehört der Firma«, korrigierte der Mann. »Ich besitze zwar mehrere Wohnungen, aber die laufen alle auf den Namen der Firma.«

»Okay. Also in einer Wohnung, die Ihrer Firma gehört. Erinnern Sie sich an den Fall?«

Der Mann überlegte oder tat wenigstens so. Dann wiegte er den Kopf.

»Sicher kann in einer meiner Wohnungen so etwas passiert sein. Gute Mieter sind manchmal schwer zu finden.«

»Ja, das ist auch etwas, wonach ich Sie fragen möchte. Der Mieter der Wohnung war das Opfer des Verbrechens, ein junger Mann, der seine Kreditwürdigkeit verloren hatte und mit der Drogenszene in Kontakt stand. Die Wohnung liegt aber in einer ausgesprochen guten Gegend. Deshalb wundert es mich, dass Sie sie an so jemanden vermietet haben«, sagte Paula.

»Das ist wohl kein Verbrechen«, entgegnete der Mann.

»Natürlich nicht«, gab Paula zurück. »Aber es wundert mich auch, dass die betreffende Person sich die Miete für so eine Wohnung leisten konnte. Sie kann nicht ganz billig gewesen sein.«

»Schwer zu sagen. Vor allem, da ich nicht weiß, um welche Wohnung oder welche Person es sich handelt.«

Das hatte Paula erwartet. Unverzüglich nannte sie die genaue Adresse und den Namen des Opfers.

Der Mann hielt seine Miene restlos unter Kontrolle. Darin hatte er vermutlich Routine.

»Ach ja, richtig«, sagte er gespielt nachdenklich. »Jetzt erinnere ich mich an den Fall. Eine traurige Geschichte.«

»Stimmt. Zwei Drogensüchtige, die sich um eine geringe Menge Amphetamin gestritten haben. Aber ich möchte wissen, ob die Person, die Opfer einer Gewalttat wurde, Miete gezahlt hat.«

Opfer einer Gewalttat … Von meinem Sohn getötet.

»Mit welchem aktuellen Fall hat das zu tun?«, erkundigte sich der Mann.

»Darüber kann ich beim jetzigen Stand der Ermittlungen nichts sagen.«

»Natürlich nicht«, erwiderte der Mann trocken. Für einen winzigen Augenblick wurde seine aalglatte Fassade brüchig. »Und ich kann wirklich nicht sagen, zu welchem Preis die Wohnung damals vermietet wurde. Die betreffende Person war der Untermieter des eigentlichen Mieters. Vielleicht hatte der junge Mann eine Zahlungsgarantie von der Sozialversicherung.«

»Nein«, sagte Paula. »Das hat sich bei der Vorermittlung herausgestellt. Der Junge ... also der junge Mann, der die Tat begangen hat, hat ausgesagt, dass das Opfer keine Miete zu zahlen brauchte.«

»Das ist eine Lüge«, erwiderte der Mann. »Die Mieter meiner Firma sind gesetzestreue Bürger oder deren Firmen. Und warum sollte irgendwer einen Penner umsonst wohnen lassen?«

»Tja, genau das ist die wichtigste Frage, die ich Ihnen stellen wollte«, sagte Paula.

Der Mann schwieg kurz und schien seine Alternativen abzuwägen. Dann zuckte er die Schultern.

»Da kann ich Ihnen leider nicht weiterhelfen. Vielleicht war es ein in schlechte Gesellschaft geratener Verwandter des eigentlichen Mieters«, meinte er.

In schlechte Gesellschaft ... In Gesellschaft meines Sohnes!

»Den Mietvertrag habe ich wahrscheinlich irgendwo archiviert, aber jetzt habe ich keine Zeit, ihn herauszusuchen, ich bin schon ein bisschen in Eile. Ich kann Ihnen eine Kopie schicken, wenn Sie mir Ihre Visitenkarte geben«, fuhr der Mann fort.

Nun war es an Paula, ihre Alternativen abzuwägen. Auf keinen Fall durfte sie dem Mann ihre Visitenkarte oder irgendetwas anderes geben, womit er beweisen konnte, dass das Gespräch stattgefunden hatte.

»Es ist nicht eilig«, erklärte sie möglichst versöhnlich. »Ich kann später noch einmal vorbeikommen. Wie gesagt, ich überprüfe nur routinemäßig einige zutage getretene Einzelheiten.«

»Sie sind mir herzlich willkommen«, sagte der Mann in einem

Ton, der das Gegenteil besagte. »Beim nächsten Mal kann ich Ihnen bestimmt auch Kaffee anbieten.«

»Danke für Ihre Hilfe«, erwiderte Paula.

»Jederzeit«, sagte der Mann forsch und setzte sich wieder in seinen Audi. Er schloss ruhig die Tür und fuhr so vorsichtig an wie ein Fahrschüler.

Paula ging zu ihrem Wagen, öffnete die Tür und beobachtete, wie der Audi hinter der Ecke verschwand. Dann schloss sie die Tür wieder.

Sie wusste, wie man ohne Schlüssel in das Büro des Mannes kam.

DONNERSTAG

Schwipp schwapp. Schwipp schwapp.
Auf und ab.
So wippt man.
Das ist ein Spiel.
Das ist kein Spiel.
Dafür braucht man zwei.
Immer zwei.

1

Die Wippe stand immer noch mitten in der leeren Werkhalle. Die hundert Kilo Sand waren verschwunden, vielleicht nach draußen gekehrt worden, und die Puppe, die Otto Paljakka dargestellt hatte, war vermutlich wieder in den Kampftrainingsraum der Sondereinheit gewandert. An die Galgenprobe, die Hartikainen organisiert hatte, erinnerte nur noch das lange orangefarbene Nylonseil, das aufgerollt in der Ecke lag.

Jetzt sah die Wippe völlig harmlos aus, was sie normalerweise ja auch war, nichts weiter als ein Spielgerät für Kinder. Die Polizeianwärter hatten sie vielleicht absichtlich zurückgelassen, nachdem sie die sonstigen Spuren der Rekonstruktion beseitigt hatten. Hartikainen hatte die Aufräumarbeiten zweifellos komplett ihnen überlassen.

Paula lächelte bei dem Gedanken, dass sich die jungen Polizeianwärter, nachdem die anderen gegangen waren, womöglich nur zum Vergnügen auf die Wippe gesetzt hatten. Sie hockte sich rittlings auf das Brett, nicht ganz am Ende, sondern weiter zur Mitte hin, um keine allzu schwierige Haltung einnehmen zu müssen. Sie hatte allmählich begonnen, solche Situationen zu vermeiden.

Die Nacht war schlecht verlaufen. Paula war immer wieder wach geworden, weil ihre Beinmuskeln entweder gezuckt hatten oder steif geworden waren. Gegen sechs Uhr hatte sie aufgegeben, war aufgestanden und hatte Kaffee gekocht – auf Kaffee verzichtete sie trotz ärztlicher Empfehlung noch nicht ganz.

Bis zur nächsten Reise nach Tallinn war es noch mehr als ein Monat. Das beunruhigte Paula, obwohl sie wusste, dass man praktisch nichts gegen die Symptome tun konnte. Aber sie hätte gern mit dem einzigen Menschen auf der Welt gesprochen, der wusste, wie es um sie stand: dem traurig dreinblickenden estnischen Arzt.

Plötzlich wünschte sie sich, auf dem Brett auf und ab wippen zu können wie als Kind. Sie war immer das große, schwere und kräftige Mädchen gewesen, mit dem das Wippen ungleichmäßig verlief: Paulas Ende krachte so heftig auf die Erde, dass die Freundin am anderen Ende in die Luft flog, und Paula musste sich immer mit aller Kraft abstoßen, um wenigstens kurz so hoch hinaufzukommen wie ihre kleinere Freundin.

Mit Renko würde die Wippe vielleicht ganz gut im Gleichgewicht bleiben, dachte Paula. Aber Renko hatte am frühen Morgen angerufen und gesagt, dass er mindestens den Vormittag über zu Hause bleiben müsse, weil seine Frau krank geworden und zum Arzt gegangen war.

Renko war ein rundherum guter Vater, eine Eigenschaft, die Paula normalerweise sehr schätzte, die sie in letzter Zeit aber zusehends ärgerte. Sie wusste, dass das nur an ihren eigenen schmerzhaften Erinnerungen lag, genauer gesagt daran, dass es keine gab. Sie hatte keine Erinnerung daran, wie es war, an einem Arbeitstag zu Hause zu bleiben und sich um ein Kind zu kümmern.

Und das tat weh, immer mehr.

»Guten Morgen.«

Paula drehte sich um und sah Karhu an der Hallentür stehen.

»Guten Morgen. Woher wusstest du, dass ich hier bin?«, fragte sie.

»Das wusste ich nicht. Ich wollte mir die Wippe ansehen. Hartikainen hat sie gestern gelobt, das heißt, eigentlich hat er sich selbst gelobt.«

Paula lachte auf, teils belustigt, teils erleichtert. Sie hatte sich

Sorgen gemacht, wie Karhu sich in das Team einfügen würde, aber jetzt schien er sogar mit Hartikainen auszukommen.

Überhaupt war Karhu in Gesellschaft der anderen allmählich entspannter geworden. Jetzt ging er, ohne um Erlaubnis zu bitten, ans andere Ende des Wippbalkens und drückte es ein Stück nach unten. Paula lachte wieder auf und schob sich rückwärts an ihr Ende des Balkens. Karhu hob ein Bein über das Brett und setzte sich mit seinem ganzen Gewicht darauf. Da er mindestens zwanzig Kilo schwerer war, erlebte Paula nun selbst, wie es war, im Nu nach oben zu schnellen. Sie musste lachen, als ihr Hintern sich vom Brett hob, und auch Karhu lächelte, was ein seltener Anblick war.

Und jetzt tat Karhu das, was sie selbst als Kind getan hatte, er stieß sich so fest vom Boden ab, wie er nur konnte. Paula lehnte sich zurück, um ihr Ende nach unten zu drücken, bekam aber nur kurz die Füße auf den Boden, dann flog sie geradezu in die Höhe, hüpfte wieder in die Luft und konnte sich nur mit Mühe auf dem Brett halten.

»Hör auf!«, rief sie und lachte, obwohl sie Angst verspürte. Sie fürchtete sich neuerdings vor Situationen, in denen sie schnell reagieren und das Gleichgewicht halten musste.

Das wusste Karhu zwar nicht, aber er hielt das Brett an und drückte es so fest auf den Grund, dass er praktisch mit ausgestreckten Beinen auf dem Boden saß. Paula wurde noch ein Stück höher gehoben und stellte fest, dass sie jetzt durch die Fenster hoch oben unter der Decke den Dachfirst des benachbarten Hauses sehen konnte, auf dem zwei große Vögel saßen.

Bei dem dritten Mord war die Wippe nur als kleine Bastelei aus Stöckchen im Wald präsent gewesen, doch dadurch erschien sie Paula umso bedeutsamer. Hatte der Mörder sie als Zeichen für andere gebastelt oder für sich selbst?

Wozu brauchte der Mörder die Anwesenheit einer Wippe?

Diese Frage richtete Paula an Karhu, der plötzlich ernst wurde, als hätte er bis dahin ganz vergessen, dass die Wippe nicht nur zu ihrem Vergnügen in der Halle stand.

»Vielleicht erinnert sie ihn an etwas«, sagte er.

Nach dem Mord an Jere Sallinen war die Wippe vorübergehend in den Hintergrund getreten, da es auf den ersten Blick schien, als hätte der Täter sie aufgegeben. Aber vielleicht war sie doch der Schlüssel zur Psyche des Mörders und damit zu dem ganzen Fall.

Im Garten von Otto Paljakkas Elternhaus hatte eine Wippe gestanden. War Paljakka, Saarela oder Suominen als Kind etwas passiert, das mit dieser Wippe zu tun hatte? Oder waren die Wippen nur ein Requisit der Erinnerung – an einen Gegenstand, der irgendwo vor Ort gewesen war, als etwas Wichtiges passiert war?

Paula begriff, dass sie herausfinden musste, wo dieser Ort war.

2

Renko wurde wach, als Heikki im Schlaf die Hand bewegte, die auf der Nase seines Vaters landete. An Renkos rechtem Mundwinkel hatte sich während des Nickerchens Speichel gesammelt.

Seine Frau hatte am Abend hohes Fieber bekommen, und in der Nacht waren die Halsschmerzen so schlimm geworden, dass es nichts anderes sein konnte als eine Angina. Nun wartete sie im Gesundheitszentrum, und niemand wusste, wie lange es dauern würde.

Eine Behandlung beim Privatarzt konnten sie sich in ihrer Situation nicht leisten.

Renko zog den Arm vorsichtig unter dem Lockenkopf seines schlafenden Kindes hervor. Heikki wurde nicht wach, sondern schlief leise schnaufend weiter. Renko sah, dass aus dem Mundwinkel des Jungen Speichel auf sein Hemd getropft war. Wie der Vater, so der Sohn, dachte er lächelnd.

Er stand so leise wie möglich auf, schlich durch das Schlafzimmer wie ein Apache in einem alten Western und zog die Tür vorsichtig zu, damit das Schloss nicht zu laut einschnappte. Beim ersten Schritt rückwärts trat er auf ein Feuerwehrauto, das auf dem Boden liegen geblieben war. Er fluchte lautlos, hob das Auto auf und legte es im Wohnzimmer auf den Glastisch neben Paljakkas Buch.

Während im Moccamaster der Kaffee durchlief, ließ Renko sich auf das abgenutzte Sofa fallen und wunderte sich über den schmucklosen Einband des Buches. Auf der Rückseite leuchtete allerdings ein großes Farbfoto von Otto Paljakka auf irgendeinem Berggipfel.

Als er die Vorderseite erneut betrachtete, merkte er, dass das Weiß kein gleichmäßiges Weiß war, sondern das Bild einer verschneiten Bergwand. Seine Fingerspitzen ertasteten ein Reliefmuster, und als er den Einband aus dem richtigen Winkel ansah, entpuppte sich das Relief als Otto Paljakkas Gesicht.

Renko schlug das Buch auf und übersprang das Vorwort, das er bereits gelesen hatte. Er begann den Text zu überfliegen.

Falls ich den Gipfel erreiche, wird meine Chance, lebend vom Berg herunterzukommen, noch kleiner. Aber das wusste ich bereits, als ich mit dem Aufstieg begann.

Das Leben. Das ist der Einsatz, den man auf den Tisch legen muss, wenn man bei der nächsten Runde mitspielen will.

Aber daran denke ich in diesem Moment nicht mehr. Das Wissen schlummert irgendwo tief in meinem Hinterkopf, als ich mit Stephen über den Abruzzo-Grat zum Gipfel des K2 aufsteige.

Dem gefährlichsten aller Berge, der Annapurna, fällt jeder Dritte zum Opfer, der ihren Gipfel zu bezwingen versucht. Aber der K2 im Karakorum ist auf heimtückische Weise noch grausamer als die Annapurna. Er lässt sich oft zuerst erobern und fordert seinen Tribut dann beim Abstieg.

Ich bin ohne zusätzlichen Sauerstoff auf dem Weg zum Gipfel des K2. Vor mir sind erst zwei Finnen dort gewesen.

Renko merkte, dass der Kaffee durchgelaufen war, und stand auf, um sich eine Tasse einzugießen. Der Zucker war wieder alle. Und als er Milch in den Kaffee gab, schwamm sie in Klümpchen auf der schwarzen Flüssigkeit. Er kippte die saure Milch in das Spülbecken und den Kaffee hinterher. In der Kanne war immerhin noch genug für eine zweite Tasse. Die würde er schwarz trinken.

Renko setzte sich wieder auf das Sofa und beschloss, den K2

diesmal zu überspringen. Er blätterte weiter bis zu der Stelle, wo Paljakka seine »Familie« auf einen anderen der vielen Gipfel des Karakorum führte, auf den knapp zehn Kilometer vom K2 entfernten Broad Peak, der ebenfalls mehr als achttausend Meter hoch ist.

Der Himmel ist tiefblau, wolkenlos. Im Spiel von Licht und Schatten treten die Kanten der Felswände hervor. Bald bemerken wir einen kleinen roten Punkt in der weißen Landschaft, wie ein Blutstropfen auf Schneewittchens milchweißer Haut.

Renko grinste über Paljakkas Schneewittchen-Vergleich. Wollte Paljakka damit sagen, dass der Berg wie Schneewittchen war, eine jungfräuliche Prinzessin, die er, der kühne Ritter, eroberte? Renko fiel es schwer zu glauben, dass ein Typ wie Paljakka die Werke des Psychoanalytikers Bruno Bettelheim gelesen hatte.

Der Kaffee war genügend abgekühlt. Renko trank einen Schluck und las weiter.

Der Tropfen bleibt die ganze Zeit in unserem Blickfeld, und nach einer halben Stunde nimmt er deutlicher die Gestalt eines Menschen an.

Einige Stunden vor uns hat eine kanadische Gruppe mit dem Aufstieg begonnen. Sie haben aus irgendeinem Grund einen aus der Schar zurücklassen müssen. Die anderen sind sicher schon weit in der Todeszone, fast am Gipfel.

Die Person in der roten Jacke ist auf die Knie gesunken, als wollte sie meditieren, während sie den Dachfirst der Welt betrachtet. Ihre erhobene rechte Hand umklammert einen Eispickel. Ich denke unwillkürlich, dass sie schon in den Himmel geklettert ist.

Die Kanadierin ist eine relativ junge Frau, und ich erkenne die Anzeichen der Hypothermie und der Bergkrankheit. Vor ihrem Tod, denn sie ist tatsächlich schon tot, hat sie begonnen, sich auszuzie-

hen, sie hat ihre Jacke geöffnet und die Mütze abgenommen. An den Mundwinkeln sehe ich blutigen Schaum.

Um mich zu vergewissern, dass wir nichts mehr für sie tun können, nehme ich ihr die polarisierende Brille ab und sehe mir ihre Augen an. In ihrem Blick liegt die allmächtige Leere des Himmels über dem Karakorum.

Paljakka hat wohl beim Schreiben seine poetische Ader entdeckt, dachte Renko. Dann erinnerte er sich, dass Nico Saarela einen Ghostwriter erwähnt hatte. Tatsächlich hatte Paljakka sein Buch gar nicht selbst geschrieben, das hatte ein anderer in seinem Namen getan.

Renko war sich nicht sicher, wie ein solches Projekt in der Praxis verwirklicht wurde. Aber er nahm an, dass Paljakka dem Ghostwriter viel mehr über sich und sein Leben erzählt hatte, als letztlich in das Buch aufgenommen worden war.

Kurz entschlossen rief er Nico Saarela an, der sich nach dem ersten Klingeln meldete. Renko nannte seinen Namen und kam direkt zur Sache.

»Wer hat ›*Die Seele eines Bergsteigers*‹ geschrieben?«

»Wieso? Otto Paljakka«, antwortete Saarela verwundert.

»Ich meine den Ghostwriter. Wer hat das Buch in Paljakkas Namen geschrieben?«

»Ach so, natürlich, Sie meinen den Schriftsteller. Der Ghostwriter heißt Topi Holopainen. Er hat ein paar Romane geschrieben. Jonna wusste, dass seine Sprache gelobt worden war, deshalb haben wir ihn engagiert. Holopainen war auch nicht so berühmt, dass er darauf bestanden hätte, als Autor genannt zu werden. Wir wollten das Buch als Ottos Werk verkaufen«, erklärte Saarela.

»Holopainen. Danke. Haben Sie seine Telefonnummer?«

Saarela versprach, sie per Textnachricht zu schicken, und bald darauf piepte Renkos Handy auch schon.

Renko wollte Paula anrufen, um ihr von seiner Idee zu erzählen, überlegte sich dann aber, dass er den Schriftsteller zuerst allein befragen könnte. Falls der nichts zu berichten hatte, was für die Ermittlung von Bedeutung war, hätte Paula Zeit gespart.

Bevor Renko bei Holopainen anrief, googelte er ihn. Holopainen hatte mit seinem Erstlingsroman »Aus den Wolken hängen die Berge« eine gewisse Bekanntheit erlangt. Das Buch hatte irgendeine Auszeichnung erhalten und war für den Finlandia-Preis nominiert worden. Das war allerdings schon mehr als zehn Jahre her. Holopainens zweiter Roman trug den Titel »Der weiße Tatu«. Renko klickte einen Link im Quellenverzeichnis von Wikipedia an und landete bei einem Bücherblog. Dort wurde der Roman als Mischmasch bezeichnet, als Durcheinander aus Bürgerkriegsthematik und autofiktiven Märchensequenzen, das die Erwartungen enttäuschte. Danach hatte Holopainen noch einiges veröffentlicht, aber ohne nennenswerten Erfolg.

Renko rief Holopainen an und verabredete ein Treffen in dessen Wohnung.

3

In Otto Paljakkas Wohnung sah es genauso aus wie vor zwei Tagen. Nachdem sie die Tür geschlossen hatte, zog Paula Schutzhandschuhe an und machte Licht, schaltete es aber gleich wieder aus, weil sie merkte, dass durch das riesige Bogenfenster genug Licht in die Wohnung fiel. Stattdessen knipste sie ihre Taschenlampe an und begann mit der Durchsuchung bei den Schränken. Sie waren voll von Kleidungsstücken, Schuhen, Wanderausrüstung und Sportgeräten, alles ordentlich in den Fächern verstaut. Auch in den Schubladen der Spiegelkommode herrschte eine gewisse Ordnung, obwohl sie mit verschiedenem Kleinkram gefüllt waren, mit Stiften, Briefumschlägen und Batterien. Paula sah auch die Kommode durch, obwohl die Schubladen für das, was sie suchte, zu klein waren.

Die Aufgabe war insofern leicht, als Otto Paljakka in seiner Wohnung nichts Überflüssiges angesammelt hatte. Alles schien seinen Platz und seinen Zweck zu haben.

Paula ging weiter in den Wohnbereich hinein und blieb eine Weile vor Otto Paljakkas unvollendetem Lego-Gebirge stehen. Während das klobige Bauwerk sie am Dienstag eher amüsiert hatte, rührte es sie jetzt. Paljakka hatte bis zum Schluss von einem besseren Leben geträumt, obwohl er so viel erreicht hatte.

Doch von der Figur, die stellvertretend vor der Hütte gesessen hatte, war nichts zu sehen, und Paula erinnerte sich, dass Renko das Legomännchen in den Tempel hatte fallen lassen. Sie leuchtete mit der Taschenlampe in den halb fertigen Tempel und entdeckte das Männchen auf dem Boden, neben dem kleinen Lego-Altar. Ihre Finger reichten gerade bis zu der Stelle. Sie holte die Figur aus dem Tempel und setzte sie wieder auf die Treppe vor der roten Hütte.

Paula fühlte sich seltsam, als hätte sie den letzten Wunsch des Toten erfüllt, obwohl es wahrscheinlich nicht lange dauern würde, bis die ganze Konstruktion abgerissen und die Wohnung verkauft wurde, sodass von Otto Paljakkas Traum nichts mehr blieb.

Paula ging weiter ins Schlafzimmer – eigentlich bestand die ganze Wohnung nur aus einem einzigen großen Raum, aber die Schlafstatt unterschied sich vom Wohnbereich durch einen dicken Teppichboden. Auf dem hohen Bett lag eine Tagesdecke, und am Kopfende stand neben dem Bett ein Nachttisch, in dessen unterem Fach sich Alben häuften. Paula schlug das oberste auf. Auf der ersten Seite stand »Touren 2005-2008«, und das Album enthielt neben Fotos auch Zeitungsausschnitte aus Finnland und aus dem Ausland. Das nächste Album war von gleicher Art, nur mit anderen Jahreszahlen. Paula suchte jedoch nicht nach Informationen über Otto Paljakkas Heldentaten. Sie stapelte die Alben auf dem Fußboden neben dem Nachttisch, bis sie auf ein ganz anderes Titelblatt stieß, auf dem eine struppige schwarz-weiße Katze mit einem Wollknäuel spielte.

Ein Fotoalbum aus Otto Paljakkas Kindheit.

Paula blätterte es zuerst schnell durch. Es war eine kurze und traurige Reise in Paljakkas Vergangenheit. Auf den ersten Seiten gab es Fotos von der dreiköpfigen Familie in verschiedenen Situationen, der Vater mit dem Baby auf dem Sofa, die Mutter mit dem Kleinkind am Sandkasten, Weihnachtsfeiern, Geburtstage. Dann plötzlich die Beerdigung, Mutter und Sohn am Sarg und am offenen Grab, in fast identischer Haltung, mit der gleichen Miene, der gleichen Ausdruckslosigkeit. Und danach so gut wie nichts mehr, nur einige Schulfotos, auf denen von Jahr zu Jahr derselbe ernste Junge zu sehen war, ein Foto von der Mutter in festlicher Kleidung, auf dem Weg zu irgendeiner Feier, zwei unscharfe, aus zu großer Entfernung aufgenommene Bilder von einem Eichhörnchen und ein Foto, auf dem der vielleicht zehnjährige Otto neben einem Schneemann stand und verlegen aussah, ganz so, als wäre er zu groß, um noch Schneemänner zu bauen, wäre aber dazu gezwungen und obendrein noch fotografiert worden.

Und dann: nichts. Leere weiße Seiten. Mehr als die Hälfte des Albums enthielt nur leer glänzende Plastikhüllen.

Die Fotos im Album endeten so abrupt wie einst Paljakkas Kindheit.

Paula blätterte zurück und betrachtete die Bilder nun genauer, in der Hoffnung zu finden, was sie suchte. Sie musste bis fast an den Anfang zurückkehren. Auf der vierten Seite des Albums, zwischen anderen Fotos von Spielen im Freien, war eine Aufnahme von Otto und seinem Vater auf der Wippe im Garten. Otto war vielleicht drei Jahre alt, er lächelte strahlend und hielt sich am Brett fest; der Vater, der mit dem Rücken zur Kamera saß, hatte ihn offenbar gerade nach oben schnellen lassen. Die Wippe stand im Vorgarten, in der Nähe der Hausecke und eines Fensters im Erdgeschoss. Es war vermutlich das Küchenfenster, denn am unteren Rand hing eine schmale Bistrogardine.

Hatte die Mutter jemals mit ihrem Sohn auf der Wippe gespielt, nachdem der Vater gestorben war? Paula stellte sich vor, wie der kleine Otto allein auf der Wippe saß, die völlig nutzlos war, wenn man niemanden hatte, mit dem man spielen konnte.

Plötzlich hörte Paula, wie ein Schlüssel in das Schloss der Wohnungstür geschoben wurde.

Wer kam da? Nachdem Nico Saarela Paula seine Schlüssel ausgehändigt hatte, sollte niemand mehr welche haben. Otto Paljakkas Schlüssel waren allerdings immer noch verschollen.

Paula fasste einen schnellen Entschluss. Sie schlug das Album zu, legte es in das Nachttischfach und stapelte die anderen Alben darüber. Dann legte sie sich auf den Boden und kroch unter das Bett. Wer auch immer in die Wohnung kam, Paula wollte wissen, was er vorhatte. Suchte der Eindringling vielleicht etwas, das auf ihn selbst hinwies? Dann war es besser, wenn sie ihm Gelegenheit gab, sie zu den Beweisen zu führen.

Jemand trat ein und schloss leise die Tür. Dann war eine Weile nichts zu hören. Paula versuchte, einen Blick auf den Eindringling zu erhaschen, aber die Tagesdecke reichte fast bis auf den Boden.

Die leisen Schritte waren zuerst weiter entfernt, dann näherten sie sich dem Bett. Paula atmete so flach wie möglich, um kein Geräusch zu machen, kam dabei aber zwangsläufig außer Atem. Ihre linke Wade zuckte. Sie spürte eine leise Panik aufsteigen. In dem Moment setzte sich jemand auf das Bett. Paula drehte vorsichtig den Kopf, um wenigstens die Fersen des Ankömmlings zu sehen, doch der stand gleich wieder auf und trat einen Schritt zurück.

Ein leises Knacksen war zu hören, dann ein zweites. Dann wieder eins, und nun sah Paula unter dem Rand der Tagesdecke, wie auf dem Fußboden vor dem Nachttisch ein Lichtkreis erschien.

Die Taschenlampe. Sie hatte die Taschenlampe vergessen! Als sie die Fotos studierte, hatte sie die Lampe auf das Bett gelegt, und der Eindringling hatte sich offenbar gerade auf sie gesetzt.

Paula hielt die Luft an. Nun war nichts mehr zu hören. Sie überlegte, ob sie versuchen sollte, den Eindringling zu überraschen, doch sie sah keine Chance, schnell genug unter dem Bett hervorzukriechen, geschweige denn aufzustehen. Die Wahl des Verstecks war ein schwerer Fehler gewesen.

Paula blieb jedoch keine Zeit, sich darüber zu ärgern. In ihrem Blickfeld erschienen zwei schwarze Schuhe, dann verschwand einer von beiden. Paula erriet blitzschnell, warum, und rollte sich ein Stück weiter vom Bettrand weg.

Der Tritt traf sie am oberen Rücken, zwischen dem rechten Schulterblatt und der Wirbelsäule. Paula schrie vor Schmerz. Es kam ihr vor, als wäre alle Luft aus ihrer Lunge entwichen.

Durch ihren Schmerz hindurch hörte sie schnelle, sich entfernende Schritte, dann ein Poltern, als etwas umkippte oder auf den Boden fiel. Schließlich wurde die Tür zugeschlagen, und Paula lag immer noch auf ihrem Platz. Sie weinte vor Schmerz, aber mehr noch vor Wut. Die Wut verlieh ihr die Kraft, sich unter dem Bett hervorzuschieben, obwohl die ganze rechte Seite ihres Oberkörpers brannte.

Aber das war jetzt nebensächlich.

Sie hatte womöglich den Mörder entkommen lassen, und das könnte noch jemanden das Leben kosten.

4

Unter Holopainens Augen lagen große dunkle Tränensäcke. Sie fielen Renko sofort auf, und in seinem Kopf entstand das Bild von einem Schriftsteller, der spät in der Nacht auf seiner Maschine tippt, ein Glas Rotwein in Reichweite. Vielleicht traf dieses Stereotyp ja auf Holopainen zu.

Renko fügte dem Bild noch eine Zigarette hinzu, die im Mundwinkel des Schriftstellers hing, denn Holopainens Atem roch so wie die Gurkendose, die in der Raucherecke vor dem Polizeigebäude als Aschenbecher diente.

»Sie wollen mit mir über Paljakka sprechen«, sagte Holopainen.

Renko nickte und stellte sich offiziell vor, obwohl er das bereits am Telefon getan hatte.

Gleichzeitig sah er sich im Flur um. Neben der Klotür hing ein gerahmtes Bild, genauer gesagt eine Vergrößerung des Titelbildes von Holopainens Debütroman. Dem Buchtitel entsprechend zeigte es Berge, die in den Wolken verschwanden. Auf der anderen Seite des Flurs, dem Bild gegenüber, war eine offene Tür, die in das Arbeitszimmer des Schriftstellers führte, das kaum größer war als ein Wandschrank. In der Türöffnung war eine Reckstange angebracht.

Auf dem kleinen Schreibtisch lagen ein Laptop und ein Diktiergerät. So eins sollte ich mir auch anschaffen, dachte Renko, ein Diktiergerät wäre stilvoller als das Handy.

»Das Bild habe ich bei der Feier zur Veröffentlichung bekommen«, erklärte Holopainen, als er merkte, dass Renko das Titelbild seines Erstlings betrachtete.

»Das war ein gutes Buch. Es hat meiner Frau und mir sehr gefallen«, antwortete Renko und betete insgeheim, dass der Schriftsteller ihn nicht nach seinem Leseerlebnis fragte, denn natürlich hatte er das Werk nicht gelesen. Seine Frau wohl auch nicht. Holopainen begnügte sich jedoch mit einem kurzen Dank.

»Die Reckstange habe ich mir angeschafft, als meine Frau mich vor ein paar Monaten verlassen hat. Ich dachte mir, ich tue etwas für meine Kondition. Aber ich habe keinen einzigen Klimmzug geschafft. Bestimmt fehlt mir irgendeine Muskelgruppe. Manchmal hänge ich daran, wenn ich Rückenschmerzen habe«, erzählte Holopainen.

Im Wohnzimmer setzte Renko sich ans Ende des Zweiersofas und hoffte, dass der Autor nicht neben ihm, sondern im Sessel Platz nehmen würde.

»Möchten Sie was trinken? Kaffee, Tee?«, fragte Holopainen.

»Kaffee wäre nett«, antwortete Renko.

»Gut. Tee habe ich auch gar nicht«, versetzte Holopainen.

Kurz darauf kam er aus der Küche zurück und stellte eine Kaffeetasse auf den Wohnzimmertisch. Renko fiel auf, dass eine gleichmäßige Staubschicht auf der gläsernen Tischplatte lag. Offenbar war seine Ex-Frau diejenige, die darauf geachtet hat, dass sich der Staub nicht sammelt, dachte Renko, genau wie bei uns. Immer wenn er mit dem Staubsaugen fertig war und glaubte, nun sei der Hausputz erledigt, wies seine Frau ihn darauf hin, dass er die Oberflächen der Möbel nicht abgewischt hatte.

»Wie sind Sie Paljakkas Ghostwriter geworden?«, fragte Renko, nachdem er einen Schluck von dem dünnen Kaffee getrunken hatte.

»Ich weiß es nicht genau. Der Manager, Nico Saarela, hat mich eines Tages angerufen. Angeblich war ich ihre erste Wahl.

Aber vielleicht war ich nur der Erste, dem es nichts ausmachte, dass sein Name nicht auf dem Einband steht.«

»Wie lief die Zusammenarbeit mit Paljakka?«

»Ganz gut, glaube ich. Er schien keine Klagen zu haben. Er hat … oder hatte, da er ja nun tot ist, teilweise ein ganz interessantes Leben. Aber den Auftrag habe ich nur wegen des Geldes angenommen. Ich habe letztes Jahr keine Stipendien bekommen und schon eine Weile als Reinigungskraft auf Schiffen gearbeitet, also war ich dankbar für die Gelegenheit. Saarela hat einen guten Vorschuss gezahlt. Wissen Sie, in unserem Land ist man als Schriftsteller ein Bettler.«

»So ist es«, sagte Renko und bemühte sich, empathisch zu klingen.

»Es ist natürlich etwas anderes, wenn man an Podiumsgesprächen im Fernsehen teilnehmen darf«, fuhr Holopainen fort und legte dann seine Auffassung über die Missstände des finnischen Stipendiensystems dar, deren größter offenbar die Tatsache war, dass seine Anträge nicht jedes Mal Geld einbrachten. Holopainen zufolge gehörte er nicht zu den etablierten Kreisen und wusste daher nicht immer, wem er diesmal hätte schmeicheln müssen.

»Mein voriger Roman, ›Hirtenjunge‹, hat ganz gute Kritiken bekommen, aber so ein Buch verkauft sich ja nicht großartig. Als Nächstes werde ich einen Krimi schreiben, dafür gibt es wenigstens einen Markt. Mord interessiert die Menschen«, erklärte Holopainen.

»So ist es«, wiederholte Renko, um Holopainens Lamento zu unterbrechen. Eigentlich hätte er am liebsten gebrüllt: Zur Sache!

»Na ja, aber Sie wollten ja etwas über Paljakka erfahren«, sagte Holopainen, als hätte er Renkos stummen Schrei gehört. »Er war schon ein toller Bursche. Vor allem der K2 war eine echt gefährliche Tour. Ohne zusätzlichen Sauerstoff! Und fantastisch war auch, dass Otto seine ganze Gruppe auf den Broad Peak geführt hat, Saarela und die beiden anderen. Die hatten anfangs ja kaum Erfahrung, bis auf Suominen, der hatte ein bisschen mehr Übung.«

»Hat Paljakka bei den Interviews irgendetwas Sensationelles erzählt?«, fragte Renko.

»Nein. Otto hat immer sehr bedacht gesprochen. Aber den anderen ist ab und zu etwas entschlüpft, mehr oder weniger absichtlich«, antwortete Holopainen.

»Was zum Beispiel?«

»Zum Beispiel Dinge, die nicht in das Buch aufgenommen werden durften. Nach Ottos Worten ist seine Mutter an Krebs gestorben, und die Version wurde gedruckt. Aber in Wahrheit hat sie sich erhängt.«

»Ach!«, rief Renko verwundert. »Wer hat das behauptet?«

»Daran erinnere ich mich nicht mehr, ich müsste es auf den Tonaufnahmen überprüfen. Und dann das, was beim Aufstieg auf den Broad Peak passiert ist. Die tote Frau. Das war nicht ganz so, wie es im Buch steht«, sagte Holopainen und stützte die Ellbogen auf die Knie.

»Was war denn in Wahrheit passiert?«, fragte Renko.

»Die Frau war noch nicht tot, als sie bei ihr ankamen. Sie hat im Schock mit ihrem Eispickel nach Paljakka geschlagen. Davon hat er die Narbe. Paljakka hat einen seltsamen Wutanfall bekommen und die Frau erwürgt. Aber sie wäre sowieso gestorben, sie hätten ihr nicht helfen können. Man kann es wohl als Mord aus Barmherzigkeit ansehen«, erklärte Holopainen. Sein Tonfall verriet nicht die geringste Erschütterung.

»War bei der Expedition nicht auch ein Amerikaner dabei?«, erkundigte sich Renko.

»Ja. Die Story war so heftig, dass ich später versucht habe, ihn zu erreichen. Nur um zu erfahren, ob die Geschichte tatsächlich stimmte, im Buch sollte sie ja nicht erzählt werden. Aber der Yankee war ein halbes Jahr vorher in den Alpen in eine Schlucht gestürzt. Harter Tobak.«

Der Schriftsteller räusperte sich und verschwand in der Küche, während Renko versuchte zu verdauen, was er gerade gehört hatte. Er musste schleunigst Paula informieren.

Holopainen kam mit einem versilberten Federhalter zurück.

»Ich könnte Ihnen ein Exemplar des ›Hirtenjungen‹ schenken, mit Widmung«, bot er an und nahm ein Buch aus dem Regal. »Den Stift hat mir meine Frau zur Hochzeit geschenkt, das heißt, jetzt ist sie ja bald meine Ex«, erklärte er, während er das Buch signierte.

»Danke«, sagte Renko, als Holopainen ihm das Buch reichte. »Wer hat Ihnen erzählt, was auf dem Berg passiert ist?«

»Die einzige Frau in der Gruppe, Jonna Salomaa. Es schien sie zu bedrücken«, antwortete Holopainen gleichgültig. In dem Moment piepte Renkos Handy.

»Verflixt und zugenäht«, schnaubte er, nachdem er die Nachricht seiner Frau gelesen hatte. »Hören Sie, ich muss kurz nach Hause. Ist es Ihnen recht, wenn ich spätestens in zwei Stunden wiederkomme?«

»Natürlich. Ich habe nichts weiter vor«, erwiderte Holopainen und schnäuzte sich am Ärmel.

Als Renko im Flur den Mantel anzog, ging Holopainen in die Küche, um unter der Abzugshaube zu rauchen.

»Meine Frau und ich waren mehr als zwanzig Jahre zusammen«, hörte Renko den Schriftsteller sagen, mehr zu sich selbst als zu ihm. »Dann hat sie sich in eine Frau verliebt und ist gegangen. Wir hatten es nicht immer leicht miteinander, ich war manchmal ein ziemlich beschissener Ehemann.«

»Das tut mir leid. Bis bald«, rief Renko, als er ins Treppenhaus ging.

»Trotzdem tut es weh«, hörte er Holopainen noch sagen, bevor er die Tür schloss.

5

Nachdem Paula ins Polizeigebäude zurückgekehrt war, hatte sie Nico Saarela, Samuli Suominen und Jonna Salomaa zur Fahndung ausgeschrieben. Zu den Wohnungen der drei waren gerade Streifenwagen geschickt worden, mit denen Karhu im Besprechungsraum Kontakt hielt.

Paula kochte immer noch vor Wut – auf sich selbst. Ihr Rücken schmerzte, sie müsste zum Arzt gehen, aber dazu hatte sie jetzt keine Zeit.

Sie las am Computer die neuesten Berichte der forensischen Ermittler. Auf dem Spielplatz, auf dem Jere Sallinen ermordet worden war, hatte man keine Spuren des Täters gefunden. Die Spielgeräte waren natürlich mit Fingerabdrücken übersät, doch die stammten wahrscheinlich von den Kindern, die dort gespielt hatten. Weder am Seil noch an der kleinen Wippe im Wald hatte man Spuren gefunden, ebenso wenig an dem Stein, mit dem der Junge niedergeschlagen worden war, bevor er erhängt wurde. Der Stein hatte sich in dem Gestrüpp hinter dem Spielplatz gefunden, in das der Täter ihn geworfen hatte. Daran haftete nur Sallinens Blut.

Sie hatten immer noch keine handfesten Beweise gegen irgendwen.

Paula rieb sich die rechte Schulter und dachte, dass sie während der gesamten Ermittlung nur Fehler gemacht hatte. Hätte sie Jere Sallinens Tod verhindern können, wenn sie Otto Paljakkas ganzen Freundeskreis früher verhaftet hätte?

Sie wusste allerdings, dass es dafür keine Grundlage gegeben hätte. Dass im Garten von Otto Paljakkas Elternhaus irgendwann eine Wippe gestanden hatte, war kein gewichtiger Grund für einen Verdacht gegen seine Freunde aus der Kindheit. Dann hatte Jere Sallinens Tod alles durcheinandergebracht, und sie hatte den Fokus verloren.

»Na also«, sagte Hartikainen plötzlich. Er hatte so still an seinem Computer gesessen, dass Paula seine Anwesenheit ganz vergessen hatte.

»Jetzt wird das Bild endlich klarer. Nico mit ›c‹ hat herumgepfuscht, und zwar nicht zu knapp.«

Hartikainen hatte die Bilanzen von Otto Paljakkas Firma überprüft und festgestellt, dass schon seit Jahren Geld unterschlagen worden war, wie er von Anfang an vermutet hatte. Und er wusste auch, wer der Schuldige war.

Nico Saarela hatte immer noch mehr als hunderttausend Euro Schulden aus der Zeit, als er sich im Immobiliengeschäft versucht hatte, mit äußerst schlechtem Resultat. Paljakkas Firma zahlte ihm ein gutes Gehalt, von dem jedoch der Löwenanteil für die Abzahlung der Schulden draufging. Saarela hatte einen Weg gefunden, sich Firmengelder anzueignen, ohne dass der Gerichtsvollzieher davon erfuhr.

»Über zwei verschiedene Unternehmen, vermutlich mit fingierten Rechnungen«, erklärte Hartikainen. »In beiden Unternehmen fungiert seine Ex-Frau als Vorsitzende des Aufsichtsrats.«

»Ist seine Ex in die Sache verwickelt?«, wunderte sich Paula.

»Das werde ich als Nächstes untersuchen«, sagte Hartikainen. »Saarela hatte jedenfalls Grund zu der Befürchtung, dass Paljakka sich irgendwann fragen würde, wieso sein Unternehmen rote Zahlen schreibt. Da haben wir das Motiv.«

»Ein Motiv für den Mord an Paljakka, nicht für den Rest«, wandte Paula ein.

»Vielleicht dienten die anderen Morde nur zur Irreführung«,

spekulierte Hartikainen. »Vielleicht waren die Wippen und der Sand und all das nur ein Bluff, mit dem Saarela versucht hat, zu verschleiern, dass er Paljakka wegen seiner Unterschlagungen umbringen wollte.«

»Das ist natürlich auch möglich«, räumte Paula ein. Sie wusste nicht mehr, was sie denken sollte. Die ganze Theorie von einem Serienmörder erschien ihr jetzt weit hergeholt und unfundiert. Hatte sie sich hinters Licht führen lassen?

Auf dem Handy, das vor ihr auf dem Tisch lag, blinkte Renkos Name. Hat seine Schwiegermutter es übernommen, sich um Heikki zu kümmern, sodass er endlich zur Arbeit kommen kann, überlegte Paula. Sie hatte sich kaum gemeldet, als Renko auch schon mit seinem Bericht begann. Und je weiter er kam, desto heftiger pochte der Schmerz in Paulas Rücken. Hartikainen sah sie verwundert an, aber Paula ging schon mit dem Handy am Ohr auf den Flur und weiter in den Besprechungsraum, in dem Karhu saß.

»Ich habe die Teledaten der drei noch nicht bekommen«, sagte Karhu, als er Paula an der Tür erblickte. »Die Streifen waren gerade bei Saarela und Suominen, haben sie aber nicht angetroffen. Jonna Salomaa ist an ihrem Arbeitsplatz, und nach Aussage ihres Chefs war sie den ganzen Vormittag dort.«

»Was steht auf dem Totenschein von Otto Paljakkas Mutter?«, fragte Paula.

Karhu sah sie ratlos an. Paula wiederholte ihre Frage, diesmal eine Spur schärfer.

»Die Mutter hat Selbstmord begangen«, sagte Karhu.

»Das wissen wir. Aber wie?« Nun brüllte Paula beinahe.

»Sie hat eine Überdosis Medikamente genommen«, erwiderte Karhu, wirkte aber auf einmal sehr unsicher.

»Steht das auf dem Totenschein?«

»Den … habe ich nicht«, sagte Karhu. »Ich dachte …«

»Was?«

Karhu gab keine Antwort, er wirkte wie gelähmt.

»Besorg dir den Totenschein«, fauchte Paula. »Sofort. Und ich hoffe für dich, dass dort die Todesursache steht, die du uns vor zwei Tagen als Tatsache verkauft hast.«

Sie trat auf den Flur zurück und knallte die Tür zu.

6

Der Besucher hatte einen kleinen Karton bei sich und trug weiße Handschuhe.

»Atopisches Ekzem«, erklärte er, als er Holopainens verwunderten Blick sah.

»Ach so. Ich dachte schon, dass du die Handschuhe nur aus Respekt vor der Literatur trägst«, sagte Holopainen mit einem leicht gekünstelten Lachen, denn er fand seinen Witz selbst nicht gut.

Der Besucher reagierte nicht auf den Kommentar, sondern bat Holopainen, Paljakkas Biografien zu signieren.

»Sie sind für einige Kooperationspartner. Otto ist nicht mehr dazu gekommen, seinen Namen reinzuschreiben. Wir dachten uns, es wäre schön, wenn wenigstens der Name des wahren Verfassers drinsteht. Den Partnern ist ja klar, dass Otto das Buch nicht selbst geschrieben hat«, sagte der Besucher und stellte den Karton auf den Sofatisch.

Holopainen nahm seinen versilberten Stift vom Regal. Er kniete sich an den Tisch, und der Besucher schlug eins der Bücher vor ihm auf. Sie hätten einen attraktiveren Einband machen können, dachte Holopainen, das wäre kein großer Aufwand gewesen.

Er kritzelte seine undeutliche Signatur auf das Titelblatt.

»Soll ich als Erklärung Ghostwriter dazuschreiben?«, erkundigte er sich grinsend.

»Ghost klingt gut«, sagte der Besucher.

Im selben Moment sah Holopainen etwas vor seinen Augen vorbeihuschen.

Eine Schlinge legte sich um seinen Hals.

Vor lauter Überraschung kam Holopainen nicht dazu, sich zu wehren. Er griff instinktiv nach der Schlinge, die sich um seinen Hals zuzog. Der Besucher riss ihn hoch und zerrte ihn in den Flur. Holopainen konnte nicht anders, als ihm rückwärts stolpernd zu folgen.

Der Besucher warf den Ledergürtel über die Reckstange und zog. Holopainen starrte auf sein eigenes Gesicht, das sich im Bild über den verschneiten Bergen spiegelte. Über ihnen stand auf einer purpurroten Wolke der Name Topi Holopainen.

Die Farbe der Wolke breitete sich auf Holopainens Gesicht aus, während sein Atem versiegte.

Ich hätte trotz allem gern noch weitergelebt, dachte Holopainen. Er sah, wie sein Spiegelbild auf den Bergwänden verschwamm. Dann wurde es dunkel um ihn.

Als Holopainen erschlaffte, band der Besucher den Gürtel an der Reckstange fest. Holopainen hing an der Stange wie ein an der Garderobe vergessener Mantel.

Der Besucher blickte sich um. Er bemerkte das Diktiergerät und den Laptop auf dem Schreibtisch, nahm das Diktiergerät in die Hand, wählte blindlings eine Datei und ließ sie laufen.

Seine eigene Stimme füllte den Raum.

Er drückte auf die Stopptaste und steckte beide Geräte in seine Schultertasche.

Der Besucher ging noch einmal ins Wohnzimmer und packte das Buch wieder in den Karton. Als er die Wohnung verließ, drückte er die Tür mit dem Ellbogen zu, ohne zu merken, dass das Schloss nicht einschnappte.

7

Brief Nummer 53

Mein lieber Sohn Pauli,

ich habe in der Zeitung deinen Namen auf der Liste der frischgebackenen Abiturienten gesucht. Es hat eine Weile gedauert, bis ich ihn fand. In meinen Gedanken bist du immer Pauli, obwohl du diesen Namen nicht kennst, sondern nur den anderen, offiziellen, der auch in der Zeitung stand.
Eine Weile habe ich mit dem Gedanken gespielt, zur Abiturfeier in deine Schule zu gehen. Ich habe dich seit deiner Konfirmation nicht mehr gesehen. Das ist schon Jahre her! In der Stadt betrachte ich oft junge Leute, in der Hoffnung, dich zufällig unter ihnen zu entdecken. Würde ich dich überhaupt noch wiedererkennen?
Wenn deine Eltern die Absicht hatten, dir von deiner Herkunft zu erzählen, haben sie es inzwischen sicher schon getan. Was hast du wohl gedacht, falls du erfahren hast, dass du noch eine zweite Mutter hast? Warst du wütend oder traurig oder neugierig?
Vielleicht hättest du mich finden wollen. Aber wie könntest du mich suchen? Ich müsste zu dir kommen. Aber falls man es dir nicht erzählt hat, wage ich nicht, das Risiko einzugehen, dass ich deine Welt in Scherben schlage – dass

alles, wofür du dich gehalten hast, in einem ganz neuen Licht erscheint.
Vielleicht in einem, mit dem du nicht leben könntest.
Also war ich vorige Woche nicht dabei, als du dir die Studentenmütze aufgesetzt hast. Ich dachte, so ist es besser für mich. Stattdessen bin ich an dem Tag zum Grab meiner Mutter gefahren. Unterwegs erinnerte ich mich, wie stolz meine Tante Eevi sich bei der Abiturfeier meines Vetters die Lyra-Brosche angesteckt hat. Meine Mutter hat weder die Abiturfeier noch die Konfirmation ihrer beiden Kinder miterlebt.
Zuerst wollte ich schreiben, dass sie sie nicht miterleben »durfte«, aber ich hätte ebenso gut schreiben können, dass sie es nicht »wollte«. Sie hat ihre Entscheidung ja selbst getroffen.
Eigentlich hatte ich vor, Heidekraut auf ihr Grab zu pflanzen, aber um diese Jahreszeit bekommt man das nirgendwo. Daher habe ich im Supermarkt Schnittblumen gekauft, die jetzt dort verwelken.
Ich habe meiner Mutter erzählt, dass ihr Enkel gerade das Abitur gemacht hat. Aber ich habe wohl dort im Sonnenschein nur mit mir selbst geredet.
Ich erinnerte mich an Mutters Beerdigung. Es war noch Sommer, nur leicht bewölkt, allerdings windig. Trotzdem kam es mir damals vor, als wäre der Herbst vor seiner Zeit angebrochen.
In der Kirche waren nicht viele Menschen. Es lag wohl an der Art, wie sie gestorben ist, dass Vater nicht mehr Trauergäste wollte. Es gab zu viele Fragen, auf die wir nie eine Antwort bekommen würden.
Vaters Stimme brach, als er den Gedenkspruch auf der Kranzschleife vorlas. Ich musste den Rest vorlesen. Mein kleiner Bruder hat noch nichts verstanden.
Es wurde nur ein einziges Foto von uns am offenen Grab

gemacht. Alle Fotos im Schuhkarton und in den Alben stammen von Feiern und Urlaubsreisen. Die Momente des Abschieds wollte mein Vater nicht fotografieren. Die müssen wir alle in uns tragen.
Als ich heute durch die Stadt spaziert bin, habe ich in den Schaufenstern der Fotostudios nachgesehen, ob ich dein Bild finde.
Aber niemand sah so aus wie du.

Mutter

8

Paula stand im Badezimmer des Schriftstellers Topi Holopainen. Sie öffnete den Spiegelschrank mit einem Kugelschreiber, obwohl sie vorschriftsgemäß Schutzhandschuhe übergestreift hatte.

»Lamictal, 100 Milligramm einmal täglich. Gegen bipolare Störung. Olanzapin gegen Schlaflosigkeit, Diazepam gegen Angstzustände«, zählte sie den Inhalt des Schränkchens auf.

Renko war zu Holopainen zurückgefahren und hatte bemerkt, dass die Tür nur angelehnt war. Er hatte sie aufgeschoben und einen Gruß gerufen, bevor er den Schriftsteller an der Reckstange hängen sah. Nachdem er sich vergewissert hatte, dass die Wohnung leer war, hatte er erschüttert Paula angerufen.

Paula kehrte aus dem Bad ins Wohnzimmer zurück, wo der Rechtsmediziner Holopainens Leiche untersuchte. An der Todesursache bestand kein Zweifel, die Frage war nur, ob Holopainen sich selbst an der Reckstange erhängt oder ob es jemand anderes getan hatte.

»Im Prinzip könnte es auch ein Selbstmord sein«, stellte Paula fest, als sie wieder bei Renko angekommen war, der sich im beengten Arbeitszimmer des Schriftstellers umsah. »Aber es ist wohl keiner.«

»Holopainen wirkte tatsächlich deprimiert. Seine Frau hat ihn verlassen, aber …«, sagte Renko und beugte sich über den Schreibtisch.

»Suchst du etwas?«, fragte Paula.

»Das Diktiergerät. Es lag hier auf dem Tisch. Und ein Laptop.

Daran erinnere ich mich genau, weil es ein Macbook war. Es hat mich gewundert, dass ein Künstler, der seinen eigenen Worten nach fast am Hungertuch nagt, sich so etwas leisten kann.«

»Warum sollte jemand das Diktiergerät mitnehmen?«

»Irgendwer oder auch mehrere Personen hatten Holopainen Dinge erzählt, die nicht veröffentlicht werden durften. Vielleicht hat Holopainen die Interviews gespeichert«, meinte Renko.

»Wer hat mit Holopainen über den Tod von Otto Paljakkas Mutter gesprochen?«, fragte Paula.

Kurz bevor Renko anrief und sie über Holopainens Tod informierte, hatte Karhu den Totenschein der Mutter wortlos auf ihren Tisch gelegt. Das Dokument hatte die Information bestätigt: Paljakkas Mutter hatte sich in der Küche erhängt, während der Junge draußen spielte.

»Das wusste Holopainen nicht mehr. Außerdem ist er die ganze Zeit vom Thema abgeschweift, hat über Stipendien geschwafelt und seiner Frau nachgeweint. Und dann musste ich nach Hause«, antwortete Renko.

»Warum?«

»Meine Frau kam nicht allein mit Heikki zurecht. Sie konnte sich nicht wach halten, weil sie vor Schmerzen die ganze Nacht nicht geschlafen und dann starke Antibiotika genommen hatte.«

»Eben deshalb hättest du von Anfang an zu Hause bleiben und Holopainen mir überlassen sollen«, erwiderte Paula verärgert.

Renko schwieg verlegen, und Paula hatte nicht die Absicht, ihm entgegenzukommen. Es war schon das zweite Mal an diesem Tag, dass ein Mitglied ihres Teams sie schwer enttäuscht hatte.

Oder eigentlich das dritte Mal, wenn man ihren eigenen Fehler mitrechnete.

Aber im Moment brachte es nichts, sich darin zu verbeißen. Holopainen war skrupellos mitten am Tag ermordet worden, was darauf schließen ließ, dass den Täter nichts mehr zurückhielt.

Paula betrachtete den Gürtel, der immer noch an der Reckstange hing.

»Würde der dir passen?«, fragte sie.

»Wieso?« Renko blickte verwundert auf den Gürtel. »Nein, der ist zu lang. Da müsste ich ein neues Loch reinmachen, damit die Hose oben bleibt.«

»Holopainen hat ungefähr dieselbe Hosengröße wie du«, stellte Paula fest. »Sein Gürtel ist das also nicht.«

9

Tanja Saarela wirkte verwundert. Hartikainen hatte ihr gerade berichtet, dass sie Aufsichtsratsvorsitzende in zwei Unternehmen war, von denen sie noch nie gehört hatte.

»Hat Nico das getan?«, fragte sie ungläubig und betrachtete die Papiere, auf denen ihr Name stand. »Wie ist das möglich? Ich habe nichts dergleichen unterschrieben, ganz bestimmt nicht.«

»Er hat Ihre Personalien missbraucht«, sagte Hartikainen. »Das ist ganz einfach. Die Personenkennziffer und ein paar andere Angaben genügen.«

»Aber die Firmen wurden ja erst nach unserer Scheidung gegründet«, schnaubte Tanja Saarela leise und sah sich an ihrem Arbeitsplatz im Großraumbüro einer Versicherungsgesellschaft um, wo Hartikainen sie aufgesucht hatte.

»Was soll ich jetzt tun?«, flüsterte sie besorgt. »Werde ich für irgendwas zur Verantwortung gezogen?«

»Sie haben sich nichts zuschulden kommen lassen. Aber wir müssen Nico jetzt möglichst bald erreichen. Wissen Sie, wo er sich aufhält?«

»Wir haben nicht mehr Kontakt als unbedingt nötig. Nico holt unsere Tochter Milja jedes zweite Wochenende zur vereinbarten Zeit ab. Allerdings hat er mir jetzt mitgeteilt, dass er sie morgen nicht zu sich holt.«

»Wann war das?«

»Heute gegen Mittag, per Textnachricht.«

»Kommt so etwas öfter vor?«

»Nein. Das hat er bisher noch nie getan.«

Hartikainen gab der Frau seine Visitenkarte und bat sie, ihn sofort anzurufen, falls Nico sich bei ihr meldete. Dann eilte er zurück zu seinem Wagen und rief Karhu an. Karhu war im Polizeigebäude geblieben, um Kontakt zu den Polizeistreifen zu halten, die vor den Wohnungen von Nico Saarela und Samuli Suominen Wache schoben.

»Keiner der beiden ist nach Hause gekommen, und ihre Handys sind ausgeschaltet. Saarelas Wagen ist weg«, berichtete Karhu.

»Ich habe Grund zu der Annahme, dass Saarela zu fliehen versucht«, sagte Hartikainen. »Er hat wahrscheinlich Geld ins Ausland verschoben. Ich komme sofort hin, aber fang schon mal an, die Fluggesellschaften zu kontaktieren.«

Das gute alte Motiv, dachte Hartikainen, als er seinen Wagen vom Parkplatz der Versicherungsgesellschaft lenkte. Wenn es nicht um Totschlag im Affekt, sondern um Mord ging, gab es kein machtvolleres Motiv als Geld, das hatte ihn die Erfahrung gelehrt. Und Geld hatte Nico Saarela jetzt so reichlich, dass er sich irgendwo ein neues Leben leisten konnte.

Wenn es ihm gelang, das Land zu verlassen.

10

Paula fuhr auf der Straße zum Flughafen so schnell, dass Renko sich am Türgriff festhielt. Der Regen war am Nachmittag stärker geworden, die Spurrillen in der Fahrbahn waren voller Wasser. Sie hatten Holopainens Wohnung in solcher Eile verlassen, dass sie vergessen hatten, das Blaulicht aus dem Kofferraum zu holen.

»Hoffentlich haben wir nicht bald die Polizei am Hals«, sagte Renko.

Paula antwortete nicht, sondern hängte sich so dicht an die Stoßstange des Wagens vor ihr, dass der Fahrer es für besser hielt, auf die rechte Spur auszuweichen.

Karhu und Hartikainen waren bereits am Terminal zwei des Flughafens. Sie hatten herausgefunden, dass Nico Saarela für diesen Donnerstagabend den letzten Direktflug in die Schweiz gebucht hatte. Das Ticket war im Internet um Viertel nach elf gekauft worden – nur etwa eine halbe Stunde, nachdem Renko Saarela angerufen und nach dem Ghostwriter gefragt hatte.

»Warum hätte Saarela Holopainen töten sollen, wenn er sowieso fliehen wollte?«, fragte Renko, während Paula sich mit Vollgas der Stoßstange des nächsten Wagens näherte. »Andererseits, warum hätte er Kaarina Alanne töten sollen, wenn sein einziges Motiv darin bestand zu verhindern, dass Otto Paljakka von der Unterschlagung der Firmengelder erfuhr?«

»Von Jere Sallinen ganz zu schweigen«, fügte Paula hinzu. »Ich weiß es nicht. Aber jetzt müssen wir Saarela schnappen.«

Da sie am Flugplatz keine massive Polizeioperation organisieren wollten, die Saarela verscheuchen könnte, hatten sie beschlossen, ihn möglichst unauffällig festzunehmen, am liebsten schon vor der Sicherheitskontrolle. Ins Flugzeug würde man ihn jedenfalls nicht lassen.

»Ich habe noch weiter über die Geschichte von der Bergtour nachgedacht, wo Paljakka diese Frau erwürgt hat«, fuhr Renko fort und umklammerte den Türgriff fester, da der Wagen auf der nassen Straße ins Rutschen zu kommen drohte. Paula ging kurz vom Gas und lenkte das Auto aus den Spurrillen.

»Danach hat sich alles verändert. Paljakka hat beschlossen, mit dem Bergsteigen aufzuhören, Nico Saarela hat angefangen, Firmengelder zu unterschlagen, und Jonna Salomaa wollte ihre Arbeit für Paljakka beenden, ebenso Samuli Suominen.«

»Suominen wollte sie ja eigentlich nicht beenden«, wandte Paula ein und überholte den Wagen vor ihr ordnungswidrig auf der rechten Seite. »Er hatte nur keine Arbeit mehr, nachdem Paljakka das Bergsteigen aufgab.«

»Jedenfalls ist Paljakkas Arbeitsfamilie nach diesem Vorfall zerbrochen. Ich habe den Eindruck, dass sie sich geradezu hassen, auch wenn sie sich bemühen, es zu verbergen.«

»Das ist wohl kein Wunder. Sie wurden immerhin Zeugen eines Mordes. So etwas hinterlässt Spuren«, sagte Paula und lenkte ihren Saab auf die Ausfahrt.

Vielleicht hatte Paljakkas Tat die schlimmsten Spuren bei ihm selbst hinterlassen, überlegte Paula und erinnerte sich, wie überzeugt Paljakkas Freundeskreis gewesen war, dass er Selbstmord begangen hatte, allen voran Nico Saarela. Allerdings war diese Überzeugung natürlich vorgetäuscht, wenn Saarela tatsächlich selbst hinter den Morden steckte.

Aber irgendetwas passte nicht ins Bild.

»Ruf Karhu an«, sagte Paula, als sie die Zufahrt zum Terminal eins wählte. »Und schalte auf Lautsprecher.«

Renko wählte die Nummer und hielt das Handy zwischen Paula und sich selbst. Karhu meldete sich sofort.

»Paula hier. Wo bist du?«

»Ach, du bist es. Wir sind im Terminal zwei in der Nähe der Sicherheitskontrolle.«

Paula registrierte den Ton, in dem Karhu »Ach, du bist es« sagte. Ihr war klar, dass sie sich bei ihm entschuldigen musste. Sein Fehler war letztlich nur ein menschlicher Irrtum gewesen.

»Bleibt, wo ihr seid, und passt auf, ob Saarela sich blicken lässt. Wenn er auftaucht, nehmt ihn fest. Wir sind gleich beim Terminal eins und vergewissern uns, dass er nicht dort wartet. Der Flug geht auf jeden Fall am Terminal zwei ab. Halten wir die Verbindung offen.«

»Alles klar«, sagte Karhu.

Renko schaltete den Lautsprecher aus und hielt sich das Handy ans Ohr. Es war besser, über ein normales Telefon in Verbindung zu bleiben, denn es weckte keine Aufmerksamkeit, anders als ein Funkgerät.

Paula parkte an einer Stelle, an der man eigentlich nur kurz halten durfte, um Passagiere abzusetzen. Sie stiegen aus, Paula schloss den Wagen ab und zog sich die Kapuze über den Kopf.

»Ich geh schon mal zur Tür, überprüf du die Gruppe da«, sagte sie.

Unter dem Vordach drängten sich Menschen, die vor dem Regen Schutz suchten, während sie sich voneinander verabschiedeten oder rauchten. Paula ging voran, Renko folgte ihr langsam, prüfte jedes Gesicht in der Menge und redete dabei am Telefon belangloses Zeug, das Karhu sich anhören musste. Paula verlangsamte ihre Schritte, als sie sich dem Eingang näherte, und warf durch das Fenster einen raschen Blick in das Terminal.

Es konnte kein Zweifel bestehen.

Nico Saarelas rotes Team-Otto-Basecap war inmitten des Menschenstroms zu sehen, der das Terminal zwei ansteuerte.

»Ziel in Sicht«, sagte Paula leise zu Renko, der zu ihr aufgeschlossen hatte. Sie nahm ihm das Handy ab und wiederholte ihre Worte für Karhu. »Ein rotes Basecap, auf dem Weg zum Terminal zwei, geht ihm entgegen. Wenn ihr das Ziel und uns seht, schreiten wir zur Festnahme.«

11

Nico Saarela sah sich in der großen Halle des Terminals eins um. Niemand schien ihn zu beachten. Er blieb eine Weile stehen und beobachtete die Tür, aber alle, die hereinkamen, wirkten mit ihren großen Koffern wie ganz normale Touristen.

Er selbst hatte nur ein kleines Bordcase dabei, das er vorsichtshalber schon vor zwei Tagen gepackt und in ein Gepäckschließfach am Hauptbahnhof gestellt hatte. Sein Auto hatte er in einer Tiefgarage beim Bahnhof gelassen – dort waren die Parkgebühren hoch, aber darum brauchte er sich ja nicht mehr zu kümmern. Er hatte nicht gewagt, mit dem Zug oder mit seinem eigenen Wagen zum Flughafen zu fahren, denn er hatte Angst, dass man ihn unterwegs entdecken könnte.

Nach dem Anruf des Polizisten am Morgen hatte er begriffen, dass alles ans Licht kommen würde. Wenn die Polizei Paljakkas Leben so akribisch untersuchte, dass sie sogar den Ghostwriter befragte, würden alle Geheimnisse enthüllt werden. Er musste sofort verschwinden.

Aber er hatte ja schon lange gewusst, dass dieser Tag irgendwann kommen würde. Am schwersten fiel es ihm, seine Tochter zurückzulassen, doch der Gedanke, dass Milja ihn im Gefängnis besuchen müsste, war ihm unerträglich.

Vielleicht würde er irgendwann zurückkehren können.

Das Taxi hatte ihn beim falschen Terminal abgesetzt. Aber bis zum Abflug hatte er reichlich Zeit. Er wühlte in seiner Manteltasche, um am Handy auf die Uhr zu sehen, erinnerte sich dann aber, dass er es ausgeschaltet im Handschuhfach seines Wagens gelassen hatte.

Im Vorbeigehen schaute er auf der Abflugliste nach seinem eigenen Flug: Zürich, Abflug 19.40 Uhr. Bis dahin waren es noch fast drei Stunden. Eine beinahe nervend lange Zeit.

Nico Saarela machte sich auf den Weg zum Terminal zwei. Er bemühte sich, ruhig zu gehen, obwohl sein Herz immer schneller schlug. Er sah sich um, schaffte es aber nicht, seinen Blick auf irgendein Gesicht in der Menge zu konzentrieren.

»Alles in Ordnung«, sagte er sich. »Alles in Ordnung.«

»Alles in Ordnung, Nico«, sagte jemand.

Jemand, der direkt neben ihm ging.

12

Renko bewegte sich am rechten Rand des Ganges vorwärts, Paula am linken. Sie hatte versucht, das rote Basecap die ganze Zeit im Blick zu behalten, aber zwischendurch verschwand es immer wieder hinter irgendeinem anderen Reisenden. Paula legte einen Schritt zu, um näher heranzukommen. Sie warf einen Blick auf Renko, der das Handy weiterhin ans Ohr hielt. Renko schüttelte den Kopf. Karhu und Hartikainen hatten Saarela also noch nicht gesehen.

Als Paula wieder nach vorn sah, konnte sie das rote Basecap nicht mehr entdecken. Hatte Saarela es abgenommen? Paula überholte einige Leute und stieß versehentlich gegen einen älteren Mann, der mit seinem Bordcase mitten auf dem Gang stand.

»Entschuldigung«, brüllte sie beinahe und fiel dann in Laufschritt. Auch Renko hatte Tempo zugelegt, nun rannten sie beide und bemühten sich, niemanden anzurempeln.

Plötzlich blieb Paula stehen. Sie sah Hartikainens Gesicht in der Menschenmenge, ein paar Dutzend Meter entfernt. Hartikainen blieb ebenfalls stehen, als er Paula bemerkte, und schüttelte den Kopf. Renko ging am rechten Rand weiter. Paula ließ den Blick über die Menschenmasse zwischen ihr selbst und Hartikainen wandern, doch Saarela war nirgends zu sehen. Im selben Moment entdeckte sie auch Karhu, den Renko fast erreicht hatte.

Paula drehte sich ungläubig um und blickte zurück. Hatte

Saarela sie bemerkt, kehrtgemacht und es irgendwie geschafft, an ihnen vorbeizukommen, da sie sich nur auf die vorwärts strebenden Menschen konzentriert hatten?

Sie machte sich auf den Weg zu Renko und Karhu und winkte Hartikainen, ebenfalls zu ihnen zu kommen.

»Verdammt noch mal«, schnaufte Hartikainen atemlos, als er sie endlich erreicht hatte. »Wohin ist der Knilch verschwunden?«

»Seid ihr sicher, dass Saarela euch nicht begegnet ist?«, fragte Paula.

»Ja«, antwortete Karhu mit fester Stimme, aber Hartikainen wirkte unsicher.

»Selbst wenn er uns entgangen ist, in die Maschine kommt er nicht. Am Gate wissen sie Bescheid«, sagte er. »Gehen wir zurück zur Sich…«

»Paula«, fiel Renko ihm ins Wort.

Paula blickte in die Richtung, in die er zeigte und begriff sofort, was er meinte.

Sie waren fast an der Bahnstation des Flughafens. Der Eingang zum Tunnel befand sich ungefähr an der Stelle, an der Hartikainen vorhin stehen geblieben war. Renko lief schon darauf zu, ohne auf Anweisungen zu warten.

»Geht zurück in den Zweier«, rief Paula Hartikainen und Karhu über die Schulter zu und folgte Renko. Als sie sich der langen Rolltreppe näherte, verlangsamte sie das Tempo für einen Moment, um sich die Liste der abfahrenden Züge auf der Leuchttafel anzusehen. Der Zug I nach Helsinki sollte in einer Minute abfahren.

Paula rannte auf die Rolltreppe und drängte sich an den Leuten vorbei, ohne um Entschuldigung zu bitten. Sie hörte, wie Renko irgendwo vor ihr immer wieder »Polizei, Polizei« sagte. Der Weg hinab erschien ihr unglaublich lang.

Unten angekommen, sprintete Paula los und holte Renko ein. Sie kamen fast gleichzeitig zur letzten Rolltreppe, die zum Bahnsteig führte – und sahen gerade noch, wie sich die Türen schlossen und der Zug abfuhr.

»Schicken wir eine Streife zur nächsten Station«, keuchte Renko.

Paula nickte und ließ ihn gewähren, obwohl sie wusste, dass es aussichtslos war. Der Zug würde in zwei Minuten die nächste Station erreichen, und wenn Saarela halbwegs bei Verstand war, würde er dort aussteigen. Man würde ihn nur schnappen, wenn zufällig schon eine Streife an der Station war.

Paula hörte mit halbem Ohr zu, wie Renko am Telefon Saarelas Beschreibung durchgab. Da Saarela die Flucht ergriffen und nicht versucht hatte, seinen Flug zu erreichen, musste er gemerkt haben, dass er verfolgt wurde. Ihm musste auch klar sein, dass die Flucht ihn schuldig erscheinen ließ.

Aber hatte sich Saarela vielleicht doch nur die Unterschlagung zuschulden kommen lassen?

Paula hatte das seltsame Gefühl, dass Saarela, obwohl er vor der Polizei davonlief, vor allem selbst in Gefahr schwebte.

13

Tanja Saarela blickte durch den Türspalt in das Zimmer ihrer Tochter. Milja stand immer noch vor dem offenen Kleiderschrank, nur mit einer Strumpfhose bekleidet. Neben ihr lagen kreuz und quer Kleider auf dem Boden, die Milja vermutlich hatte anziehen wollen, dann aber aus irgendeinem Grund verworfen hatte.

Tanja sah auf dem Handy nach der Uhrzeit: fünf vor halb sechs. Sie mussten spätestens in zehn Minuten los, damit sie rechtzeitig um sechs Uhr zum Elternabend in der Kita waren.

»Milja, bitte«, sagte sie so sanft sie konnte. »Es wird langsam eilig.«

»Ich hab nur blöde Kleider«, brüllte Milja, ohne sich zu ihr umzudrehen.

»Trotzdem musst du jetzt irgendwas anziehen«, erwiderte Tanja.

Nach der Scheidung war Milja reizbar geworden, und daran gab Tanja Nico die Schuld. Nico wiederum sah den Grund in der Scheidung, die er nicht gewollt hatte – und Milja natürlich auch nicht. Aber Tanja war überzeugt, dass die Scheidung letztlich gut für das Kind sein würde. Nico und sie waren seit Jahren auf keiner Ebene mehr miteinander ausgekommen. Eine Zeit lang hatte Tanja gedacht, selbst eine nicht ganz so glückliche Ehe wäre immer noch besser für ein Kind als eine Scheidung, aber dann war ihr klar geworden, dass sie ihre Gefühle nicht mehr lange vor ihrer Tochter verbergen konnte.

Den Abscheu, den sie Nico gegenüber empfand.

Drei Jahre nach der Hochzeit hatte Tanja allmählich gemerkt, dass Nico von seinem wahren Wesen her nahezu das Gegenteil der Person war, die er meist erfolgreich spielte. Nico war ein schwacher, eifersüchtiger und schnell beleidigter Mensch, der insgeheim seine eigenen Fehler anderen ankreidete. Zum Schluss war es Tanja unmöglich gewesen, ihn auch nur zu berühren.

Sie hatte ihm gesagt, dass sie die alleinige Vormundschaft beantragen wollte, damit Miljas Leben stabiler wurde. Darüber würde es zum Prozess kommen, das stand fest.

Außerdem würde Nico womöglich wegen Unterschlagung im Gefängnis landen.

»Ich mache in der Küche sauber, bis dahin musst du fertig sein. Sonst kommst du so mit«, sagte sie.

Milja wollte bestimmt nicht nur in der Strumpfhose in die Kita, daher glaubte Tanja an die Wirksamkeit ihrer Drohung. Sie spülte schnell das Geschirr und weichte den Topf ein.

Von draußen war Motorengeräusch zu hören. Tanja spähte durch die Jalousie und sah, wie Nico die Scheinwerfer seines Wagens ausschaltete.

»Was ist denn jetzt, verdammt?«, entfuhr es ihr. Das versprach nichts Gutes. Hatte die Polizei ihn nicht gefunden? Tanja nahm ihr Handy vom Küchentisch, doch dann fiel ihr ein, dass sie die Visitenkarte des Polizisten auf ihrem Schreibtisch im Büro gelassen hatte. Sollte sie beim Notruf anrufen?

»Mama, komm helfen!«

Tanja eilte auf den Flur und weiter in Miljas Zimmer. Sie hatte nicht vor, Nico die Tür zu öffnen. Er sollte ruhig draußen warten und ihr dort sagen, was sein Anliegen war. Falls er überhaupt eins hatte.

Milja saß nun auf dem Fußboden und zog sich die Strumpfhose aus – das Einzige, was sie bisher anhatte.

»Milja, nein«, sagte Tanja, nun nicht mehr so sanft. »Zieh dich nicht wieder aus. Wir müssen gleich los!«

Milja fing an zu weinen, aber das Weinen klang nicht echt. Gleichzeitig hörte Tanja, dass die Wohnungstür geöffnet wurde.

Nico hat immer noch einen Schlüssel, fiel ihr ein. Sie hatte es nicht übers Herz gebracht, ihn zurückzufordern. Jetzt kam die Reue zu spät. Wollte Nico sich bei ihr vor der Polizei verstecken? Dann konnte er gleich wieder gehen.

»Du ziehst jetzt die Strumpfhose wieder an und dann das hier«, befahl sie streng und nahm das Kleid von dem Haufen, das ihr als Erstes in die Hände fiel. »Ich komme in einer Minute zurück, bis dahin musst du fertig sein.«

Als sie aus dem Kinderzimmer kam, stellte Tanja überrascht fest, dass Nico nicht wartend in der Diele stand. Ihr Ärger wuchs. Nico musste endlich begreifen, dass er nicht mehr auf eigene Faust hereinkommen konnte, wann es ihm gefiel, und schon gar nicht durch die Wohnung spazieren, als wäre sie sein Zuhause, denn das war sie nicht mehr.

Tanja schaute ins Wohnzimmer und ging dann in die Küche, aber auch dort war niemand. Dann blickte sie erneut durch das Fenster. Der schwarze Volvo stand immer noch in der Einfahrt hinter ihrem Wagen, sodass sie nicht wegfahren konnte, bevor Nico den Weg freigab.

Tanja kehrte in den Flur zurück und warf einen Blick auf die Klotür, sie war nicht verriegelt. Sie ging weiter zu Miljas Zimmertür.

»War Papa hier?«, fragte sie das Mädchen, das jetzt tatsächlich fertig angezogen neben dem Bett stand.

Milja sah sie erstaunt an.

»Papa ist zu Besuch gekommen«, erklärte Tanja und ging zurück in den Flur. »Aber ich weiß nicht, wo er …«

FREITAG

Schwipp schwapp. Schwipp schwapp.
Auf und ab.
So wippt man.
Jetzt sehe ich sie.
Jetzt nicht mehr.
Jetzt sehe ich sie.
Jetzt nicht mehr.

1

Der Alarmruf aus Tanja Saarelas Wohnung war am Abend gekommen, bald nachdem eine Streife ausgeschickt worden war, um nachzusehen, ob Nico Saarela sich in der Wohnung seiner Ex-Frau versteckte. Da der Wagen der Frau vor dem Haus stand und ihr Handy in der Wohnung klingelte, als die Polizisten sie anriefen, waren sie hineingegangen. Sie hatten Tanja Saarela bewusstlos in der Diele gefunden. Die Frau war auf die Intensivstation gebracht worden und konnte bisher nicht befragt werden.

Milja Saarela war verschwunden, und nun wurde ihr Vater nicht nur des mehrfachen Mordes und der Unterschlagung verdächtigt, sondern auch der Kindesentführung.

Karhu und Hartikainen waren am Abend noch in Nico Saarelas Wohnung gewesen, hatten dort aber keine Hinweise auf seinen Aufenthaltsort gefunden. Im Gegenteil, die Wohnung hatte ausgesehen, als könne ihr Besitzer jederzeit nach Hause kommen – das hatte auch Paula anhand der Fotos, die Hartikainen in der Wohnung gemacht hatte, festgestellt. Nico Saarela hatte beschlossen, sein ganzes bisheriges Leben hinter sich zu lassen, und war einfach hinausspaziert.

Aber am Flughafen war etwas geschehen, das ihn veranlasst hatte, seinen Plan aufzugeben.

Es fiel Paula schwer zu glauben, dass Saarela die Polizisten, die ihn verfolgten, bemerkt hatte, doch offenbar war genau das passiert. Sie sah keinen anderen Grund, weshalb er im letzten Moment vor der Festnahme in den Bahnhofstunnel geflohen sein sollte.

Paula hatte die Nacht im Polizeigebäude verbracht und die Suche nach Saarela koordiniert, die jedoch erfolglos geblieben war. Saarelas Wohnung wurde weiterhin überwacht, und nach ihm und seinem Wagen wurde im ganzen Land gefahndet, vor allem an Häfen und Grenzübergängen.

Auch Samuli Suominens Wohnung wurde beobachtet, für den Fall, dass Nico Saarela dort aufkreuzte. Oder Suominen selbst, denn er war ebenfalls nach wie vor verschwunden. War auch er auf der Flucht vor irgendwas oder irgendwem?

Jonna Salomaa war immerhin noch erreichbar. Paula hatte sie am späten Abend angerufen und sie dringlich gebeten, zu Hause zu bleiben und sich sofort bei der Polizei zu melden, falls sie etwas von Nico Saarela hörte. Sie hatte verängstigt gewirkt, aber versichert, sie komme allein zurecht.

Paula sah auf ihre Uhr, es war sieben. Die anderen würden bald wieder zum Dienst kommen. Während der Nacht hatte Paula noch einmal alle Berichte und Fotos der forensischen Ermittlung durchgesehen, die aufgestapelt auf ihrem Schreibtisch lagen. Sie hatte versucht, in dem Material irgendeinen Hinweis darauf zu finden, dass und weshalb Nico Saarela Kaarina Alanne, Otto Paljakka, Jere Sallinen und Topi Holopainen ermordet hatte.

Saarela hatte ein Motiv für die Morde an Paljakka und Holopainen. Allerdings war nicht bekannt, welche belastenden Einzelheiten er dem Schriftsteller erzählt hatte. Auch den Mord an Alanne konnte man irgendwie, auf eine zynische, verquere Art verstehen. Vielleicht hatte Saarela tatsächlich das Töten üben wollen und bei der Veranstaltung zur Publikation von Paljakkas Buch den Einfall gehabt, die todkranke, schwache alte Frau als erstes Opfer zu wählen.

Das Problem war jedoch Jere Sallinen. Warum hätte Nico

Saarela einen ihm unbekannten halbwüchsigen Jungen ermorden sollen, wenn es ihm ursprünglich nur darum ging, seine Wirtschaftsverbrechen zu vertuschen? Die einzige denkbare Erklärung war eigentlich, dass er mit dem Mord an Jere Sallinen die Polizei in die Irre führen wollte, doch daran glaubte Paula nicht. Oder hatte sie Nico Saarela völlig falsch eingeschätzt? Waren die Unterschlagungen nur ein Teil seiner kriminellen Persönlichkeit?

Paula legte noch einmal ein Foto von jedem Opfer vor sich auf den Tisch: Kaarina Alanne noch am Seil hängend, Otto Paljakka auf der Wippe liegend, Jere Sallinen mit blutigem Kopf im Sand auf dem Spielplatz, Topi Holopainen mit Blutergüssen am Hals auf dem Fußboden seines Wohnzimmers.

Vier erhängte Menschen. Durch Strangulierung gestorben.

Paula betrachtete die Fotos erneut und versuchte die Geschichte zu erkennen, die hinter ihnen stand. Eine Art roten Faden, der alles miteinander verband. Sie ordnete die Bilder in chronologischer Reihenfolge.

Da erkannte sie, dass die Geschichte nicht vollständig vor ihr lag. Mindestens ein Foto fehlte.

Paula stand auf. Sie musste eine Weile nach ihren Autoschlüsseln suchen, die unter den Papieren auf dem Tisch begraben waren. Auf dem Flur kam ihr Karhu entgegen, der einen Gruß brummte, ohne ihr in die Augen zu sehen.

»Guten Morgen. Könntest du gleich als Erstes die Teledaten von Nico Saarela und Samuli Suominen von gestern früh überprüfen, also bis zu dem Zeitpunkt, als beide ihr Handy ausgeschaltet haben?«, sagte sie. »Ich muss etwas aus dem Auto holen.«

Ihr war eingefallen, dass sie Otto Paljakkas Fotoalbum auf dem Rücksitz ihres Saab gelassen hatte.

2

Milja Saarela erwachte im Schlafsack und erinnerte sich, dass sie auf einem Ausflug war.

Sie hatte noch nie in einem Zelt geschlafen. Es war spannend.

Aber sie erinnerte sich auch, dass ihre Mama sehr krank war. Das machte ihr Sorgen. Mama war hingefallen und musste deshalb zu Hause schlafen. Dann hatte Papa sie auf den Ausflug mitgenommen.

Beim Aufbruch waren sie so in Eile gewesen, dass sie keine Zeit gehabt hatte, ihr Kuscheltier mitzunehmen. Deshalb hatte sie in der Nacht heimlich geweint, nachdem Papa eingeschlafen war.

Und jetzt hatte sie Hunger.

Sie sah sich im Zelt um, entdeckte aber nichts Essbares. Es gab nur ihren Schlafsack und ihre Gummistiefel und Papa, der noch mit dem Rücken zu ihr schlief, obwohl es schon ganz hell war.

»Papa«, sagte Milja, aber er antwortete nicht.

Sie schlängelte sich aus dem Schlafsack. Der Boden fühlte sich kalt an. Sie hatte nur eine Strumpfhose an, die dicke, die sie hasste, weil sie immer runterrutschte. Auch jetzt saß sie schief, und Milja versuchte sie höher zu ziehen.

Dann schob sie sich direkt neben Papa und klopfte ihm auf den Rücken.

»Papa, ich hab Hunger.«

Er antwortete nicht.

Milja wusste nicht, was sie tun sollte. Sie steckte die Beine wieder in den Schlafsack, um nicht zu frieren.

Bestimmt würde Papa bald aufwachen und sie würden frühstücken. Dann würden sie zusammen etwas Schönes unternehmen.

Irgendetwas, was man auf einem Ausflug macht.

3

Renko betrachtete interessiert die Bilderserie auf dem Tisch des Besprechungsraums. Paula hatte das Material dorthin gebracht, um mehr Platz zu haben.

Als Renko zur Arbeit gekommen war, hatte er wortreich seine Schwiegermutter gelobt, die versprochen hatte, so lange bei Heikki zu bleiben, wie es nötig war. Hartikainen war noch nicht da, denn Paula hatte ihn angerufen und gebeten, auf dem Weg zur Arbeit bei Samuli Suominens Wohnung vorbeizufahren.

Karhu kam herein und stellte vorsichtig ein Tablett mit drei Tassen schwarzen Kaffees ans Tischende.

»Gibt's keine Milch?«, fragte Renko.

»Hol sie dir selbst«, antwortete Karhu und setzte sich ihm gegenüber an den Tisch. So stand Paulas Bildergeschichte für ihn auf dem Kopf, aber er hatte sie schon früher ausgiebig genug betrachtet.

Die Reihe begann mit einem verblassten Foto, auf dem der kleine Otto Paljakka lachend auf der Wippe vor seinem Elternhaus saß. Daneben hatte Paula das Haus so gezeichnet, dass am Fenster ein erhängtes Strichmännchen zu sehen war.

»Ich kann nicht zeichnen, ich weiß«, sagte Paula zu Renko, dem es trotz der ernsten Situation nicht gelang, seine Erheiterung zu verbergen, als er die ungeschickte Zeichnung seiner Vorgesetzten sah.

Wie aus den Teledaten von Nico Saarela und Samuli Suominen hervorging, hatte Saarela, kurz nachdem Renko ihn nach dem Ghostwriter gefragt hatte, Suominen angerufen. Danach hatten beide ihre Handys ausgeschaltet, und dabei war es bis jetzt geblieben.

Bald darauf war Topi Holopainen mit einem Gürtel an der Reckstange erhängt worden. Er war wegen irgendeiner Information gestorben, die er während des Schreibprozesses bekommen hatte.

»Holopainen hat mindestens von zwei großen Geheimnissen erfahren«, sagte Paula. »Erstens, dass Otto Paljakka auf dem Broad Peak eine bergkranke Frau erwürgt hat. Wenn das publik geworden wäre, hätte es allerdings in erster Linie Otto Paljakka selbst geschadet. Ich glaube nicht, dass Holopainen deshalb sterben musste.«

Karhu wirkte verlegen, denn er ahnte, was als Nächstes zur Sprache kommen würde. Paula dachte wieder daran, dass sie sich für ihr gestriges Benehmen entschuldigen musste.

Sobald der Fall gelöst war.

»Das zweite Geheimnis betrifft die Todesursache von Paljakkas Mutter. Paljakka selbst hat die Geschichte verbreitet, seine Mutter sei an Brustkrebs gestorben. Aber früher hatte er behauptet, sie hätte eine Überdosis Medikamente genommen«, erklärte Paula.

Diese Version hatte Paljakka offensichtlich den Nachbarn aufgetischt, bei denen die Krebslüge nicht durchgegangen wäre. Pertti Takala war nach all den Jahren immer noch in dem Glauben, dass Paljakkas Mutter mit Medikamenten Selbstmord begangen hatte.

»Holopainen musste also sterben, weil er erfahren hat, dass die Mutter sich erhängt hat«, meinte Renko.

»Das glaube ich auch«, stimmte Paula ihm zu. »Außer den Behörden hat es nach unserer Kenntnis nur Otto Paljakka mit Sicherheit gewusst. Aber vielleicht wusste doch noch jemand anderes davon. Jemand, der an dem fraglichen Tag vor Ort war.«

Renko griff nach seiner Tasse, kostete von dem Kaffee, verzog das Gesicht und stellte die Tasse zurück.

»Und aus irgendeinem Grund hat dieser Jemand dreißig Jahre später begonnen, Menschen zu erhängen«, sagte er und schlug plötzlich die Hände zusammen. »Es ist ein Kindheitstrauma. Oder vielleicht kein Trauma, sondern ein Impuls.«

»Womöglich sogar ein Stimulus«, entgegnete Paula. »Aber ich begreife nicht, warum diese Person Holopainen von der wahren Todesursache erzählt hat, wenn sie dadurch riskiert, entlarvt zu werden.«

»Das verstehe ich sehr gut«, schnaubte Renko. »Ich hätte gestern auch alles Mögliche gesagt, damit der Schriftsteller den Mund hält oder wenigstens beim Thema bleibt.«

Ausgerechnet Renko hat sich gewünscht, dass ein anderer beim Thema bleibt, dachte Paula belustigt.

Ihr Handy klingelte. Der Anrufer war Hartikainen, der gerade Samuli Suominens Wohnung betreten hatte.

»Wonach soll ich hier suchen?«, fragte er.

»Mach einen Videoanruf«, antwortete Paula.

Hartikainen legte auf und rief gleich darauf über Whatsapp an. Sein Mund erschien in Großaufnahme auf Paulas Display.

»Zeig die Wohnung«, wies Paula ihn an.

Hartikainens Mund verschwand. Dann war Samuli Suominens völlig leerer Küchentisch zu sehen. Hartikainen drehte die Kamera und filmte das Bücherregal, das genauso aussah wie vor drei Tagen, als Paula in der Wohnung gewesen war. Aber die andere Wand der Einzimmerwohnung war leer – die Zimmerhälfte, in der sich Suominens Wanderausrüstung gestapelt hatte.

»Er ist in den Wald geflohen«, sagte Paula.

»Suominen ist ein Einödwanderer«, merkte Renko an. »Wenn

er schon gestern losgezogen ist, haben wir keine Chance, ihn zu finden.«

»Kann sein«, stimmte Paula zu. »Aber vielleicht ist er dahin gegangen, wo alles angefangen hat.«

4

Jonna Salomaa saß auf dem weißen Ledersofa ihrer eleganten Zweizimmerwohnung und rang die Hände.

»Warum hätte Nico … das verstehe ich nicht«, sagte sie.

Karhu hatte sich auf einen Wink von Paula neben sie gesetzt.

Paula hatte Karhu mitnehmen wollen, weil er bei der vorigen Befragung Jonna Salomaas Vertrauen gewonnen hatte. Renko war widerspruchslos am Arbeitsplatz geblieben, um auf Hartikainen zu warten und Kontakt zu den Polizeistreifen zu halten, die Nico Saarela suchten.

Auf der Fahrt zu Salomaa hatte Karhu mit starrer Miene am Lenkrad gesessen. Offenbar war er immer noch schwer beleidigt. Jetzt war er jedoch wieder in seinem Element und beruhigte Jonna Salomaa allein durch seine Anwesenheit.

»Wir wissen nicht, wo Nico Saarela und seine Tochter sind. Aber auch Samuli Suominen ist verschwunden«, erklärte Paula. »Haben Sie irgendeine Vorstellung, wohin Saarela oder Suominen gegangen sein könnte?«

»Woher soll ich das wissen?« Salomaa sah Karhu Verständnis heischend an. »Ich hatte nichts mehr mit ihnen zu tun.«

»Als Kinder waren Sie aber gute Freunde.«

»Ich war Ottos Freundin«, stellte Salomaa richtig.

»Sie haben uns früher erzählt, dass Sie nie in Ottos Elternhaus waren«, sagte Paula. »Stimmt das?«

»Was spielt das für eine Rolle?«, fragte Salomaa.

»Wir haben Grund zu der Vermutung, dass derjenige, der

Otto Paljakka ermordet hat, vor Ort war, als Paljakkas Mutter starb.«

»Vor Ort – also im Krankenhaus?«, hakte Salomaa nach.

»Otto Paljakkas Mutter ist nicht an Krebs gestorben«, erklärte Paula. »Sie hat sich in ihrer eigenen Küche erhängt.«

Salomaa wirkte ehrlich überrascht, dann entsetzt. Sie sah Karhu an, der ihr mit einem Kopfnicken bestätigte, dass Paula die Wahrheit gesagt hatte.

»Das wusste ich nicht. Der arme Otto«, murmelte Salomaa.

Paula ließ ihr Zeit, die Nachricht zu verdauen, und bat sie dann, alles zu erzählen, was ihr von ihren Besuchen in Paljakkas Elternhaus in Erinnerung geblieben war.

»Na ja, ein paarmal war ich im Haus. Aber Otto hat mich nicht oft hereingebeten, weil seine Mutter so war, wie sie eben war«, druckste Salomaa.

»Wer war sonst noch da?«, fragte Paula.

»Soweit ich weiß, nur Nico und Samuli. An andere erinnere ich mich jedenfalls nicht.«

»Waren Sie immer alle drei gleichzeitig dort?«

»Mitunter habe ich Otto auch ganz allein besucht. Manchmal war Nico da, manchmal Samuli, seltener beide.«

»Hat einer der beiden mehr Zeit dort verbracht als der andere?«, erkundigte sich Karhu.

»Das weiß ich nicht. Aber ich hatte das Gefühl, dass sie um Ottos Gunst gekämpft haben. Ich erinnere mich, dass Nico einmal wütend wurde, als er hörte, dass Samuli und ich bei Otto gewesen waren und er nicht eingeladen war.«

»Welche Erinnerungen haben Sie an den Tod von Ottos Mutter?«, fragte Paula und sah ungeduldig auf ihr Handy.

»Gar keine«, fuhr Salomaa auf. »Eines Tages kam Otto nicht zur Schule, und danach habe ich ihn nicht mehr gesehen. Später habe ich von Nico gehört, dass Ottos Mutter an Krebs gestorben war. Warum hat Nico gelogen?«

»Er hat nicht unbedingt gelogen, kann sein, dass auch er es nicht besser wusste. Aber könnten Sie versuchen, sich an Ihre letzten Besuche bei Otto zu erinnern?«, bat Paula. »Jede Information kann uns weiterhelfen.«

»Das ist so lange her«, seufzte Salomaa.

Paula konnte sich nur mit Mühe verkneifen, Salomaa in scharfem Ton darauf hinzuweisen, dass ein fünfjähriges Kind entführt worden war und ein vierfacher Mörder frei herumlief.

Karhu dagegen stand ruhig auf, als hätten sie alle Zeit der Welt.

»Möchten Sie Wasser?«, fragte er. Jonna Salomaa nickte.

Karhu ging in die Küche und kam gleich darauf mit einem Glas Wasser zurück. Salomaa leerte es in einem Zug und lächelte Karhu dankbar an. Er setzte sich wieder auf das Sofa.

»So«, sagte er mit weicher Stimme. »Schließen Sie die Augen und denken Sie an die Straße, in der Otto als Kind gewohnt hat. Erinnern Sie sich, wie es dort aussah?«

Salomaa schloss die Augen. Paula wartete gespannt, Karhu saß reglos auf dem Sofa. Nach einer Weile begann Salomaa zu sprechen.

»Ja. Die Hecke war hoch.«

»Im Garten steht eine Wippe. Haben Sie darauf gewippt?«, fuhr Karhu ruhig fort.

»Manchmal. Und da ist ein Baum. Auf den klettern wir.«

»Wer?«

»Otto und ich. Von da oben sieht man weit.«

»Was sehen Sie?«

»Die anderen Gärten. Der Onkel nebenan schneidet die Hecke«, sagte Salomaa.

Sie war so tief in ihren Erinnerungen versunken, dass sie wie ein Kind vom Onkel nebenan sprach. Paula bedeutete Karhu mit einem anerkennenden Nicken, er möge weitermachen.

»Was sehen Sie noch?«

»Jemand kommt die Straße entlang. Er hat ein rotes Hemd an.«

»Wer ist es?«, fragte Karhu, und Paula stellte bewundernd fest, dass er seine Stimme perfekt unter Kontrolle hatte.

Salomaa antwortete nicht sofort, sondern schien sich zu konzentrieren – als würde sie darauf warten, dass die Person näher kam, damit sie sie besser sehen konnte.

»Es ist Samuli«, sagte sie schließlich beinahe flüsternd.

»Und dann?«, flüsterte Karhu zurück.

»Wir machen einen Ausflug. Ein Vogel brütet. Ich klettere …«

Salomaa verstummte. Paula befürchtete, dass der Erinnerungsfaden abgerissen war, doch Karhu wartete ruhig und reglos.

»Wir kommen herunter«, fuhr Salomaa schließlich fort. »Ich muss nach Hause. Ich gehe die Straße hinab. An der Kreuzung bleibe ich stehen und blicke zurück.«

»Was sehen Sie?«, fragte Karhu.

»Ich sehe … Ottos Kopf. Dann Samulis Kopf. Dann Ottos Kopf. Dann Samulis Kopf. Dann Ottos …«

Paula sah Salomaa an und schnappte nach Luft. Sie konnte sich nicht mehr zurückhalten.

»War das Ihr letzter Besuch bei Otto?«, fragte sie.

Jonna Salomaa schlug die Augen auf. Sie war in die Gegenwart zurückgekehrt. Karhu wirkte leicht verärgert, wiederholte aber Paulas Frage.

Salomaa zuckte die Schultern.

»Ich bin mir nicht sicher.«

Paula ordnete ihre Gedanken. Das musste erst einmal reichen. Sie hatte nur noch eine Frage.

»Wohin haben Sie den Ausflug gemacht?«

5

Die Straße, in der der Junge wohnt, endet bei einem Fichtenwald. Der andere Junge, der im roten Hemd, kennt den Weg und führt sie auf einem Pfad tief in den Wald.

Der Weg ist lang. Das Mädchen will schon umkehren, doch da erreichen sie eine kleine Lichtung, auf der ein Steilhang aufragt.

Man könnte von beiden Seiten über einen leicht zu begehenden Umweg nach oben gelangen, aber der im roten Hemd klettert an der Felswand hoch. In zwei Metern Höhe blickt er sich nach dem Mädchen und dem Jungen um und fordert sie mit einer Kopfbewegung auf, ihm zu folgen. Das Mädchen gehorcht sofort, während der Junge zögert. Der im roten Hemd streckt ihm eine Hand hin, mit der anderen hält er sich an der Felskante fest. Der Junge klettert hoch, bis er die Hand des anderen erreicht. Der im roten Hemd hilft ihm weiter nach oben.

Dort ist eine ebene Fläche, auf der sie alle drei stehen können. Der im roten Hemd betrachtet einen Felsvorsprung über ihnen, dessen Moosdecke über den Rand wuchert. Zwischen der Stelle, an der sie stehen, und dem Vorsprung ragt noch ein kleiner Gesteinsbrocken aus der Felswand, wie eine Stufe, von der aus sie auf die Moosdecke spähen können. Die Stufe ist jedoch klein, sie passen nur einzeln darauf.

Der Junge im roten Hemd steigt zuerst auf die Stufe, bleibt aber nicht lange. Er will sich nur vergewissern, dass das, was er entdeckt hat, immer noch dort ist. Dann macht er dem Mädchen Platz. Das Mädchen muss sich auf die Zehenspitzen stellen, denn es ist etwas kleiner als die Jungs. Ein Lächeln legt sich auf ihr Gesicht, sie holt Luft für einen Ausruf, hält dann aber den Atem an. Sie fürchtet, dass selbst ein Atemzug den Moment zerstören könnte. Das Mädchen blickt lange auf den Vorsprung. Der andere Junge kann es kaum erwarten, an die Reihe zu kommen, denn er hat bemerkt, dass das Mädchen verwundert die Augen aufgerissen hat.

Schließlich hilft der im roten Hemd dem Mädchen vorsichtig von der Stufe, und nun ist der andere Junge an der Reihe. Seine Nase ist auf derselben Höhe wie die moosbewachsene Felskante. Als Erstes fällt sein Blick auf einen Marienkäfer, doch dann sieht er die graubraunen Flügel und die Brustfedern des Vogelweibchens.

Der Vogel bleibt reglos sitzen, er fliegt nicht davon. Unter ihm sieht der Junge kleine grünliche Eier. Es sind mindestens vier.

Er schaut lange hin, mit angehaltenem Atem. Im Auge des Vogels nimmt er einen schwarzen Schimmer wahr, deutet ihn als Entsetzen und fühlt sich beklommen. Es ist, als würde auch die Zeit für einen Moment innehalten, so wie der Junge und der Vogel. Der Junge würde gern die Hand ausstrecken, das Vogelweibchen berühren. Aber der Instinkt sagt ihm, dass er das nicht tun darf. Er muss still bleiben, reglos. Dem leisen Rauschen des Windes lauschen, der durch die Blätter eines aus dem Felsen sprießenden Bäumchens streicht.

Es ist leichter für sie, auf den Gipfel des Felsens zu steigen, als auf demselben Weg nach unten zu klettern. Der Weg nach oben führt nach links, weg von dem Vorsprung mit dem Vogelnest.

Der Junge weiß, wie man auf den Gipfel kommt, denn er ist schon einmal mit dem im roten Hemd hier geklettert. Das Mädchen folgt ihm, der im roten Hemd bildet die Nachhut, er passt auf, dass die anderen vorwärtskommen. Sie sind alle aufgeregt, denn sie wissen, dass sie keinesfalls auf den Felsen klettern dürften, wenn ihre Eltern davon wüssten. Der Junge hilft dem Mädchen auf den Gipfel, dann auch dem im roten Hemd, obwohl er weiß, dass der es allein schaffen würde. Beim Blick nach unten wird ihnen ein wenig mulmig. Vorsichtig treten sie an die Felskante und halten Ausschau nach dem

Vorsprung mit dem Vogelnest. Schließlich sehen sie es. Man würde das Nest nicht bemerken, wenn man nicht wüsste, wo man danach suchen muss.

Sie betrachten das brütende Weibchen noch eine Weile, dann steigen der Junge und das Mädchen über den sanft abfallenden Abhang auf der Nordseite des Felsens nach unten. Der im roten Hemd bleibt kurz zurück. Er hat unter dem Moos einen großen losen Stein entdeckt und holt ihn mit der Schuhspitze hervor. Würde er den Stein nach unten treten, dann würde er genau in das Nest treffen, überlegt er; dann folgt er den beiden.

Am Tor verabschiedet sich das Mädchen von den Jungs, es muss nach Hause. Die Jungs stehen eine Weile auf dem Gartenweg herum, dann gehen sie zur Wippe. Als die Wippe den Jungen im roten Hemd nach oben hebt, kann er durch das Küchenfenster sehen.

Er sieht die Frau in der Küche.

6

Das Mädchen zog den Reißverschluss am Zelt auf und steckte den Kopf hinaus. Ihm war kalt. Der Morgen war feucht und windig.

»Warum wird Papa nicht wach?«, fragte Milja Saarela verzagt.

»Dein Papa ist sehr müde«, antwortete Samuli Suominen beruhigend. »Lass ihn noch eine Weile schlafen.«

»Ich hab Hunger«, klagte Milja.

Suominen reichte ihr eine Packung Kekse. Milja nahm sie entgegen, betrachtete sie aber misstrauisch. Die Kekse waren keine Leckerbissen, sondern als Outdoor-Proviant gedachte harte Stangen aus Vollkorn mit Proteinzusatz.

Wenn Suominen gewusst hätte, dass er in diese Situation geraten würde, hätte er anderen Proviant besorgt. Aber als Nico Saarelas Fluchtversuch misslang, hatte er improvisieren müssen.

»Probier wenigstens«, mahnte er.

»Gibt es Saft?«, fragte das Mädchen.

»Nur Tee. Und Wasser.«

Milja rümpfte die Nase, packte aber einen Keks aus und biss vorsichtig ein winziges Stück davon ab. Dann setzte sie sich an die Zeltöffnung. Suominen nahm die Wolldecke, unter der er gewacht und auf die Morgendämmerung gewartet hatte, und legte sie Milja über die Beine.

Er war Nico Saarela bis zum Flughafen gefolgt, um sich zu vergewissern, dass Saarela das Land tatsächlich verließ – dass er irgendwo im Ausland verschwand und ihm die Schuld nicht nur für die Unterschlagungen, sondern auch für vier Morde zugeschrieben wurde. Dafür hatte Samuli Suominen persönlich sorgen wollen. Da Nico Saarela ihm sowohl seine Wagen- als auch seine Wohnungsschlüssel überlassen hatte, wäre es leicht gewesen, ihn nachträglich als Täter hinzustellen: die Schutzhandschuhe und anderes Zubehör in sein Auto zu legen und Otto Paljakkas Wohnungsschlüssel in Saarelas Wohnung zu bringen.

Nico Saarelas Unterschlagungen waren Suominen schon vor mehr als einem Jahr in der Bilanz der Firma aufgefallen. Aber er hatte die Sache für sich behalten und überlegt, wie er den größten Nutzen aus der Information ziehen könnte.

Gleichzeitig hatte er über sein eigenes Schicksal nachgedacht. Oder eher dagegen angekämpft.

Nach Paljakkas Tod hatte Samuli Suominen Nico Saarela angesprochen und gesagt, er wisse von dessen Vergehen und nehme an, dass die Polizei bald darauf stoßen werde. Der Hinweis hatte die erhoffte Wirkung gehabt. Saarela hatte sofort begonnen, seine Flucht vorzubereiten. Aber selbst dabei war der Dummkopf gescheitert.

Nico Saarela war ein kompletter Idiot, das hatte Suominen immer schon gedacht. Er hatte nie verstanden, warum Otto den Blödmann an seinen Aktivitäten beteiligen wollte. Zum Schluss hatte Otto sich auch noch von Saarela dazu überreden lassen, ganz mit dem Bergsteigen aufzuhören.

Als sie den Flughafen verließen, hatte Nico Saarela verlangt, seine Tochter noch einmal sehen zu dürfen. Ein allerletztes Mal, hatte er gequengelt, obwohl Suominen ihn mehrfach darauf hinwies, dass er keine Zeit verlieren durfte, wenn er das Land auf irgendeinem anderen Weg verlassen wollte.

Aber als Saarela immer weiter darauf herumritt, war Suominen eine Idee gekommen, der er einfach nicht widerstehen konnte.

Er würde Nico Saarela nicht zum Sündenbock machen können, aber vielleicht bekam er stattdessen etwas noch Besseres.

Rache dafür, dass Saarela Otto dazu gebracht hatte, das Bergsteigen aufzugeben. Das Einzige, das irgendeine Bedeutung hatte.

»Ich muss Pipi machen«, sagte Milja und stand auf.

»Dann geh da hinter den Felsen«, erwiderte Suominen.

»Ich will nicht«, protestierte Milja. »Ich will aufs Klo.«

»Wir sind auf einem Ausflug. Da muss man im Wald Pipi machen. Zieh einfach die Hose runter und hock dich hin.«

»Ich will nicht. Mir ist kalt.«

Milja trat mit ihrem gelben Gummistiefel einen Klumpen Moos vom Felsen. Sie wirkte trotzig. Einen Augenblick lang fürchtete Suominen, sie würde weglaufen und er müsste sie mit Gewalt aufhalten.

Das wollte er nicht. Noch nicht.

»Ich mag nicht mehr auf dem Ausflug sein. Mama soll mich holen.«

»Deine Mama ist noch krank. Sie kommt, sobald sie kann«, sagte Suominen und bemühte sich, seinen Ärger im Zaum zu halten. »Guck mal, was da drüben steht. Wenn du brav Pipi machst, können wir damit spielen.«

Milja kam zu ihm, um zu sehen, worauf er zeigte. Sie jauchzte auf und lief näher heran.

Die Wippe stand direkt am Rand des Abgrunds.

»Zuerst Pipi hinter dem Felsen«, mahnte Suominen. »Dann spielen wir.«

»Ich muss nicht mehr«, erklärte Milja.

»Bestimmt nicht?«

Milja schüttelte den Kopf und setzte sich mit gespreizten Beinen auf das auf der Erde liegende Ende des Balkens. Ihre Augen strahlten.

»Komm!«

»Na gut, meinetwegen«, sagte Suominen.

Er hob ein Bein über den Balken und drückte ihn mit seinem ganzen Gewicht nach unten. Milja wurde in die Höhe katapultiert und lachte.

»Ich bin ein bisschen zu schwer für dich«, erklärte Suominen. Er stand langsam auf, sodass das Mädchen wieder nach unten sank, und hockte sich dann vorsichtig auf sein Ende des Balkens, damit der Schwung nicht zu heftig wurde.

»Noch mal, noch mal«, rief Milja begeistert.

Sie hätte wer weiß wie lange wippen können. Suominen beobachtete ihre Freude, als sie wieder und wieder nach oben wippte. Es war ein magisches Gefühl. Ihm wurde schwindlig, er schloss die Augen.

In Gedanken sah er alles wieder vor sich.

Aus dem Zelt kam leises Winseln. Suominen öffnete die Augen. Milja hatte nichts gemerkt, und er selbst brachte es kaum über sich, mit dem Wippen aufzuhören.

Aber jetzt war die Zeit gekommen.

»Warte einen Moment«, sagte er. »Ich habe eine kleine Überraschung für euch. Gleich spielen wir etwas anderes.«

7

Karhu saß wieder am Steuer, obwohl Paula lieber selbst gefahren wäre. Sie musste jedoch während der Fahrt Hilfskräfte nach Laajasalo beordern. Da sie sich vom Stadtteil Kallio aus auf den Weg gemacht hatten, würden sie wahrscheinlich als Erste in Laajasalo ankommen, vor Renko und Hartikainen, auch wenn die beiden dank Hartikainens Fahrstil vielleicht ein wenig aufholen würden.

Bei der Sondereinheit hatte Paula eine Hundestaffel angefordert. Jonna Salomaa hatte nur eine vage Erinnerung an den Felsen, auf den sie als Kind mit den Jungs geklettert war, daher würden sie möglicherweise lange nach der richtigen Stelle suchen müssen.

Als Karhu den Ostring verließ, schob sich Salomaa, die hinten saß, zwischen die Vordersitze, um besser zu sehen.

»Von hier aus haben wir noch ein Stück zu fahren«, sagte sie.

»Ich weiß, ich war am Dienstag beim Zielort«, antwortete Karhu. »Also auf der Straße, an der Paljakka gewohnt hat.«

»Wir müssen bis ans Ende der Straße«, erklärte Salomaa. »Da bin ich mir ziemlich sicher.«

Der Ernst der Lage und die Spannung hatten sie aus ihrer Ermattung gerissen. Sie klammerte sich mit beiden Händen an die Lehnen der Vordersitze und ließ die Straße nicht aus den Augen.

»Haben Sie Topi Holopainen erzählt, was auf dem Broad Peak wirklich passiert ist?«, fragte Paula.

»Das war ich, ja.«

»Warum haben Sie das getan?«, erkundigte sich Paula und hielt sich am Türgriff fest, als Karhu einen dahinzockelnden Kleintransporter überholte.

»Ich weiß nicht. Vielleicht wollte ich es nur irgendwem erzählen. Es ist furchtbar, so ein Geheimnis mit sich herumzuschleppen.«

»Das verstehe ich gut«, sagte Paula.

»Es war so schrecklich«, fuhr Salomaa fort, »dass wir geglaubt haben, Otto hätte sich deshalb das Leben genommen. Jedenfalls habe ich es geglaubt. Und vielleicht hat Otto deshalb … getan, was er getan hat. Also mit mir.«

Paula erinnerte sich an Renkos Überlegung, dass sich nach dem Broad Peak alles geändert hatte.

»Otto hat die Frau also tatsächlich erwürgt?«, fragte sie.

»Ja. Das haben wir alle gesehen.«

Karhu bog so schnell auf die Nebenstraße ab, dass Paula gegen die Tür prallte.

»Sorry«, rief er, dabei war Paula nur froh über das Tempo. Sie erkannte die Umgebung und merkte, dass sie an Pertti Takalas Haus vorbeirasten.

»Da stand früher Paljakkas Elternhaus.« Karhu zeigte nach rechts, ohne die Straße aus den Augen zu lassen.

Im Garten vor dem großen Haus spielte ein Kind im Sandkasten. Paula sah, dass die Frau, die auf das Kind aufpasste, dem vorbeiflitzenden Wagen verwundert nachblickte.

Bald musste Karhu jedoch bremsen, denn die Straße endete an einem Wendeplatz, hinter dem der Wald begann. Auf dem Wendeplatz stand das Auto, nach dem seit dem gestrigen Abend fieberhaft gesucht wurde.

»Nico Saarela«, stellte Paula fest und meldete über Funk, dass der Wagen des zur Fahndung ausgeschriebenen Mannes endlich aufgetaucht war.

Jonna Salomaa stieg als Erste aus, und Paula begriff, dass sie die Frau mitnehmen mussten, denn sie war die Einzige, die sie schnell ans Ziel führen konnte.

»Die Westen«, sagte sie zu Karhu und holte die beiden kugelsicheren Westen aus dem Kofferraum. Sie selbst musste diesmal ohne auskommen. Sie half Salomaa, die Weste anzulegen.

»Sie halten sich hinter uns«, sagte Paula. »Und geben uns Anweisungen. In welche Richtung gehen wir?«

8

Als er aufwachte, spürte Nico Saarela als Erstes, wie kalt ihm war. Aber gleich darauf hörte er eine vertraute Stimme.

Es war Miljas Stimme. Und sie klang verängstigt.

Saarela versuchte sich zu bewegen, doch seine Muskeln waren bleischwer. Er stieß einen Laut aus und erkannte, dass irgendein Bündel in seinem Mund steckte. Zudem konnte er nichts sehen, und seine Handgelenke waren gefesselt. Er geriet in Panik und rief so laut, wie das Bündel es zuließ.

»Sei still«, sagte jemand.

Es war Samuli Suominens Stimme.

Die Stimme von Suominen, der versprochen hatte, ihm bei seiner Flucht zu helfen, nachdem er Milja noch einmal besucht hatte. Suominen hatte ihn in seinem eigenen Wagen zu Tanjas Haus gebracht, aber bevor er aussteigen konnte, hatte er einen Schmerz am Hinterkopf gespürt.

Das Nächste, woran er sich erinnerte, waren der Druck einer Messerspitze an seinem Rücken, der Befehl vorwärtszugehen, und Miljas Stimme, die unschuldigen Fragen seiner Tochter, die ihn veranlassten, im Licht der Taschenlampe fügsam den Pfad entlangzugehen und wie Suominen zu wiederholen, dass sie einen Ausflug machten.

Am Ziel ein Zelt, der Befehl, sich schlafen zu legen, ein Stich in den Oberschenkel – und wieder nur Finsternis.

Die Luft war stickig, und er begriff, dass er immer noch im Zelt lag.

»Steh auf«, befahl Suominen, packte seine Hände und zog ihn in sitzende Stellung. »Hierher.«

Er rutschte sitzend auf die Stimme zu. Seine Füße fanden die Zeltöffnung, und er schob sich hinaus.

»Papa!«, rief Milja irgendwo in der Nähe. »Papa!«

Nico Saarelas Augen füllten sich mit Tränen, ihm lief die Nase. Er wollte nach Luft schnappen und hatte das Gefühl zu ersticken.

»Steh auf«, sagte Suominen barsch.

»Papa! Papa!«

Miljas Stimme wurde schwächer, sie ging in Schluchzen unter. Saarela kämpfte sich auf die Knie und dann auf die Füße. Beinahe wäre er gleich wieder umgekippt, ein stechender Schmerz zuckte durch seinen Kopf, aber nun wurde er von hinten an der Taille gepackt und vorwärts geschoben. Er machte kleine Schritte, der Boden war uneben. Miljas Weinen kam immer näher, es war herzzerreißend.

»Noch ein paar Schritte … so. Warte hier.«

Nico Saarela stand hilflos da. Er spürte den eisigen Wind an der Stirn und überlegte, was Milja anhatte. Sie fror bestimmt. Nun weinte sie nicht mehr.

»Stell dich hierhin«, befahl Suominen und dirigierte zuerst seinen rechten Fuß auf eine Art Podest, dann den linken. »Bleib da stehen und beweg dich nicht.«

Saarela hörte ein dumpfes Dröhnen hinter sich. Dann wurde die Binde vor seinen Augen plötzlich abgenommen. Einen Moment lang sah er nichts und geriet wieder ins Schwanken.

»Du solltest jetzt besser stehen bleiben«, sagte Suominen. »Nach unten sind es immerhin mehr als fünf Meter.«

Gleichzeitig begann Nico Saarela seine Umgebung wahrzunehmen und begriff, was Suominen meinte.

Samuli Suominen hatte ihn auf das Ende eines langen, massiven Balkens geführt. Der Balken ragte über den Rand des Steilhangs hinaus.

Am anderen Ende, über dem Abgrund, saß Milja.

Seine wunderbare, fünfjährige Tochter in Pullover, Strumpfhose und gelben Gummistiefeln.

Milja saß auf einem großen Wanderrucksack. Ihre Hände lagen hinter dem Rücken, und über ihre Beine lief ein Seil, das sie an den Balken band.

Saarela bekam keine Luft und spürte, dass sich sein Bewusstsein trübte. Er schloss die Augen und konzentrierte sich darauf, so ruhig wie möglich durch die Nase zu atmen.

»Offenbar ist genau die richtige Menge Steine im Rucksack«, sagte Suominen. »Ich war mir nicht ganz sicher, wie viel du wiegst.«

Nico Saarela öffnete die Augen und sah wieder seine an den Balken gefesselten Tochter an. Sein Körper wurde starr vor Entsetzen.

Wenn er zur Seite trat, würde der Balken in den Abgrund stürzen.

Und Milja mit ihm.

9

Karhu, der an der Spitze ging, blieb stehen, als der Pfad sich gabelte.

»In welche Richtung?«, fragte Paula.

»Ich weiß nicht«, sagte Jonna Salomaa verzweifelt. »Der Wald sieht so anders aus.«

»Sollen wir hier warten?«, fragte Karhu.

Paula versuchte, nach vorn zu spähen, aber rundherum war nur dichter Wald. Sie erkundigte sich per Funk nach der Hundestaffel und erfuhr, dass sie gerade in Pasila abgefahren war.

Es würde mindestens eine Viertelstunde dauern, bis die Hilfskräfte eintrafen. Renko und Hartikainen teilten mit, dass sie in fünf Minuten am Ziel sein würden.

Paula hatte jedoch das Gefühl, dass sie nicht warten durften.

»Du bleibst hier«, wies sie Karhu an. »Du wartest auf Renko und Hartikainen. Falls wir noch nicht zurück sind, wenn sie kommen, folgt ihr uns.«

Karhu sah Paula fragend an und deutete mit dem Kopf auf Salomaa.

»Ich nehme sie mit. Es muss sein«, sagte Paula ausweichend.

»Natürlich komme ich mit«, erklärte Salomaa resolut.

Sie erfasste die Lage nicht. Paula wusste, dass sie einen schweren Fehler beging, indem sie eine Zivilperson mitnahm, ohne zu wissen, was sie am Ziel erwartete. Aber sie dachte an das Kind, das seiner Mutter gewaltsam entrissen worden war.

»Links oder rechts, was kommt Ihnen richtig vor?«, fragte sie.

Jonna Salomaa zeigte auf den Pfad, der im Bogen nach links führte. Paula warf noch einen Blick auf den kopfschüttelnden Karhu. Dann wandte sie sich ab und ging los. Hinter sich hörte sie Salomaas Schritte und ihre schneller werdenden Atemzüge.

»Papa, ich muss mal«, sagte Milja Saarela mit weinerlicher Stimme.

Nico Saarela sah seine vor Kälte schlotternde Tochter an und versuchte ihr mit den Augen zu signalisieren, dass alles in Ordnung war. Das kam ihm zwar entsetzlich vor, aber was konnte er anderes tun?

Er brauchte seine ganze Kraft, um sich auf dem Balken zu halten. Wenn er nur lange genug durchhielt, würde Milja am Leben bleiben. Jemand würde sie finden. Jemand musste sie finden.

Wenn er nur aufrecht stehen blieb.

Hinter sich hörte er Geräusche, aus denen er schloss, dass Samuli Suominen seine Sachen einpackte. Wollte Suominen weg?

»Papa, ich mach mir in die Hose«, klagte Milja, und die Strumpfhose färbte sich zwischen ihren Beinen dunkel.

Das macht nichts, dachte Nico Saarela. *Das macht nichts, mein Schatz.*

Gleichzeitig hörte er irgendwo in der Ferne Hundegebell und fühlte, wie sich in seinem Inneren eine unbändige Hoffnung regte. Die Geräusche hinter ihm verstummten kurz, dann waren Flüche und ein Dröhnen zu hören, als wäre etwas auf den Boden geschleudert worden.

Plötzlich spürte er einen Stich im Oberschenkel.

»Ich habe nur noch Insulin«, sagte Samuli Suominen. »Aber das wirkt auch schnell.«

Paula eilte den Pfad entlang und achtete darauf, nicht über die Baumwurzeln zu stolpern. Jonna Salomaa blieb ihr dicht auf den Fersen. Sie kamen an einem kleinen, fast zugewachsenen Teich vorbei.

»Der kommt mir bekannt vor«, sagte Salomaa. Sie war kein bisschen außer Atem.

Paula beschleunigte ihr Tempo und versuchte, weit nach vorn zu sehen, aber der Fichtenwald war dicht und sie musste auch immer wieder auf den Weg vor ihren Füßen schauen. Der Pfad stieg jetzt leicht an.

»Das ist der richtige Weg, jetzt bin ich mir sicher«, sagte Salomaa. »Noch ein kleines Stück.«

Der Wald lichtete sich ein wenig, vor ihnen tauchte eine Art Lichtung auf.

»Halt«, rief Salomaa. »Da ist sie.«

Paula blieb stehen und betrachtete den bewölkten Himmel, der hinter den Bäumen aufschimmerte. Darunter war eine schroffe Felswand zu sehen.

Sie gab Salomaa ein Zeichen, um ihr zu sagen, sie solle bleiben, wo sie war. Dann näherte sie sich vorsichtig der Felswand.

Plötzlich hielt sie inne und duckte sich, denn am Rand der Felswand hatte sich irgendetwas bewegt. Doch da kein Geräusch zu hören war, wagte sie sich näher heran, um herauszufinden, was auf dem Felsen geschah.

Als sie aufblickte, stockte ihr der Atem.

»Um Himmels willen«, keuchte Salomaa, die ihr trotz gegenteiliger Anweisung gefolgt war.

»Wie kommt man dahin?«, fragte Paula. Sie ließ das Mädchen, das mit dem Rücken zu ihr auf einem über den Abgrund ragenden Balken saß, nicht aus den Augen, gerade so, als könnte sie es allein mit ihrem Blick vor dem Absturz bewahren.

»Der Pfad führt bis nach oben«, antwortete Salomaa mit gedämpfter Stimme. »Aber es sind ungefähr fünfhundert Meter. Klettern ginge schneller.«

Paula musterte die Felswand. Es schien nicht besonders schwierig, an ihr hochzuklettern.

Aber sie wusste, dass sie es nicht versuchen durfte. Es war zu riskant. Wenn ihre Muskeln versagten, würde sie abstürzen.

Dann konnte sie niemandem helfen.

»Bleiben Sie hier. Und diesmal meine ich es ernst«, sagte sie. »Gehen Sie vom Pfad weg, und suchen Sie sich eine Deckung.«

Sie vergewisserte sich, dass Jonna Salomaa ihren Befehl befolgte, und warf noch einen schnellen Blick auf das Mädchen, das über der Leere schaukelte.

Dann rannte sie den Pfad entlang, der wieder zwischen die Bäume führte.

Nico Saarelas Hände hatten zu zittern begonnen. Aber noch schlimmer war die aufsteigende Übelkeit.

Er spürte, wie sein Bewusstsein sich trübte, und begriff zugleich, dass er an seinem eigenen Erbrochenen ersticken würde, wenn er sich übergab.

Er sah Milja nur noch undeutlich, wie durch einen Schleier. Sie war jetzt still. Oder vielleicht hatte er auch das Gehör verloren. Er versuchte, seine Tochter zu fixieren, sah aber nur eine verschwommene Gestalt, deren Umrisse mit der Leere um sie herum verschmolzen.

Nico Saarela begann zu weinen.

Er wusste, dass er sich nicht mehr lange auf dem Balken halten konnte.

Der Pfad führte nun steiler nach oben. Sie musste bald am Ziel sein. Im Laufen hörte Paula, dass sich das Gebell der Hunde näherte. Die Hilfskräfte waren nicht mehr weit, aber würden sie es rechtzeitig schaffen?

Würde *sie* es rechtzeitig schaffen?

Der Wald lichtete sich, und Paula entdeckte eine menschliche Gestalt, ungefähr hundert Meter entfernt. Sie duckte sich, zog ihre Waffe aus dem Schulterholster und lud durch. Dann ging sie weiter, den Blick auf den Menschen geheftet, der am Rand des Abgrunds zu stehen schien. Zwang jemand das Mädchen, auf dem Balken zu sitzen, und ließ es nicht weg?

Aber als Paula näher herankam, erkannte sie Nico Saarela. Sie sah, dass seine Hände hinter dem Rücken gefesselt waren.

Und sie sah, wie er schwankte.

Sie sprintete wieder los und hörte Milja Saarela nach ihrem Vater rufen. Paula war noch fünfzig Meter entfernt. Saarela schwankte zur Seite und richtete sich wie durch ein Wunder noch einmal auf. Dann brach er zusammen, als hätte er Krämpfe.

Es ging um Sekunden. Paula erkannte, dass sie es nicht rechtzeitig schaffen würde. Sie rief Saarela zu, er solle noch einen Moment durchhalten, doch er klappte zusammen. Der Balken bewegte sich leicht, Saarela hockte noch auf ihm. Paula rannte weiter und sah, wie Saarela zur Seite fiel.

Und im selben Moment entdeckte sie Karhu, der sich über den Rand der Steilwand stemmte und sich mit seinem ganzen Gewicht auf den Balken warf.

Vor Erleichterung wäre sie fast auf die Knie gefallen.

Sobald sie den Balken erreicht hatte, stellte sie sich ebenfalls darauf, um ihn an seinem Platz zu halten.

»Wir holen dich da runter, keine Angst«, rief sie Milja Saarela zu, die unter Schock zu stehen schien. Nico Saarela lag bewusstlos auf der Erde.

»Verdammt noch mal«, sagte Paula zu Karhu, der immer noch bäuchlings auf dem Balken lag. »Ich wusste gar nicht, dass du klettern kannst.«

Sie hörte die Hunde bellen und wusste, dass Samuli Suominen bald geschnappt werden würde.

Paula wusste auch schon, was sie ihn als Erstes fragen würde.

»Was ist an dem Tag vor langer Zeit geschehen, als Sie mit Otto Paljakka im Garten auf der Wippe gewesen sind?«

10

Die Wippe war früher weiß, jetzt ist die Farbe abgeblättert, und das graue Holz schimmert durch. Sie ist groß und beherrscht zusammen mit dem einzigen Baum den kleinen Garten. Baum und Wippe teilen sich das Reich, die Grenzlinie bildet der kiesbestreute Gartenweg.

Vor langer Zeit stand die Wippe auf dem Spielplatz, zur Freude aller Kinder. Es gab ein Klettergerüst, einen Sandkasten, ein kleines Karussell und die weiß leuchtende Wippe. Dann wurde der Spielplatz mit neuen Geräten ausgestattet, und dem Vater des Jungen, damals hatte der Junge noch einen Vater, gelang es, die alte Wippe zu erstehen und im Garten der Familie aufzustellen. Der Junge war damals noch ganz klein, viel kleiner als jetzt, obwohl er auch jetzt noch nicht groß ist.

Der Junge konnte nur mit Mühe allein am Ende des Wippbalkens sitzen, sein Vater saß am anderen Ende und gab der Wippe Schwung, streckte die Beine gerade und zog sie wieder an. Der Junge musste lachen, weil es ihn tief im Bauch kitzelte. Aber dann verbot seine Mutter das Spiel, weil sie Angst hatte, der Junge könnte herunterfallen und sich den Kopf aufschlagen. Als der Junge das nächste Mal auf die Wippe durfte, saß sein Vater nicht mehr am anderen Ende.

Aber dann hatte sich ein zweiter Junge ans andere Ende der Wippe gesetzt. Der Junge, der heute ein rotes Shirt anhat.

Als der Junge im roten Hemd oben ist, blickt er in die Küche und sieht die Frau. Doch die Frau bemerkt ihn nicht.

Als sich das andere Ende der Wippe hebt, blickt der andere Junge über die Hecke in den Garten des Nachbarn. Er sieht einen hochge-

wachsenen Mann, der einen albernen breitkrempigen Hut aufgesetzt hat und einen Rasenmäher schiebt. Der Mann hat kein Hemd an, er trägt große gestreifte Shorts, und seine mageren Beine stecken in Gummistiefeln.

Als der im roten Hemd wieder nach oben schwingt, sieht er, wie die Frau auf einen Küchenstuhl steigt.

Als der andere Junge wieder oben ist, denkt er, dass der Rasen mähende Nachbar aussieht wie der komische Storch in einem Kinderbuch.

Und dann steigt der im roten Hemd wieder hoch. Er sieht, wie die Frau ein Seil an einen Haken an der Küchendecke bindet.

Auf, ab.

Der komische Storch macht eine Kehrtwende und schiebt den Rasenmäher in die andere Richtung.

Auf, ab.

Die Augen des Jungen im roten Hemd werden tellergroß. Die Frau in der Küche legt sich das Seil um den Hals.

Auf, ab.

Der Storchenmann hat das andere Ende des Rasens erreicht und macht wieder kehrt.

Auf, ab.

Der Stuhl kippt unter der Frau um. Sie hängt am Seil und bemerkt nun den im roten Hemd. Sie sehen sich kurz in die Augen. Dann verschwindet der Kopf des Jungen im roten Hemd wieder.

Auf, ab.

Der Storch ist stehen geblieben. Er hat den Sonnenhut abgenommen und wischt sich mit dem nackten, gebräunten Arm den Schweiß von der Stirn.

Auf, ab.

Die Blicke des Jungen im roten Hemd und der Frau in der Küche begegnen sich wieder. Die Frau versucht, ihre Finger unter das Seil zu schieben, das sich um ihren Hals zuzieht.

Auf, ab.

Der Storch trinkt Wasser aus einer Plastikflasche. Dann setzt er den Hut auf. Und schiebt den Rasenmäher wieder an.

Auf, ab.

Die Frau und der im roten Hemd sehen sich kurz an. Die Beine der Frau schwingen hin und her, als würde sie versuchen, in der Luft zu laufen. Ihre Finger stecken unter dem Seil fest.

Auf, ab.

Der komische Storch ist erneut stehen geblieben. Er sieht den Jungen an, der auf der Wippe nach oben schnellt. Als der Junge winkt, wendet der komische Storch den Blick ab und mäht weiter.

Auf, ab.

Die Beine der Frau bewegen sich nicht mehr. Der im roten Hemd merkt, dass die Augen der Frau immer noch geöffnet sind, aber ihr Blick hat sich verändert.

Der im roten Hemd lächelt die Frau an.

Auf, ab.

Ein großer Baumstumpf mitten auf dem Rasen hat den komischen Storch und seinen Rasenmäher gestoppt. Auf dem Baumstumpf steht ein großer schwarzer Topf mit violetten Blumen. Der komische Storch schiebt den Rasenmäher um den Baumstumpf herum.

Auf.

Der Kopf der Frau ist nach unten gesunken. Der im roten Hemd sieht ihre Augen nicht mehr.

Ab.

JUNI

Hartikainen gab die erste Runde aus. Renko strich sich über die Stirn und merkte, dass ihm nachträglich der Schweiß ausbrach. Die Sonnenstrahlen, die durch das Fenster der Kneipe fielen, machten den Staub sichtbar, der in der Luft schwebte.

»Warum ist Paula nicht zum Spiel gekommen?«, murmelte Karhu.

»Ich weiß nicht. Ich habe die Nachricht kurz vor dem Training bekommen. Ohne die Chefin ist unser Spiel ziemlich chaotisch«, sagte Renko. »Für mein Spiel gilt das ja immer, aber wenn Paula dabei ist, kriegt es wenigstens ein bisschen Form.«

»Das ist das Problem beim Mannschaftssport. Wenn einer fehlt, kann das ganze Kartenhaus einstürzen. Im Boxring reicht es, dass du selbst da bist. Du kannst dich nicht auf die Hilfe anderer verlassen, sondern bist selbst für deine Leistung verantwortlich«, antwortete Hartikainen an Renko gewandt und fügte hinzu: »Case closed.«

»Stimmt nicht. Das Schöne ist ja gerade, dass jeder ein wichtiger Teil des Ganzen ist. Einige sind austauschbar, aber es gibt auch solche, die niemand ersetzen kann«, hielt Renko dagegen. Hartikainen winkte ab.

»Ob etwas passiert ist?«, überlegte Karhu, dem Paulas Abwesenheit immer noch keine Ruhe ließ.

Sie war tatsächlich ungewöhnlich. Normalerweise richtete Paula ihren Zeitplan so ein, dass sie immer zum Training kommen konnte. Diesmal war jedoch ein überraschendes Hindernis aufgetreten, über das sie keinerlei Erklärung abgegeben hatte.

»Vielleicht ist unsere Chefin überraschend nach Tallinn gereist«, meinte Hartikainen und grinste vor sich hin. »Habt ihr übrigens Urlaubspläne?«

»Wir verbringen den Urlaub zu Hause. Natürlich müssen wir mit Heikki in den Vergnügungspark gehen«, antwortete Renko. Er wirkte auf einmal so bedrückt, dass Hartikainen seine Frage bereute.

Vermutlich überlegte Renko, wovon er den Tag im Vergnügungspark bezahlen sollte.

»Wir brauchen Paula, damit sie unsere Fehler beim Spiel ausbügelt«, sagte Karhu, als hätte er nicht gemerkt, dass das Gesprächsthema gewechselt hatte. »Und auch sonst.«

Renko stützte die Ellbogen auf den Tisch und legte die Fingerspitzen so gegeneinander, dass seine Arme ein Dreieck bildeten, oder einen Berggipfel, auf dessen Spitze er starrte.

»Fehler sind dazu da, korrigiert zu werden. Und sie können auch Erkenntnisse liefern. In Paljakkas Fall habe ich zum Beispiel erkannt, dass dieser Broad Peak ein entscheidendes Erlebnis für Samuli Suominen war«, erklärte er und nickte, wie um seine Worte zu bestätigen. »Einen Trigger nennt man das.«

»So nennt man das also«, sagte Hartikainen belustigt. »Wieso hat es nach diesem Trigger fast drei Jahre gedauert, bis Suominen anfing zu töten?«

»Er hat dagegen angekämpft«, antwortete Renko, worauf Hartikainen schnaubte. »Das hat er selbst gesagt.«

»In seiner Lage sagt Suominen alles Mögliche«, gab Hartikainen zurück. »Ein abgefeimter Psychopath.«

»Nicht ganz«, wandte Renko ein. »Er bereut den Mord an Jere Sallinen.«

Bei den Vernehmungen unter Paulas Leitung hatte sich gezeigt, dass Suominen allem Anschein nach wirklich Mitleid mit dem halbwüchsigen Jungen empfand, den er auf dem Spielplatz erhängt hatte.

»Das war der Killerinstinkt. Der blieb wach«, erklärte Renko in sachlichem Ton. »Suominen glaubte, durch den Mord an Otto Paljakka würde er zugleich seine eigene Mordgier töten, aber es kam genau umgekehrt.«

»Leeres Gewäsch«, schnaubte Hartikainen.

»Na, bei der Untersuchung des Geisteszustandes wird es sich ja herausstellen«, meinte Renko. »Aber ich finde die Theorie überzeugend.«

»So, so«, sagte Hartikainen und trank sein Bier aus. »Gönnen wir uns noch eins?«

»Für mich nicht«, antwortete Renko und leerte sein Glas ebenfalls. »Ich muss gehen.«

»Verstehe«, sagte Hartikainen. »Und du?«

Karhu nickte und stand auf, um an die Theke zu gehen, obwohl sein Glas noch halb voll war. An der Kneipentür winkte Renko Hartikainen und Karhus Rücken zu.

»Hast du gemerkt, dass Renko nie eine Runde spendiert?«, fragte Karhu, als er mit zwei vollen Gläsern zurückkam.

»Wieso?«, fragte Hartikainen zurück. »Zahlt er nicht genauso wie alle anderen?«

»Früher ja. Aber in letzter Zeit ist es schon oft so gelaufen, dass Renko keine einzige Runde ausgegeben hat«, sagte Karhu. »Ich habe den Eindruck, dass er dich absichtlich mehr zahlen lässt.«

»Tatsächlich?«, sagte Hartikainen und rieb sich das Kinn. »Da muss ich in Zukunft aufpassen.«

Brief Nummer 62

Mein lieber Sohn Pauli,

was auch immer geschieht, du wirst immer mein lieber Sohn bleiben. Immer, auch wenn du diese Liebe nie selbst spüren durftest. Ich habe sie in meinem Inneren verborgen.
Als Kind habe ich mir manchmal vorgestellt, dass meine Mutter mich als Schutzengel vom Himmel aus beobachtet. Heute im Gerichtssaal habe auch ich meinen Sohn vom Wolkenrand aus heimlich angesehen. Aber die Wolke war keine strahlend weiße Schönwetterwolke, sondern eine dunkle, drohend am Horizont aufziehende Gewitterwolke.
Deine Tat ist nicht rückgängig zu machen. Auch wenn du sie in den Augen der Justiz durch deine Gefängnisstrafe sühnst, bringt das dein Opfer nicht zurück. Als deine Mutter hoffte ich irgendwie, dass es sich um ein schreckliches Missverständnis gehandelt hat, aber als Polizistin verstand ich nur zu gut, was passiert war.
Ich erinnerte mich an die kleine Hand, die ich einmal im Kreißsaal gestreichelt habe. Und als ich heute bei der Gerichtsverhandlung diese Hand gesehen habe, erschien es mir unmöglich, mir darin ein Messer vorzustellen, das einem anderen Menschen das Leben genommen hat.
Ich kann nur ahnen, welch lähmendes Entsetzen dich

überkam, als dir klar wurde, was du getan hattest. Und dass du die Tat nicht mehr rückgängig machen konntest. Ich stelle mir vor, wie dieses Entsetzen als schwarzer Punkt in deinem Inneren auftauchte, zu wachsen begann und zu einem großen, finsteren Strudel wurde, der dich zu verschlingen droht. Und wie dieser Strudel immer noch in dir wühlt.
Ich muss diesen Strudel zum Stillstand bringen. Ich fühle mich schuldig an dem, was aus dir geworden ist.
Meiner Meinung nach muss jeder die Verantwortung für seine Taten tragen. Du bist meine Tat.
Es wird Zeit, dass ich die Verantwortung übernehme.

Mutter

Der junge Mann kommt in das leere Besuchszimmer. Er rückt den Stuhl einen halben Meter vom Tisch weg, setzt sich und schlägt die Beine übereinander. Nach einer halben Minute wechselt er die Stellung, nun liegt das linke Bein über dem rechten, er legt die Hand um den Knöchel und kippt den Stuhl nach hinten. Am liebsten würde er pfeifen, aber ihm fällt keine passende Melodie ein.

Nach einer Weile zieht er den Stuhl näher an den Tisch und trommelt mit den Fingern der rechten Hand auf die Tischplatte. Er betrachtet die Vorhänge des Besuchszimmers. Es sind dieselben oder zumindest welche in der gleichen Farbe wie an dem Tag, als er zum ersten Mal hier gesessen hat. An eben diesem Tisch. Damals war sein Besucher der Mann gewesen, den er in den ersten achtzehn Jahren seines Lebens für seinen Vater gehalten hatte.

Sie hatten über diese Vorhänge gesprochen. Der Vater hatte lange überlegt, ob die Vorhänge grün oder doch eher blau waren. Schließlich hatte der Junge gemeint, sie seien vielleicht türkis. Der Vater hatte verlegen gelacht und zugestimmt: »Ja natürlich, so ist es.«

Damit war das Gespräch eigentlich zu Ende gewesen. Der Vater hatte nur noch gesagt, für die Mutter sei das Ganze zu schwierig. Sie brauche Zeit und werde ihren Sohn besuchen, wenn sie so weit sei.

Der Moment war immer noch nicht gekommen.

Die Mutter.

Dieses Wort geht dem Jungen jetzt durch den Kopf.

Achtzehn Jahre lang hatte er einen Vater und eine Mutter gehabt. Dann hatten seine Eltern ihm erzählt, dass sie ihn adoptiert hatten. Diese Neuigkeit sollte nichts ändern. Sie hatten den Jungen großgezogen, ihm ihre ganze Liebe geschenkt. Der Junge könne sie von nun an Kari und Maija nennen, wenn er wolle, aber sie wären immer auch Vater und Mutter für ihn.

Der junge Mann trommelt wieder auf den Tisch. Dann halten seine Finger über der Tischplatte inne. Er starrt auf die Uhr an der Wand, strengt sich an, um ihr Ticken zu hören, und wartet darauf, dass der Zeiger weiterspringt. Und gerade als der Zeiger sich bewegt, hört er, dass die Tür aufgeht.

Die Frau, die hereinkommt, ist groß. Eine ganz andere Erscheinung als Maija.

Der junge Mann erinnert sich nicht, der Frau jemals begegnet zu sein, erkennt sie aber trotzdem. Ihr Gesicht hat etwas Bekanntes an sich – etwas, das er oft auf seinem eigenen Gesicht im Spiegel gesehen hat.

Während die Frau sich dem Tisch nähert, richtet der junge Mann den Blick wieder auf die türkisfarbenen Vorhänge. Draußen scheint die Sonne, denkt er, als die Besucherin auf der anderen Tischseite stehen bleibt.

»Hallo. Ich bin Paula«, sagt die Frau und macht eine kurze Pause, bevor sie weitersprechen kann. »Ich bin deine Mutter. Darf ich mich so nennen?«

Der junge Mann zuckt die Schultern und blickt an Paula vorbei. Dann stellt er sich vor.

»Mikko. Ich heiße Mikko.«

»Natürlich«, flüstert Paula, als wollte sie Abbitte leisten, und spricht den Namen dann laut aus: »Mikko.«

Paula zieht den Stuhl heran und setzt sich gegenüber von Mikko an den Tisch.

»Du hättest mir ’ne Stange Zigaretten mitbringen können«, sagt Mikko, sieht Paula aber immer noch nicht an.

»Ich kann dir per Post welche schicken. Welche Sorte?«

»Marlboro rot. Es stört dich sicher nicht, dass ich rauche?«, fragt Mikko und richtet den Blick endlich auf Paula. Dann fügt er trotzig hinzu: »Mutter.«

Paula zuckt die Schultern. Der junge Mann verzieht einen Mundwinkel zu einem winzigen Lächeln, als ihm auffällt, dass sie genau das Gleiche tat wie er kurz zuvor. Entweder äfft die Frau mich nach oder wir benutzen die gleichen Gesten, schließt er.

Mikko stützt die Ellbogen auf den Tisch und legt das Kinn auf die zu Fäusten geballten Hände. Zum ersten Mal sieht er Paula direkt in die Augen, nur ganz kurz. Sie haben dieselbe Farbe wie seine.

»Wie geht es dir hier?«, fragt Paula und begreift im selben Moment, wie dumm sich die Frage anhört. Mikko scheint sich jedoch nicht daran zu stören. Er starrt wieder an Paula vorbei.

»Unter den gegebenen Umständen ganz gut. Ich bin jetzt clean. Das wolltest du doch bestimmt hören?«

»Ja«, antwortet Paula.

»Das ist in diesem Haus nicht ganz selbstverständlich. Als Bulle begreifst du das sicher?«

Paula nickt. Ja, das ist ihr klar. Aber es kommt ihr blöd vor, in dieser Situation zu sagen, dass sie stolz auf ihren Sohn ist. Ein langes Schweigen folgt, das Paula schließlich mit ihrer Frage bricht.

»Hast du meine Briefe gelesen?«

Mikko blickt über ihre Schulter und nickt.

»Du hast bestimmt viele Fragen«, fährt Paula fort.

Mikko wirft einen Blick auf Paula und zuckt gleichgültig die Achseln. Dann starrt er wieder intensiv auf einen Punkt hinter Paulas Schulter. Paula blickt sich unwillkürlich um, ob dort jemand steht, den Mikko ansieht. Nein, dort ist niemand. Als sie sich wieder umdreht, betrachtet Mikko sie. Er hat die Hände flach auf den Tisch gelegt, als wollte er das Möbelstück daran hindern, durch die Luft zu schweben.

»Im Moment hab ich keine Fragen. Bloß verdammt viele Antworten, aber keine Ahnung, zu welchen Fragen sie gehören.«

Mikko starrt Paula direkt in die Augen.

»Aber du hast bestimmt Fragen«, fährt er fort. »Wenn du fragst, warum ich angefangen hab, Stoff zu nehmen, oder warum ich mit dem Messer zugestochen hab, dann hab ich keine Antworten für dich. Die hat niemand. *Shit happens*, so ist das eben.«

»Verstehe«, sagt Paula und fügt hinzu: »Eine Frage hätte ich, wenn ich darf.«

»Schieß los. Ich antworte, wenn ich will. Oder kann.«

»Die Bude, wo das alles passiert ist ... Wessen Wohnung war das?«

»Die hat Luri gehört ... also dem Opfer. Ich hab oft da gepennt. Und gefixt.«

»Luri war aber wohl nicht der Besitzer?«

»Natürlich nicht, die war gemietet.«

»Wer hat ihm so eine Wohnung vermietet? Entschuldige vielmals, aber sie sah nicht gerade wie eine normale Fixerbude aus«, sagt Paula und merkt, dass sie sich anhört, als säße sie dienstlich im Vernehmungsraum.

»Nee. Luri war wohl Untermieter. Sein Kumpel hat die Wohnung offiziell gemietet, von wem, weiß ich nicht.«

»Sein Kumpel? Kanntest du den?«

»Nein, und er war auch nicht direkt ein Freund von Luri, glaube ich. Wahrscheinlich 'ne Quelle, von der Luri Stoff zum Verticken gekriegt hat.«

»Eine Quelle?«

»Als Bulle weißt du doch wohl, was 'ne Quelle ist«, schnaubt Mikko.

Paula nickt.

»Na ja, kann aber auch sein, dass der Typ irgendein Namensvetter vom Paten von einem Vetter war, ich weiß es nicht. Und selbst wenn ich es wüsste, würde ich es nicht sagen. Ich bin kein Verräter.«

»Verstehe«, antwortet Paula und hat immer noch das Gefühl, einen Verdächtigen zu vernehmen.

»War's das jetzt oder hast du noch was auf dem Herzen?«, fragt Mikko verdrossen.

»Eine Sache noch«, sagt Paula.

Lange lauschen sie dem Surren der Neonröhren. Dann legt Paula die Hände auf den Tisch, spreizt die Finger und betrachtet sie. Sie holt tief Luft und schiebt sich zurück. Ihr Stuhl kippt beinahe um.

Paula sieht wieder Mikko an, der geduldig wartet. Sie braucht noch einen Moment, um Mut zu fassen.

Dann fragt sie:

»Weißt du, was für eine Krankheit ALS ist?«

Der Auftakt der erfolgreichen TEAM-HELSINKI-Krimireihe

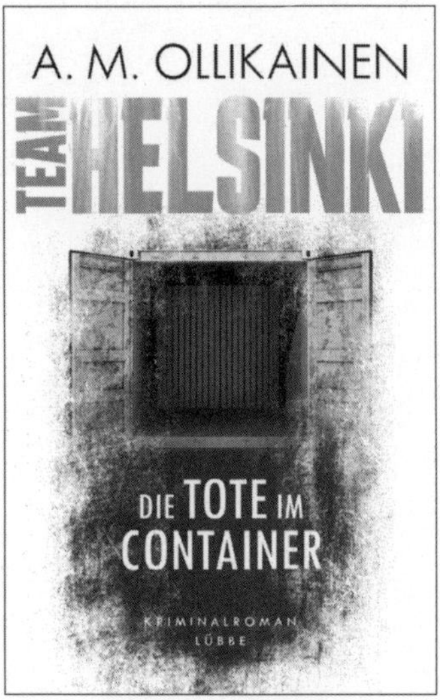

A.M. Ollikainen
TEAM HELSINKI
Die Tote im Container
Kriminalroman
Aus dem Finnischen
von Gabriele
Schrey-Vasara
352 Seiten
ISBN 978-3-7857-2794-2

Am Morgen des Mittsommertags werden Kommissarin Paula Pihlaja und ihr Team zu einem grauenvollen Fund westlich von Helsinki gerufen. Vor dem Gutshof einer Unternehmerfamilie wurde ein Container abgestellt, in dem eine ermordete dunkelhäutige Frau liegt. Sie ist qualvoll darin ertrunken, nachdem Meerwasser eingefüllt wurde. Niemand scheint die Frau zu kennen. Kurze Zeit später kann die Identität der Toten geklärt werden: Die Universitätslehrerin Rauha Kalando war wenige Stunden vor ihrem Tod aus Namibia eingeflogen. In ihrem Hotelzimmer liegt ein Dokument, unterschrieben vom ehemaligen Unternehmenschef …

Lübbe

Lesejury